KB112279

로라미용실

로라미용실

초판 1쇄 발행 | 2024년 4월 24일

지은이 | 박성신
펴낸이 | 박영욱
펴낸곳 | 북오션

주 소 | 서울시 마포구 월드컵로 14길 62 북오션빌딩
이메일 | bookocean@naver.com
네이버포스트 | post.naver.com/bookocean
페이스북 | facebook.com/bookocean.book
인스타그램 | instagram.com/bookocean777
유튜브 | 쏠쏠TV · 쏠쏠라이프TV
전 화 | 편집문의: 02-325-9172 영업문의: 02-322-6709
팩 스 | 02-3143-3964

출판신고번호 | 제 2007-000197호

ISBN 978-89-6799-809-7 (03810)

*이 책은 (주)북오션이 저작권자와의 계약에 따라 발행한 것이므로 내용의 일부 또는 전부를 이용하려면 반드시 북오션의 서면 동의를 받아야 합니다.
*책값은 뒤표지에 있습니다.
*잘못 만들어진 책은 구입하신 서점에서 교환해 드립니다.

Bookocean

이 이야기에 등장하는 사건, 지명, 이름은 모두 가상이며
실제와 관련없음을 밝힙니다.

• 차 례 •

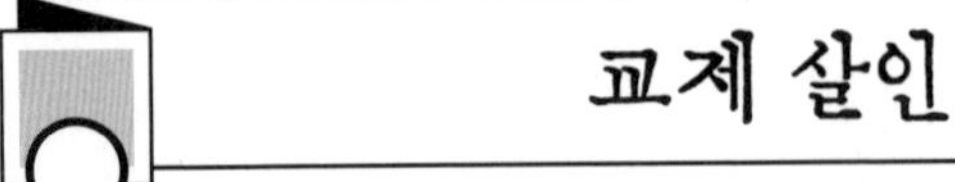

교제 살인

1998년. 무산의 여름은 논이 마르고 밭이 쩍쩍 갈라졌다. 개구리가 울고 매미가 울부짖었다. 인구 4만인 무산은 논이 절반, 공장단지가 절반이었다. 공장에서 나오는 트럭이 흙먼지를 일으키고 지나가면 매캐한 냄새가 코를 찔렀다. 아파트 단지 앞에 개울물이 흐르지만 비가 오지 않은 날이 연달아 이어지면 썩은 내가 진동했다. 근처에 공업대학교가 있어 무산 사람들 중 몇몇은 그곳에 오는 학생들을 상대로 먹고살았지만 대부분이 공장으로 출퇴근하는 근로자나 그들의 가족들을 상대로 한 장사가 생계 수단이었다. 일 끝나고 스트레스를 풀 수 있는 치킨집, 노래방, 호프집들이 상가를 빼곡하게 차지하고 있었고, 미용실, 화장품 가게, 슈퍼, 빵집 같은 생활을 할 만한 가게들이 점처럼 존재했다.

대한민국 곳곳의 공장들이 망하고 도산하는 1998년이었다. IMF로 외환위기가 오고 정리해고, 명예퇴직, 실업률, 노숙자 같은 단어가 뉴스에 매일 나왔다. 한쪽에는 그런 불행을 지우려는 듯 HOT와 젝스키스의 노래가 들려오기 시작했다. 금 모으기 운동이 시작된 대구의 끝, 경북 시골 귀퉁이 무산의 경기가 좋을 리 없었다. 그래도 살아남은 공장들은 한낮이면 검은 연기가 하늘로 솟아올랐고, 기계 자르는 소리들이 곳곳에서 들렸지만 옷 가게, 약국, 만화방, 레코드점, 문방구는 차례대로 문을 닫았다.

공미조는 미용실 전기 스위치를 내렸다. 10평 남짓한 가게 안에 어둠이 내렸다. 냉기가 사라지고 더위가 몰아닥쳤다. 더위는 그녀의 나일론 티셔츠와 청바지를 금세 점령했다. 등짝이 축축하게 젖었다. 전화벨이 울렸다.

"여보세요."

전화를 받자 상대방은 아무 말이 없었다.

그 자식일까?

공미조는 그를 생각하자 명치가 꽉 막혔다. 전탁근은 적당함을 모르는 사내였다. 불처럼 타올랐고, 저돌적이었다. 그녀는 처음에는 그것이 열정적 구애라고, 밤하늘에 별을 따올 수 있을 사랑의 행동이라고 착각했다. 서른두 살이었던 그녀보다 열두 살이나 많은 마흔네 살이었고 키가 크고 잘생긴 편이었다. 전탁근과 처음 알게 된 건 6개월 전쯤이었다. 구릿빛 피부, 마른 얼굴에 하얀 치아를 보이면서 웃으면 누구라도 그에게 호감을 보였다. 골프웨어를 입고 검은 그랜저 승용차를 탄 그는 커트를 자주 하러 왔다. 다른 남자 손님들처럼 치근덕대지도 않고, 커트 후에는 가장 비싼 헤어 에센스나 영양제를 인심 좋게 사 갔다. 그가 밥을 함께 먹자고 했을 때 공미조가 확인한 건 왼쪽 손가락이었다. 그는 반지를 끼고 있지 않았다.

전탁근은 서울에서 살다 무산에 내려온 지 3년 정도 되었고, 지금은 무산에서 자동차 정비 공장을 한다고 했다. 탁근은 늘 사람들과 어울렸다. 사람들은 씀씀이가 크고 남자다운 탁근을 따랐다. 손이 커서 술을 마시다가 기분이 좋으면 술집 안의 모든 사람들에게 술값을 쏘곤 했다.

"내 첫사랑이 그쪽을 닮았어요. 이젠 이 세상에 없지만. 그 후엔 일만 하느라 혼기를 놓쳐버렸고, 여자한테 쉽게 마음을 열 수 없게 돼 버렸어요."

미조는 그의 뻔한 수작에 웃음이 났지만 어딘가 듬직하고 순수해 보이기도 했다. 남들보다 자주 열리는 그의 지갑 안에는 지폐가 가득 들어 있었고, 오직 그녀에게 다정한 그는 미조의 마음을 움직였다. 전남편과 다른 모습에 더 호감이 간 건 사실이었다.

전남편은 미조가 아르바이트하던 곰탕집 사장 아들이었다. 말이 좋아 결혼이지 새벽부터 밤까지 노예처럼 일했다. 시댁에서는 아들을 낳으라고 성화를 했지만 미조는 딸 찬서를 낳으면서 건강상의 문제로 자궁을 들어내야만 했다. 그 후 남편은 미조에게 폭력을 썼고 다른 여자와 바람을 폈다. 미조는 밀려드는 손님을 쳐내기 위해 김치를 버무리고 곰탕 육수를 뽑는데, 남편은 새로운 알바생과 눈이 맞았다. 사람들은 미조만 보면 불쌍하다며 수군거렸다. 잘못한 건 남편인데 왜 미조가 수치심을 느껴야 하는지 알 수 없었다. 그녀 자신이 불쌍한 건 견딜 수 있었지만 딸까지 불쌍하게 만들 수 없었다. 딸이 돌이 되던 날 이혼을 결심했다. 미조에겐 딸이 전부였다. 이혼할 때도 위자료 대신 딸을 데리고 나왔다. 아무도 반대하지 않았다. 미조는 그저 아무도 모르는 곳에 가서 살고 싶었다.

전탁근은 딸에게도 다정했고 친절했기에 희망이 생겼다. 미조는 전탁근과 깊은 사이가 되었다. 그러나 얼마 안 가서 그의 본색이 드러났다. 그가 유부남이라는 사실을 알게 된 것이다.

"곧 이혼할 거야. 그럼 우리 사이 아무 문제없어."

전탁근이 말했다. 하지만 그녀의 마음은 차갑게 식었다. 전남편의 바람으로 고통스러운 과거가 있었기에 불륜은 누구보다 증오했다.

전탁근을 처음부터 과감하게 끊었어야 했다. 그녀가 이별을 고한 이후 그는 완전히 다른 사람이 되었다.

"끝이라고? 누구 맘대로?"

그의 목소리가 차가웠다.

전화를 끊고 5분도 안 돼서 전탁근이 미용실로 뛰어 들어왔다. 그의 목울대가 꿈틀거렸다.

"더 이상 할 말 없어. 그만 가줘."

공미조의 말에 그가 눈을 크게 떴다. 눈길에서 불꽃을 내뿜는 것 같았다.

"절대 못 끝내."

꾹꾹 눌러 담는 말이 고함보다 더 강렬하게 협박을 전달했다.

탁근이 미용실 의자를 발로 찼다. 헤어 오일이 깨지면서 장미향이 진동했다. 공미조는 아무 말도 하지 않았다. 코로 물이 차는 느낌이었다. 그녀는 자꾸만 침을 삼켰다. 처음에는 화를 내기도 하고, 연락을 받지 않기도 해봤다. 그런데 그럴수록 전탁근의 행동은 점점 심해졌다. 그녀는 죽은 엄마의 말대로 남자 보는 눈이 없었다. 그녀는 깨진 유리를 보고 보통 일이 아니란 걸 느꼈다. 그의 행동은 분명 선을 넘은 일이었다.

"자꾸 이러면 경찰에 신고할 거야."

"신고해! 빨리. 신고해보라고, 이 씨발년아."

경찰을 부르려다가 멈칫했다. 공미조는 딸을 떠올렸다. 딸 찬서는 아빠 없이도 밝게 자란 아이였다. 부모를 닮지 않아 똑똑하면서도 착했다. 무슨 일이 있어도 딸 하나만큼은 잘 키우고 싶었다. 이런 작은 동네에서 이상한 소문이 퍼진다면 자기만 손해다. 참자,

견디자.

다 지나가겠지. 그럼 다시 괜찮아질 것이다.

"다신 보고 싶지 않아."

공미조는 찬서의 맑은 눈을 떠올리면서 깨진 유리를 주워 담았다. 탁근은 화가 속에서부터 끓어오르는 듯 턱밑이 떨렸다. 마지막 한마디가 칼처럼 등에 박혔다.

"내가 너 망가뜨린다."

마지막 가면까지 벗어던진 멘트였다. 그는 미용실 안을 1분 만에 난장판을 만들어 놓고 뒤도 돌아보지 않고 나갔다.

깨진 유리 조각을 집는 미조의 손끝에서 피가 뚝뚝 떨어졌다. 미조는 고개를 숙이고 몸을 돌렸다. 심장이 펄떡 뛰고, 겨드랑이와 등짝이 축축하게 젖었다. 그녀는 돌처럼 아무 대응도 하지 않았다. 어떻게 대응해도 화를 불러올 것임을 알았다. 그가 떠나자 온몸에 힘이 빠지면서 공포에 억눌러온 뜨거운 눈물이 뚝뚝 떨어졌다.

공미조의 집은 무산 시내 뒤편의 골목이었다. 상가에서 걸어서 10분 거리. 오래된 4층 아파트였다. 한 층에는 두 가구씩 살았고, 그런 건물이 3개가 더 모여 있는 아파트로 경비원 하나 없다. 깨진 화분들과 낡은 세발자전거가 늘어져있고, 시멘트 바닥을 뚫고 푸른 풀 포기가 자라는 곳이었다. 1층에는 오래된 참기름집, 한복집,

추어탕집이 있었고, 공용 화장실이 있지만 늘 심한 악취를 풍겨서 사용하는 사람은 본 적이 없다.

허름한 옥상에는 둘이 키운 오이고추와 상추가 그들의 꿈처럼 자라고 있는 집이었다. 그녀는 딸과 언젠가 행복해질 수 있다는 희망을 품었다.

공미조는 이곳 4층 401호에서 딸 찬서와 둘이 살고 있다.

"엄마, 나 오늘 시험 봤다."

찬서가 내민 시험지는 또 만점이었다. 초등학교 1학년인 찬서는 총명했다. 보통의 아이처럼 자신이 필요한 것을 요구하면 좋으련만 찬서는 그저 보스라운 양 같았다. 엄마가 힘들면 조용히 차를 타서 주고, 필요한 것도 요구하지 않았다. 친구들과도 잘 지냈고 싱글맘인 엄마를 힘들게 하는 일도 없었다. 미조는 찬서만 있으면 남자 없이도 살아갈 수 있을 거라 확신했다.

'괜찮아, 다 괜찮을 거야.'

미조는 찬서의 머리를 쓰다듬었다. 작고 보드라운 머리통에서 아기 분 향이 났다. 찬서는 엄마의 몸에서 파마약 냄새가 난다면서 꼭 껴안아주었다.

울컥했다. 이 아이에게 상처 주는 일은 어떤 일도 용서하지 않을 것이다. 잘못된 일에 당당하게 싸워야 한다. 알면서도 명치가 조여오고 식은땀이 나며 두려움이 몰려왔다.

전화벨이 울렸다. 심장이 쿵 하고 내려앉았다. 찬서는 전화 받지 마, 라는 말이 끝나기도 전에 수화기를 들었다.

"엄마. 전화! 아저씨! 엄마 바꿔 달래."

그녀는 손을 뻗어 수화기를 들었다. 세상 불쌍한 목소리의 그였다.

"마지막으로 딱 한 번만 만나. 작별인사는 해야지. 이 정도는 들어줄 수 있잖아. 안 그래?"

헤어짐이 이렇게 어려운 것이었다면 시작도 하지 않았다. 고작 두 달 사귄 건데 2년 살다 헤어진 남편보다 더 집착했다. 나오지 않는다면 집으로 쳐들어간다고 했다. 주눅들지 말자. 이별을 요구하는 게 잘못은 아니니까. 당당하자. 미조는 목이 탔다. 냉장고를 열어 반쯤 남은 물을 들이켰다.

"찬서야. 엄마 치킨 포장해올게. 집에서 기다려."

"나도 같이 갈래~ 응?

"엄마가 아저씨랑 할 말 있어서 그래."

"금방 올 거야?"

"응. 금방 와."

미조는 머리가 지끈 아팠다.

거리는 연달아 내린 비로 공기가 눅눅했다. 8월 6일, 전날 인천 강화도에 내린 시간당 620밀리미터의 기록적 폭우에 대한 뉴스가 나왔다. 1904년 이래 하루 최고 강수량을 기록했다. 시계를 보니

6시 35분이었다. 이야기를 빨리 끝내고 돌아가는 길에 통닭 한 마리를 사서 찬서와 맛있게 먹을 것이다. 미조는 발걸음을 서둘렀다.

그가 만나자고 하는 주차장에는 차 두 대 정도가 세워져 있을 뿐 인기척이 없었다. 주차장의 퀴퀴한 냄새와 서늘한 기운을 느끼며 미조는 주변을 두리번거렸다. 묵직한 어둠만이 그녀의 눈에 달라붙었다.

그때 미끄러지듯 주차장으로 들어오는 차가 보였다. 그의 검은색 그랜저가 정확히 미조의 앞에 섰다. 차창 문 너머 그의 인상이 구겨져 있다.

"타!"

"여기서 이야기해. 찬서가 기다려."

미조의 대답에 그는 한숨을 푹 내쉬고 차에서 내렸다.

"헤어지자는 거 진심이야?"

"날 속인 건 그쪽이야. 다신 안 만났으면 좋겠어. 전화도 하지 말고, 가게 찾아오지도 마."

그의 손에 무언가 들려있다는 것을 미조는 나중에 알았다. 그는 그녀의 어깨를 잡았다. 딱딱하고 큰 손이었다. 연이어 목덜미를 잡혔고, 오른쪽 옆구리에 그의 손이 쑥 들어왔다.

"미조야."

복부에서 통증이 느껴졌다. 미조는 날카로운 통증에 무릎이 후들거렸다. 피하기도 전에 날카로운 통증은 목, 가슴, 배, 옆구리를 연달아 할퀴었다. 미조는 눈을 크게 떴다. 호흡이 쿡 막혔다. 미조가 바라본 그의 눈에서 불이 일었다. 입은 다물고 있었지만 뒤에서 비치는 조명등 아래로 입가에 미소가 보이는 것 같기도 했다. 그의 얼굴에 피가 튀었다. 미조는 소리도 지를 수 없었다. 온몸의 피가 썰물처럼 빠져나갔다. 온몸의 감각이 사라진 후에도 그는 칼을 미조의 몸속에 찔러 넣었다. 다리에 힘이 풀려 바닥으로 몸이 쓰러졌다. 피비린내와 땀 냄새, 둔탁한 소리만이 주차장을 가득 채웠다.

축축하고 기름 냄새가 나는 용액이 그녀의 얼굴 위로 뿌려졌다.

그의 눈썹은 치켜 올라갔지만, 입꼬리는 올라갔다. 살이 떨리고 있었다. 화가 난 거 같기도 했지만 어딘가 즐거워 보였다. 그는 라이터를 들고 그녀를 비췄다. 그림자가 그의 얼굴에 음영을 만들었고 기이하게 일그러졌다.

"어디 좆 같은 게."

라이터는 그녀의 얼굴 위로 떨어졌다.

그녀의 몸은 금방 불길에 사로잡혔다. 전탁근은 몇 발짝 불길에서 물러서 불같은 눈으로 불타오르는 미조를 바라보았다. 미조는 딸이 그녀의 뒤를 따라왔다는 것을 뒤늦게 알았다. 주차장 입구에서 찬서가 비틀비틀 걸어왔다. 미조의 비명 같은 목소리는 불길을 뚫고 어린 딸에게 닿았다.

"찬서야. 오지 마. 가!"

30분 전, 찬서는 집을 나섰다. 엄마는 걸음이 빨랐다. 찬서는 골목에서 엄마를 놓쳤고, 이곳저곳 기웃거리다가 지하 주차장을 발견했다. 퀴퀴한 냄새와 탄내가 훅 끼쳤다. 뒤따라 열기가 느껴졌다. 이끌리듯 그곳으로 걸어갔다. 그곳에 지옥이 있었다. 악마가 엄마의 몸에 불을 붙였다. 불길에 휩싸인 엄마는 허공을 걸었다. 찬서보고 가라고 했다. 팔을 휘휘 저었다. 살 타는 냄새가 진동했다. 휘적휘적 걷던 엄마는 쓰러져 데굴데굴 굴렀다. 전탁근은 일그러진 얼굴로 엄마를 보면서 낄낄거렸다. 찬서는 다리에 힘이 풀려 그 자리에 주저앉았다. 목구멍에 칼이 솟는 기분이었다. 엄마라는 소리가 신음처럼 나왔다. 숨이 거칠어지고 머리가 핑 돌았다. 시야가 흐릿해지면서 세상이 휙 돌았다. 멀리 사이렌 소리가 들렸다.

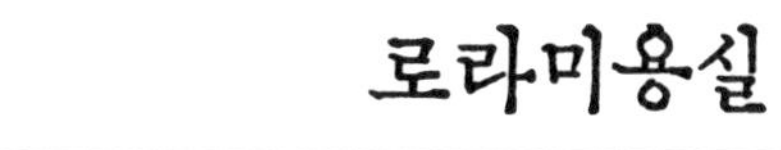

로라미용실

눈을 떴다. 웅크린 몸을 펴자 우두둑 나뭇가지 꺾이는 소리가 났다. 동시에 온몸이 쑤시는 고통이 느껴졌다. 특히 관자놀이가 송곳으로 찌르듯 아팠다.

'어디지?'

찬서는 푹 꺼진 소파 위에서 몸을 일으켰다. 머리가 골까지 흔들렸고, 입 안이 목구멍까지 말라붙어 있었다. 찬서는 테이블 위에 놓인 페트병 안에 반쯤 남은 물을 들여다보다가 시선을 돌렸다. 구석에 작은 냉장고가 보였다. 몸을 일으켜 냉장고로 걸어갔다. 속이 울렁거렸다. 냉장고 안에는 비타 500 같은 음료수가 줄지어 있었다. 생수도 가지런히 놓여 있었다. 생수 하나를 따서 벌컥 들이켰다. 냉장고 위에 붙어 있는 거울, 그 속에 푸석한 얼굴의 커트 머리 여자가 보였다. 바짝 말라 갈라진 입술, 실핏줄 튀어나온 눈자위. 서른네 살의 그녀보다 서너 살 더 많아 보였다. 마른손으로 얼굴을 비볐다. 눈알이 빨갛게 충혈되었다. 고개를 돌리자 창문에는 광택이 벗겨진 푸른색 스티커로 '탐정소'라는 세 글자가 붙어 있었다.

'탐정소? 무산에 탐정소가?'

뻑뻑한 창문을 열 손가락에 힘을 주고 열었다. 미풍이 불어왔다. 시야에는 무산의 풍경이 보였다. 속이 여전히 미식거렸다.

어디선가 솔솔 파마약 냄새가 올라왔다. 찬서에게 파마약 냄새는 엄마의 냄새였다. 찬서가 어릴 적 엄마는 손끝까지 약품 냄새가 배어 있었다. 씻어도 지워지지 않는 냄새였다. 고개를 흔들고 정신을 차렸다. 그녀가 있던 곳을 둘러보자 책상 한 개, 소파 하나가 놓인 10평 정도의 사무실임을 알 수 있었다.

찬서는 입구쪽 유리문을 열었다. 왼쪽으로는 위로 올라가는 계단이 보였고, 오른쪽으로는 아래로 내려가는 높이가 낮은 나무 계단이 보였다.

그렇게 벽을 짚어가면서 계단으로 내려가자 키보이스의 '해변으로 가요'가 들렸다.

1층은 미용실이었다. 할머니들은 낡은 의자에 앉아 머리에 수건을 쓴 채 계란을 까먹고 있다. 그 앞에는 날개 없는 선풍기가 돌아간다. 낡고 패인 3인용 소파와 희끗희끗 벗겨진 목조 테이블, 검은색 회전 미용 의자가 2개. 그 앞에는 대형 거울이 붙어 있었다. 그리고 한쪽에는 세숫대야가 놓인 개수대, 벽에는 파마 만 원. 커트 3천 원이라고 큼지막한 글씨도 쓰여 있었다. 미닫이문에는 금방이라도 벗겨질 듯한 '로라미용실'이라는 초록 스티커가 붙어 있다. 파마를 마친 할머니들이 알아서 혼자 머리를 감고, 커피믹스를 타고, 모두가 리듬을 타며 어깨를 들썩이는 이상한 풍경이었다.

바다라고는 한 조각도 보이지 않는 이 무산. 이 촌스러운 저 상호의 미용실에 '해변으로 가요'라니….

"새로운 탐정 선생인가 보네."

할머니들의 시선은 일제히 찬서를 향했다.

'누구? 내가 새로운 탐정이라고?'

노인들은 늘 착각한다.

할머니 잘못 보셨어요.

자기소개를 할 겨를도 없이 할머니가 쥐여 주는 식혜를 마셨다. 할머니들은 찬서가 어제도, 그제도 있던 사람처럼 대했다. 문장과 추임새가 공중에 끊임없이 떠돌았다. 할머니들은 전에 있던 탐정 선생이 없으니, 여간 불편한 게 아니라고 한다.

글쎄, 새로운 탐정 따위 아니라니까요.

"맞네, 맞아."

노인들은 여전히 남의 말을 듣지 않는다.

"몸 아껴. 이기지도 못하는 술을 들이부어서 축내지 말고."

찬서는 낯선 목소리에 뒤돌아보았다. 정 원장이라고 불리는 그녀는 60대의 할머니로, 이마가 넓고 시원스러웠다. 굵은 컬을 한 파마머리, 꺼진 볼, 백바지에 큼지막한 기하학무늬 셔츠를 입었다. 눈, 코, 입이 전체적으로 크고 할머니치고는 풍채가 좋았다. 머리는 막 손질한 듯 젖어있었고 마른 파우더 냄새가 났다. 그녀의 아우라에서는 오래 산 사람의 결이 느껴졌다. 염색약을 비비면서 오더니 의자에 앉은 할머니의 머리에 척척 발랐다.

"제가 왜 여기 있나요?"

찬서의 목소리가 갈라져 나왔다.

"표정 보니 기억 안 나는구먼."

정 원장이 고개로 서랍을 가리켰다. 찬서가 서랍을 열자 크로스백과 비닐봉지가 있었다. 찬서의 것이었다. 크로스백을 열어 안에 있는 지갑과 핸드폰을 확인했다. 핸드폰은 배터리가 나가 있었고, 카드 한 장, 신분증 하나, 사진 한 장. 현금은 3만 원 그대로. 찬서는 비닐봉지를 들어 가방 속에 쑤셔 넣었다.

"왜 비닐봉지 안에도 확인해야지. 내가 훔쳐갔을지도 모르잖아."

정 원장의 시니컬한 멘트에 할머니들이 뭐가 웃기는지 깔깔 웃었다.

염색을 마친 정 원장이 염색약이 묻은 라텍스 장갑을 벗고 손을 씻었다. 빛보다 빠른 속도다. 정 원장도 웃음을 띠고 있었는데, 진짜 미소라기보다는 어딘가 비웃는 것처럼 보였다.

저 웃음. 찬서는 그제야 기억이 떠올랐다.

어젯밤 찬서가 혼자 동태찌개를 하나 놓고 소주 한 병을 비웠을 즈음, 그 옆 테이블에서 삼겹살을 구워 혼자 바지런히 먹던 할머니가 정 원장이었다. 옆 테이블에서는 지웅이 엄마가 집을 나갔다. 몇 달 전엔 태국 여자가 사라졌다는 대화들이 들렸다. 사람들은 사라지는 사람들에 대해 이상하다고 했지만, 찬서는 이해했다.

무산은 사라지는 동네였다. 머물고 싶은 동네가 아니라.

25년 만에 돌아온 무산은 변함이 없었다. 그녀가 무산에 내려왔다고 반기는 사람도 없었다. 그 점도 좋았다.

무산에는 시간이 멈춘 것처럼 낡고 무딘 것만 있고, 새롭고 빛나는 건 없었다. 노동자들로 보이는 외국인들이 모여 담배를 피우고 있고, 봉고차에서 아가씨들이 내려 지하 노래방으로 들어갔다. 막창 굽는 냄새와 담배 냄새가 골목에 풍겼다. 이곳은 떠돌이 동네였다. 공장 때문에 1, 2년 왔다가 또 계약이 끝나면 떠나는 곳, 굳이 정착한다면 이곳에 할 이유가 없는 곳. 공기가 좋지 않아 늘 하늘이 뿌옇다. 학교도 없고, 복지시설도 없다. 정착하는 자가 없으니 아이들도 없다. 이곳은 잠시 머물다 가는 사람들에게 술과 환락이라는 방식으로 위로를 주는 곳이다. 가장 많은 건 술집과 노래방, 그다음이 모텔. 찬서의 엄마 미조 또한 사람들을 피해 무산으로 내려왔다. 아는 사람 하나 없었다는 점이 이곳을 택하게 된 이유였다.

그러나 도피처가 무덤이 될 줄은 몰랐을 것이다.

여덟 살이었던 찬서는 엄마의 죽음 이후 경기도에 있는 친척 집에 맡겨졌다. 친척 집이라고 해봐야 엄마의 엄마의 언니의 딸 집이었다. 지나가다 보면 알아보지도 못할 먼 친척이었다. 갑자기 떠맡게 된 찬서를 난감해했지만 그들은 최대한 공평하게 대해주려 했다. 특별히 찬서의 밥을 적게 준다거나 눈치를 주거나 하지 않았지만 불쌍하게 보는 눈빛이 싫었다. '이곳은 내가 있을 자리가 아니다'라는 생각이 자주 들었다.

그곳에서 중학교 1학년 때 나와 서울에 있는 시설로 들어가서 열여덟 살 때까지 살았다. 오히려 시설에 있을 때가 편했다.

그녀는 불안한 상황을 전전하면서 많은 것들을 습득했다. 누가 자신을 해치는지, 해치지 않는지 얼굴과 눈빛을 들여다보면 답이 나온다. 이것이 찬서의 능력이자 특기가 되었다. 이런 능력 때문에 경찰이 된 찬서의 별명은 무당이었다. 그러나 이건 능력이 아니라, 지옥에서 살아 돌아온 아이의 생존법이었다. 그런 그녀가 경찰이 된 것부터가 잘못되었을지도 모른다. 사람들의 거짓말이 눈에 보였다. 그래서 불도저처럼 밀고 나갔다.

"저 새끼 눈빛 봐요. 반성하는 거 아니라니까요."

이렇게 서슬 퍼렇게 외칠 때마다 사람들은 무당처럼 그녀를 보았다.

스스로 몸을 지키기 위해 끊임없이 훈련했다. 물리적으로 밀리는 상황이 죽음으로 몰리는 것을 수없이 봤다. 상대적으로 왜소한 체격의 여자들은 가해자들의 주먹 한 방에 기절했고, 잡혀서 도망치지 못했으며, 자주 부서지고 다쳤다.

20년 가까이 아침에 10킬로미터를 달리고 저녁엔 도장에 갔다. 남자들을 상대로 몸을 부딪치고 경험했다. 신체적 조건이나 힘 차이는 도저히 넘을 수 없는 산처럼 큰 절망감이었다. 그러나 훈련을 거듭하면서 빠른 스피드로 그들의 허점을 찌를 수 있었다.

경찰공무원 시험으로 스물다섯 살에 순경이 되었다. 엄마 같은 피해자를 만들기 싫어서였다. 뻔하지만 명백한 이유였다. 그 뒤로 승진·징계·강등을 반복했다. 과잉 진압이 그 이유였다. 올해 네 번째 징계를 받았을 때, 찬서는 기다렸다는 듯 사표를 냈다.

이미 '그'의 출소 예정일은 올해 겨울이었고, 그의 가족 주소부터 차 번호까지 모두 조사를 마친 지 오래였다. 그녀는 더 이상 경찰로 있을 이유가 없었다. 사직서를 제출하고 무산행 버스를 탔다.

찬서가 묵는 모텔은 공장단지와 유흥가를 잇는 골목 가장 안쪽에 있었다. 창문을 열면 공장 굴뚝에서 기름 먹은 매연을 부지런히 내뿜었다. 25년 전엔 해금장, 지금은 대왕모텔이란 이름으로 이제껏 버텼다. 공중화장실보다 좁은 방이었다. 누군가 흘리고 간 긴 머리카락이 군데군데 보였다. 이 좁은 방 안에서 마음이 좁아질 때면 찬서는 밖으로 나와 동네를 걸어 다녔다.

시간이 멈춘 듯 상가는 새로 지어지지도 않았고, 재개발이 이뤄지지도 않았다. 공장들이 업종만 바꿔서 기계를 돌렸고, 논과 밭은 그대로였다. 공장들 때문인지 작은 백반집이 한 집 걸러 하나씩 있었다. 군데군데 인스타에 나올 카페나 펜션이 한두 군데 보이긴 했지만 낡고 퇴색된 간판들은 그대로였다. 문을 닫은 곳도 보였다. 학교가 끝나고 돌아올 때 늘 들렀던 떡볶이집은 사라졌고, 그 자리에 핸드폰 가게가 생겼다. 치킨집은 다른 프랜차이즈 치킨으로 바뀌었다. 엄마가 운영했던 미용실은 용도를 알 수 없는 사무실이 되어 있었다.

25년 전 엄마와 자주 가던 목욕탕은 이제 문을 닫았다. 엄마와 살던 동네는 허물어져 다른 건물이 들어섰다.

다만 엄마가 허무하게 죽음을 맞이한 주차장은 그대로였다. 기둥 중 하나가 불에 그슬린 모습이 아직 남아 있었다. 그날의 기억이 섬광처럼 떠올라 무릎이 흔들리고 심장이 두근거렸다. 25년 전의 탄 내음과 피 냄새가 어제 일처럼 선명했다. 서늘한 기운이 엄습해 주변을 두리번거렸다. 주차장 바닥에 시들지 않은 수국이 놓여 있었다.

누가 놓아둔 것일까?

속이 울렁거렸다. 찬서는 뒤돌아서 도망치듯 걸었다.

어젯밤 찬서는 해가 질 무렵 막잔을 비우고 식당을 나왔다. 골목을 걸었다. 속이 허한 건지 마음이 허한 건지 알 수 없었다. 5월인데 밤바람은 이미 미지근하게 불었다. 목덜미에는 땀이 송골송골 맺혔다. 찬서는 슈퍼로 들어갔다. 슈퍼 안을 들여다보니 꽤 넓어서 없는 건 없어 보였다.

"칼은 어디 있죠?"

30대로 보이는 외국인 직원이 손끝으로 가리켰다. 그의 눈빛은 칫솔 어딨죠, 에 대답하는 반응이었다. 직원이 가르쳐준 구역으로 가니 종류별로 걸려 있다.

크고 작은 칼, 넓고 좁은 길고 짧은 칼.

찬서는 맞선 보는 여자처럼 찬찬히 칼을 훑었다. 그중에 길이는 30센티미터 정도, 손잡이는 나무로 되어 있고 폭이 좁은 칼을 집어 들었다. 칼에는 한자가 쓰여 있었다.

"2만 6천 원입니다."

직원은 무덤덤하게 가격을 불렀다. 집에서 회라도 떠먹는 30대 독신 여성으로 보는 것일까. 찬서는 이것으로 물고기가 아닌 사람을 찌를 것이다.

지갑을 꺼내려는데 가방이 없었다. 기억을 더듬는데 식당에 두고 온 거 같았다. 직원이 찬서를 보는 눈빛이 바뀌었다.

"정신도 놔두고 다니지?"

할머니가 찬서의 가방을 건넸다.

뭐야, 이 할머니.

찬서는 가방을 받았다.

"고맙다는 말은 됐고, 한잔 사."

찬서가 칼을 가방에 넣고 걸었다. 가방을 건네준 할머니는 앞장서서 걸었다.

골목에서 토한 남성이 고래고래 소리를 지르고, 그의 동료는 옆에 서서 오줌을 갈겼다. 찬서는 걸음 속도를 맞춰 할머니의 얼굴을 살폈다. 그냥 할머니 같진 않았다. 눈빛 속에 번쩍임이 있었다. 궁금증이 일었다.

"어디로 가는…."

할머니는 찬서의 질문이 끝나기 전에 낡은 간판이 달린 호프집으로 들어갔다.

"여기 곰장어 좀 줘 봐. 된장국 하나 끓여주고."

"정 원장님. 오늘 더 멋지시네요."

정 원장? 학원? 어디 원장인가?

"할머니, 호프집에 곰장어가 어딨어요."

"여긴 다 있어."

정 원장은 의기양양했다.

잠시 후 주인이 볶은 곰장어를 수북하게 담아서 내왔다.

"여행자는 아닌 거 같은데. 무산에는 무슨 일이야?"

"그냥 백수입니다."

"그럼 곰장어 나올 때까지 내기 하나 할까?"

찬서는 고개를 끄덕였다.
"뭘 거는데요?"
"원하는 거 들어주기?"
"좋아요. 술값 굳었네요."
"저기 건너편 테이블에 남자 둘 보이지? 한 명은 변호사고, 한 명은 범죄자야. 둘 중 누가 범죄자일까?"
찬서는 둘의 얼굴을 관찰했다. 둘 다 셔츠를 입고 있었고, 둘 다 50대로 보였다. 왼쪽은 짧은 머리에 눈썹 사이가 좁았고 주름이 많았다. 오른쪽은 매부리코에 주름이 없다.
"오른쪽이요."
"왜 그렇게 생각하지?"
"저 나이 되도록 얼굴에 주름이 하나 없다는 건 책임감이 없다는 소리니까요."
"재밌군."
"그래서 정답은? 누가 범죄잔데요?"
"둘 다야."
찬서는 정 원장의 대답에 고개를 돌렸다.
"한 명은 변호사지만 대기업을 변호해주면서 뒷돈을 받고, 한 명은 딸을 성폭행한 남친을 칼로 찔러서 폭행 전과가 있지. 둘 중 누가 더 나쁘다고 할 수 있을까?"
"사람 시험하는 게 취미군요. 고약하시네요."

웃는 입술 사이로 정 원장의 금니가 번쩍였다.

찬서는 그날 정 원장과 함께 3차, 4차, 5차까지 간 기억이 스멀스멀 떠올랐다. 저 할머니는 분명 아침까지 찬서만큼 술을 마셨다. 근데 멀쩡하다 못 해 깔끔하기까지 하다. 찬서의 미간이 구겨졌다.

"이제 기억나나 보네. 자, 여기."

정 원장은 종이를 들이밀었다. 고용계약서. 거기는 찬서의 사인이 들어 있었다. 탐정으로 일한다는 내용이 언뜻 눈에 들어왔다.

"술 먹고 한 사인이 효력이 있습니까?"

"오리발 내미는 스타일은 아닌 줄 알았는데. 자, 그럼 이건 어때?"

계산서에서는 45만 원이 청구되어 있었다. 세부 내역서도 함께 붙어있었다. 간판, 차 수리비 등등.

"할머니, 사기꾼은 아닌 줄 알았는데요?"

"밖에 아직 못 봤고?"

정 원장이 창문을 열었다.

"저기 앞집 간판을 발로 찼어. 그리고 저 차 보이지? 저거 내 찬데 사이드미러 발로 차서 날아갔어. 재물손괴야. 거기다 계단에 토한 거 내가 청소했어. 어제 많이 먹었더라."

"제가요? 전 기억이 안 나는데요?"

찬서가 눈을 동그랗게 떴다.

"그럼 이제 그 동그란 눈으로 이걸 봐."

할머니가 내민 핸드폰 영상 속에는 찬서가 비틀거리면서 차를 발로 차는 장면이 찍혀 있었다. 찬서는 다리에 힘이 풀려 소파에 앉았다. 사기꾼도 보통이 아닌 사기꾼에게 걸려든 게 분명하다.

"여기서 일하는 거, 너무 어렵게 생각할 필요 없어. 갑자기 그만둬서 일할 사람이 없어서 그래."

어느 할머니가 준 달걀이 테이블 모서리로 이동해 있었다. 로라미용실은 살짝 기울어져 있다. 고개를 들어 천장을 보았다. 세월의 풍파를 정면으로 맞은 듯한 이 건물은 족히 40년도 넘어 보였다.

"심부름센터 뭐, 그런 겁니까?"

"심부름센터는 시키는 일을 하는 거고, 여기는 조사를 하는 거야."

그게 그거 아닌가? 찬서는 코웃음이 나올 뻔했다.

"여기서 무슨 조사를 하는데요?"

"여기 오는 손님들이 부탁하는 일."

할머니들이 이제껏 정 원장이 해결한 일들을 말해주었다. 잃어버린 돈 찾아주기, 남편에게 얻어맞은 외국인 도와주기, 속옷 도둑 잡기 등등. 모여든 할머니들이 믿음직스러운 눈빛으로 찬서를 바라봤다.

머리가 지끈거린다.

'이놈의 술이 원수다.'

찬서는 인상을 찌푸렸다. 속이 울렁거렸다.

"출근은 10시, 퇴근은 6시. 그 외 수당은 챙겨주고, 사무실은 미용실 2층. 묵을 곳은 이 건물 옥탑방이 있으니 원하면 거기서 지내도 돼. 대신 손님이 없을 경우 수건도 빨아 널면 되고. 내가 허락하지 않은 일은 해서도 안 되고 받아서도 안 돼. 월급날은 매달 말일. 첫 달은 빚진 거 제하고 줄게. 여기 차 수리 명세서."

"전 일 같은 거 안 해요. 술값하고 차 수리비는 계좌로 부칠게요."

무슨 재능 기부도 아니고 한꺼번에 몇 개의 일을 시킬 셈인가, 이 할머니!

"일을 그만두라는 것도 아니고, 나오라는 건데 뭐가 고민이야?"

찬서는 대답이 없다.

"아구, 탐정 선생! 옥탑방 구경이나 해보고 결정해. 옥상이 해도 잘 들고 널찍하니 좋아."

아, 탐정 아니라니까요.

찬서는 할머니들에게 떠밀려 2층 사무실을 지나 계단을 통해 옥상으로 올라갔다.

널찍한 옥상에는 화초와 오이, 파 등이 심겨 있었다. 빨랫줄에는 수건들이 바짝 말라갔다. 패널로 만들어진 작은 옥탑방은 겨울엔 춥고 여름엔 더워 보였다.

하늘이 반짝였고, 구름이 머리 위에 있었다. 아래로는 로라미용실의 회전 간판이 슬금슬금 돌아갔다. 로라미용실 주변에 빈 점포

들과 주택들이 보였다.

옥탑방에서 대각선으로 빌라가 보였다. 노란 벽돌이 군데군데 깨진 낡은 원룸. ㄷ빌라였다. 거리상으로는 상당히 가까워서 창문을 열면 내부까지 보일 정도의 거리였다.

'말도 안 돼.'

찬서는 목젖을 꿀렁거리면서 침을 삼켰다.

찬서가 무산에 온 이유는 복수 때문이다. 엄마를 죽인 자, 전탁근. 그가 출소하면 그의 아들에게 돌아올 것이다. 그리고 그 아들이 저 ㄷ빌라 304호에 산다.

정 원장이 옥상으로 올라왔다. 찬서는 얼른 ㄷ빌라에서 시선을 거뒀다.

"나는 이 동네가 좋아. 일거리도 많아 전국에서 근본 없는 사람들이 몰려들거든."

정 원장의 시선에는 주택들이 서 있고 배기가스가 배출되는 공장 굴뚝이 보였다.

"사는 게 어때?"

"또 무슨 말씀을 하시려고요?"

"여자친구를 질식시켜 죽이고 산낙지를 먹다가 질식사한 것처럼 위장한 남자는 무죄였지. 안전벨트를 안 한 줄 알면서도 급브레이크를 밟아 사망하게 한 남자 또한 과실치사."

찬서가 정 원장을 쏘아보았다.

"대체 무슨 말을 하고 싶은 거예요?"

"미용실에 오는 할머니, 손녀, 며느리, 딸, 친구가 겪을 수 있는 일이야."

신념이 눈동자가 된다면 저런 색깔일까.

"과잉 방어, 무력 제압, 노찬서 경위의 강등 사유던데, 거기서 못 한 일 여기서 하라고."

"제 뒷조사 하셨어요?"

"같이 일할 사람이 누군지는 알아야지. 비닐봉지에 칼 넣고 다니는데 그냥 쓸 수는 없는 거 아니야? 선택해. 시내 여관방에서 네 엄마 죽인 놈 나올 때까지 칼만 갈고 있든지, 여기서 원없이 못 했던 일 하든지."

찬서의 목덜미가 서늘했다.

평범한 미용실 원장이 하루 만에 알아낸 정보치고는 솜씨가 좋았다.

"정체가 뭐예요? 탐정이에요?"

"미용실 원장이고, 탐정소 원장이기도 하니 정 원장이라고 불러. 탐정은 그쪽이 될 테고."

탐정 같은 소리….

"안 합니다, 탐정. 뭘 하던 분인지는 모르겠지만, 절대로 안 합니다."

찬서는 자기의 내면을 들여다보며 미소 짓는 듯한 정 원장의 얼굴이 마음에 들지 않았다.

찬서는 말없이 탐정소를 나왔다. 머릿속이 뒤죽박죽이었다.

'탐정소 할머니는 대체 누구고, 나에 대해 어디까지 아는 것일까?'

관자놀이가 쑤셨다.

무산의 이른 여름이 오고 있었다. 걸으니 등에 땀이 배어 나왔다. 그의 술집은 무산 공장가 끝에 있었다. 상가 밀집 지역과는 조금 떨어졌다. 안을 들여다보니 테이블이 6개 있는 작고 아담한 이자카야다. 주소를 확인하니 찬서가 미리 검색한 주소와 상호가 맞았다. 자그마한 창문 너머로 40대 초반의 키가 크고 어깨가 넓은 남자가 보였다. 안쪽에서 분주하게 준비 중이었다. 찬서는 안으로 들어갔다. 에어컨 바람이 적당히 시원했다. 작은 가게에 어울리지 않는 큰 남자였다. 눈썹 뼈가 튀어나온 것, 눈썹이 진한 것, 두건 사이로 자란 머리, 그 사이로 삐죽 나온 뾰족한 귀, 넓은 턱이 언발란스해 묘한 분위기를 풍겼다. 전재호. 엄마를 죽인 사람이 저자의 아버지다.

저자의 아버지는 출소하면 아무 일 없던 것처럼 아들에게 돌아올 것이다.

복수. 찬서는 그 계획을 어미 새가 알을 품듯 오랫동안 품고 있었다.

25년 전 주차장에서부터….

그는 작은 가게에서 최대한 존재감을 지우려는 듯, 어깨를 말고 고개를 숙였다. 왼쪽 어깨가 비스듬히 기울어 보였다. 남자는 찬서에게 어서 오세요, 인사를 했고 물을 가져다주었다. 찬서는 인터넷으로 미리 보고 간 메뉴판을 다시 보고 맥주와 닭튀김 요리 하나를 주문했다. 전재호는 친절하지만 차분한 인상으로 전탁근과 눈, 코, 입 어디도 닮지 않았다.

마흔이 넘으면 얼굴에 책임을 져야 한다는 말이 있다. 눈은 마음의 창이란 말도 있다. 얼굴이나 표정은 감춰도 눈빛은 감출 수 없다.

엄마를 죽인 악마도 어른이란 타이틀을 달고 찬서에겐 친절했다. 아이스크림처럼 달콤하고, 솜사탕처럼 부드러웠다. 때때로 그의 눈길이 길게 어린 찬서에게 꽂혀 있기도 했다.

"말괄량이 아가씨?"

전탁근은 어린 찬서를 그렇게 불렀다.

마지막 그의 눈빛을 잊을 수 없었다. 눈동자 너머에 존재하는 악의. 버튼 하나만 누르면 폭발해버릴 것 같았다. 그것은 숨기고 숨겨도 방심하는 순간 흘러나온다. 찬서는 습관처럼 사람들에게서 그 버튼이 어딨는지 관찰했다.

5분 정도 지나자 맥주가 먼저 나왔다. 맥주 거품 상태는 깨끗했다. 잠시 후 안주가 나왔다. 닭튀김 요리였다. 바삭한 튀김옷, 깨끗한 기름 상태가 한눈에 보이는 튀김이었다. 이 정도면 큰돈은 벌지 못해도 이 근처에서는 반가운 술집일 것이다.

요리를 설명하는 전재호의 목소리는 낮고 울림이 있었다. 쓸데없는 질문이나 단어를 사용하지 않았다. 조심성이 많은 타입 같았다. 곧 다른 손님들이 들어왔고 그는 단골손님인 듯 응대했다. 사람들은 목소리가 컸고, 필요 이상으로 요리를 많이 주문했다.

전재호는 몸놀림도 빠르고 한번 받은 주문도 잘 기억했다. 주방 너머 칼을 쥔 그의 손가락이 길었다. 그 긴 손가락으로 생선의 살점을 썰고 베고 조각냈다. 속이 미식거렸다.

찬서는 맥주를 홀짝이면서 그를 훔쳐보았다.

그는 잠시 후 서비스라면서 양배추절임을 가져왔다. 찬서가 아니라 그의 정체를 모르는 다른 여자였다면 미소가 근사하다고 생각했을 것이다. 손을 보니 반지는 없다. 결혼은 하지 않은 걸까? 냉장고에 붙은 사진들을 보아도 풍경뿐, 사람의 사진은 보이지 않았다.

"화장실이 어디예요?"

찬서는 일부러 화장실을 물었다. 그는 간결하고도 친절하게 위치를 알려주었다. 주방을 지나쳐 뒤로 돌아가니 작은 남녀 공용 화장실이 보였다. 지나치면서 슬쩍 본 주방은 바닥도 깨끗하고 정리정돈이 잘 돼 있었다. 화장실 안 또한 협소했지만 아기자기하게 꾸몄다. 방향제와 뽀송한 수건. '열심히 살고 있구나.' 웃음이 터져 나옴과 동시에 뱃속에서 알 수 없는 분노가 끓었다.

자리로 돌아오니 그가 테이블 위의 쓰레기를 치워주고 있었다. 일찍 끼니를 때운 손님들도 나갔다.

"여기서 장사 오래 하셨나 봐요."

"5년 정도 됐습니다."

"가족분들도 이 동네 사나요?

그가 찬서의 눈을 바라보았다. 초면에 선 넘는 질문이었다. 찬서는 황당한 질문을 해서 보이는 반응을 보고 관찰하는 것을 좋아했다. 어떤 반응을 보이느냐에 따라 그 사람의 특징을 알 수 있다. 남자의 눈이 찬서의 손끝을 향했다. 찬서가 그의 눈을 들여다보았는데 고요함이 있었다. 당황스러운 상황에 침착함이란….

그는 비위를 맞추는 가짜 웃음도, 둘러대는 말도 없이 아무런 대답도 하지 않았다. 그의 등짝은 끝까지 침묵했다. 저 고요함 속에 무엇이 들어있을까.

발바닥이 간질간질했다.

그때 3명의 손님들이 들어왔다. 찬서는 남은 맥주를 삼키고 나왔다. 전재호는 건조하게 "감사합니다."라고 인사를 했다. 나오자마자 그대로 토했다. 식지 않은 아스팔트 거리 위로 후덥지근한 바람이 불었다. 술에 취한 사람들이 비틀거리면서 기숙사나 모텔로 찾아갔다. 무산의 밤을 방관하면서 돌아다닌 찬서는 시계를 보았다. 자정이 다 되어 갔다. 이자카야로 돌아가 몸을 숨기고 기다렸다.

그가 마지막 음식 쓰레기를 정리하고, 술집의 나무 문을 잠그고, 셔터를 내렸다.

그는 걸음이 빨랐다. 찬서는 그 뒤를 조용히 따랐다. 10분 정도 걷더니 ㄷ빌라의 낡은 원룸으로 들어갔다. 3층 오른쪽 집의 불이 켜졌다. 찬서는 주변을 둘러보았다. 멀지 않은 곳에 불 꺼진 로라미용실의 회전 간판이 보였다.

이곳에서 적당한 직업이 필요했다. 백수가 그 술집에 매일 가는 것보다 퇴근 후 들른다고 하는 게 더 좋을 거 같았다.

다음 날 찬서는 정 원장이 건넨 명함에 적힌 핸드폰으로 전화를 걸었다.

"거절한다고 전화해주는 스타일은 아닐 거 같고, 결정했나 보네."

전화기 너머 정 원장의 쩌렁쩌렁한 목소리가 들려왔다. 미용실 사람들의 부산스러움도 넘어왔다.

할게요, 탐정. 이라고 멋지게 말하려고 했다.

"명함 만들어주나요?"

이 소리가 입에서 튀어나왔다.

정 원장은 미용실에서 머리를 만다. 손님은 거의 수다를 떠는 동네 주민들이고 실제로 머리를 하는 사람은 하루에 한두 팀이다. 나머지 할머니들은 소파에서 라면을 먹고 테이블 위에서 화투를 친다. 그곳에서 누가 곗돈을 들고 날랐다거나, 누가 얻어맞는다거나, 누가 야반도주를 했다거나 하는 등의 정보를 알 수 있다.

로라미용실은 계란도 삶아주고, 빵과 커피까지 무료로 제공한다. 대신 할머니들은 무산의 모든 소문을 모아 이곳에서 전달한다.

처음에는 낡은 건물에 조잡한 간판을 달고 있는 이곳에 사건이 있을지 의심스러웠다. 그러나 미용실은 온갖 소문이 모이는 곳이었다.

정 원장의 관심은 머리를 마는 것보다 그들이 하는 이야기에 있는 듯했다. 누군가 얻어맞았다거나, 누군가 돈을 가지고 도망갔다거나, 원나잇한 남자를 찾아달라거나. 어디서도 이야기할 수 없는 이야기를 이곳에선 한다. 그러면 미용실 손님이 탐정소 손님이 되어 정 원장이 위층으로 올려보낸다.

이렇게 소문이 퍼져 아는 언니의 언니의 언니가 오기도 하고, 이모의 친구의 조카가 오기도 한다. 무산의 여자들이 도움을 청할 곳이라곤 로라미용실밖에 없는 것 같았다. 찬서는 탐정이 된 후 보름 동안 사라진 강아지를 찾아주고 원나잇 상대에게 빼앗긴 신용카드를 찾아주기도 했다.

평범한 사람들은 평범하지 못한 일을 겪고 있었다.

찬서는 평범한 사람들이 부러웠다. 찬서가 함께 일했던 경찰들은 대부분 가정이 있었다. 후배 경수는 배부른 아내와 세 살짜리 딸이 있었고, 선배 소현은 모셔야 할 부모가 있으며, 팀장은 부모와 자식을 다 지켜야 했다. 평범한 그들은 찬서와 달랐다.

찬서의 정체성은 시트콤과 복수극 그 어디쯤에 있었다. 경찰일 때는 합법적인 일밖에 할 수 없었다. 가해자의 이마에 권총을 겨눴을 때에는 영웅이 되는 것이 아니라 시말서를 써야 했으니까.

어차피 찬서의 인생은 25년 전 도착지가 정해졌다. 그곳으로 가는 길은 고통이란 친구, 불행이란 동료와 함께였다. 그들과 함께할 때 오히려 마음이 편해지곤 했다. 그래서 불행이 없다면 스스로 불행하게 만든다.

그래서 로라미용실을 찾아온 불행한 사람들이 그녀에겐 반갑기도 했다. 탐정은 합법과 불법 그 사이에서 불행을 기다린다. 그래서 찬서는 마음에 들었다.

할머니들의 이야기에 따르면 로라미용실은 오래전부터 있었고, 정 원장이 이곳의 주인이 된 지는 7년 정도 되었다고 한다. 느지막한 나이지만 특유의 카리스마와 해결 능력으로 사람들이 모였다. 그녀는 범죄 지식에 해박했고, 상황 판단이 빨랐다. 누군가는 전직 경찰이라고 했고, 누군가는 사채업 쪽 큰손이라고 했다. 또 누군가는 범죄조직의 뒤처리를 도맡아 했을 거라고 했다. 이렇듯 소문은 무성했지만 정 원장이 정확히 몇 살인지, 무슨 일을 하다 이곳으로 왔는지는 아무도 몰랐다. 다만 어떤 일이 있어도 크게 당황하는 법이 없고, 알고자 하는 정보는 모두 알았으며, 해결하고자 하는 일은 모두 해결했다.

"노 탐정. 같이 살 남자는 없어? 아니면 같이 살고 싶은 남자나."

찬서가 젖은 수건을 널고 있는데 이쁜이 할머니가 물었다. 찬서의 신념보다는 몇 살이냐, 남친이 있냐, 결혼은 했냐, 아니면 갔다 왔냐가 더 궁금했다. 할머니들은 시도 때도 없이 선을 넘어왔다.

"전에 탐정은 왜 그만뒀어요?"

할머니는 미용실 벽에 걸린 사진을 가리켰다. 40대 정도로 보이는 여자로 큰 쌍꺼풀에 다부진 입매가 인상적이었다.

"그만둔 거 아니야. 똘이라는 강아지 찾으러 갔다가 사라졌지. 어느 날 갑자기."

찬서는 사진 속 여자의 얼굴을 바라보았다. 해바라기 모양의 목걸이가 빛났다. 이 로라탐정소의 탐정 자리는 웬만큼 사연 있는 사람의 지정석인 모양이다. 그녀는 어디로 갔을까?

사라진 엄지손가락

찬서는 미용실 2층에서 누군가의 남편을 미행해주거나, 집나간 여동생의 행방을 찾아줬다.

'미용실 2층에 이런 탐정 사무소가 있다니….'

웃음이 나왔다.

정 원장은 옷이 사람들에게 신뢰감을 준다고 착각하는 모양이었다. 어쩌면 취미로 시니어 모델 학원 같은 곳을 다녔을지도 모른다. 그녀는 늘 허리를 펴고 똑바로 걸었다. 사람 말을 듣다가도 저 가게가 바뀌었네, 같은 다른 이야기를 했다. 늘 다른 곳을 살피고 주변을 파악했다.

정 원장이 마음에 들었던 것은 담백함이었다. 할머니 특유의 잔

소리도, 말 많음도 없었다. 능숙하게 로드를 말며 맞장구를 쳐주는 것으로 동네 사람들은 정 원장에게 통장 비밀번호까지 털어놓는다. 인구 4만의 무산이 정 원장의 손바닥 위처럼 느껴졌다.

6월의 마지막 날 오후, 한 여자가 미용실을 찾았다.

"원장님. 여기 2층에 정말 탐정소가 있어요?"

여자는 거울을 보면서 정 원장이 커트한 머리 스타일을 체크하며, 로라미용실에서 2층 탐정소로 가는 계단을 뚫어지게 쳐다봤다.

"거기서 일하는 탐정 여깄네."

정 원장이 소개할 때 찬서는 마지막 수건을 털어 널고 있었다. 여자와 눈이 마주치자 고개를 까딱했다.

"노 탐정이 이렇게 여리여리해 보여도 전직 경찰이야."

정 원장이 여자에게 윙크했다. 천사는 여자와 함께 2층으로 올라갔다. 의뢰인의 이름은 정수민, 20대 여자로 컨버스 운동화에 블루진, 목이 파인 티셔츠를 입고 있었다. 의뢰인은 아담하지만 소파와 테이블이 있는 소박한 내부를 꼼꼼히 둘러보았다. 불안한 품세였다. 찬서가 명함을 내밀었다.

'로라탐정소, 노찬서 탐정. 여성 경찰관 출신 탐정이 여러분을 도와드립니다.'

명함을 확인한 수민의 눈이 아까와 다르게 반짝거렸다.

"진짜 탐정이세요?"

"직업으로 네일아트 하시죠?"

수민은 살짝 놀란 표정으로 찬서를 보았다.

"어떻게 아셨어요?"

"네일아트가 열 손가락 다 된 건 아니고, 세 손가락만 되어 있어서요. 벗겨진 게 아니라 최근에 한 것 같고, 계절은 여름용 수박 스타일로 신상이란 소리잖아요."

찬서는 커피를 내려 의뢰인 앞에 놓았다. 수민이를 따라올라온 정 원장도 찬서 옆에 앉았다.

"사실은 네일아트 손님들 중에 로라미용실 위층에 있는 탐정소에 대해 이야기하는 손님들이 있어서요. 고민하다가 한번 와봤어요."

수민이 소파에 엉거주춤 앉아 손끝을 만지작거렸다.

"무슨 일이시죠?"

"제 친구 때문이에요. 친구 이름은 임여진이고요. 저랑 동갑인 스물두 살이고 자매처럼 지낸 사이에요. 근데 여진이가 갑자기 연락도 안 되고, 집에 찾아가도 나오지 않는 거예요. SNS도 끊고요."

"평소에도 자주 그랬습니까?"

"아니에요. 저랑 다투더라도 꼭 먼저 연락해서 말 걸어주는 스타일이에요. 늘 당당하고 일도 열심히 하는 친구였어요. 근데 이번처럼 이렇게 길게 연락도 안 되고 그런 건 처음이에요. 네일아트 수업 듣는 것도 그만뒀다고 하고. 이상해서 집에 가봤더니 그 집

쓰레기장에 이상한 게 있는 거예요."

수민은 핸드폰으로 찍은 사진을 보여주었다. 쓰레기장을 찍은 사진이었다. 원룸건물 앞이었고, 대부분 내용물이 꽉찬 종량제 봉투나 재활용 쓰레기를 담은 비닐 봉지였다.

"여기 보세요."

"이게 뭡니까?"

"엄지손가락이요."

수민은 사진 속 쓰레기가 놓인 바닥을 손가락으로 가리켰다. 미세하게 검분홍색의 살덩이가 보였다. 손가락이라고 해서 그런가 싶었지 생각 없이 보았다면 잘린 햄이나 부서진 장난감이라고 생각할 것이다.

"이건 여진이 엄지손가락이 분명해요."

찬서의 표정을 보던 수민이 힘주며 말했다.

"이게 친구의 엄지손가락이라고 어떻게 확신하시죠?"

"여기 손톱 부분이요. 저랑 같이 빨강 초록이 섞인 쿠키 모양 네일을 했는데, 엄지손톱에 남아 있어요. 확실해요. 같이 찍은 사진도 있어요."

수민이 핸드폰을 내밀었다.

사진 속에는 여진과 수민이 손가락을 쫙 펼치고 웃고 있었다. 사진 속 임여진은 검은 단발머리를 하고 은은한 미소를 띠고 있었다. 수수한 얼굴에 탄탄한 체형이 건강해 보였다. 수민의 말대로 확대를 해보니 손톱 끝 부분에 빨강과 초록이 섞인 네일아트가 남아 있었다.

"경찰엔 신고했습니까?"

"네, 신고했는데요. 경찰이 쓰레기장에 가서 보니까 엄지손가락 같은 건 없다고 하더라고요. 이미 쓰레기를 치워서 그런지 제가 다시 가봤을 때는 아무것도 없었어요. 물론 이 사진도 믿지 않는 눈치예요. 친구한테 아무 일 없다는 답변도 받았다고요. 친구는 저를 보고 싶지 않다고 했대요."

"친구 엄지손가락은 확인했답니까?"

"네, 그게 그 친구가 요리하다가 실수로 칼에 베인 거라고 했대요, 그리고 오히려 저를 스토커로 몰았고요."

찬서는 스토커란 말에 수민의 눈을 살폈다. 투명한 갈색 눈동자가 다소 유약해 보였지만 악의나 거짓말은 느껴지지 않았다. 오히려 감상적이고 슬픔이 보였다.

"여진이가 절 밀어낼 리 없어요. 엄지손가락을 요리하다 자르다니요. 여진이는 매사에 손을 중요하게 생각했어요."

"그럼, 왜 그런 행동을 했는지 짐작 가는 게 있나요?"

수민의 얼굴에 그늘이 드리웠다.

"남자요."

그녀의 말에 따르면 여진과 수민은 부모 없이 시설보호소에서 함께 지낸 사이였다. 힘든 환경이었지만 함께 네일아트의 꿈을 키워나갔다. 둘은 서울로 가서 함께 네일아트 숍을 차리겠다는 꿈이 있었다. 그러던 중 여진에게 6개월 전쯤 남자가 생겼다고 했다. 남자의 이름은 도진수. 사업가라고 소개했지만 뭘 하는지도 정확히 모르겠다고 한다. 여진은 그 남자를 만난 이후로 자존감도 떨어지고 매사 자신감이 없었고, 스스로를 자책하는 일도 늘어났다고 한다.

서울에서 왔다고 하는 그 남자는 다른 남자들과는 달리 마음이 착하고 그녀를 진심으로 생각한다고 했다. 수민이 만나보고 싶다며 소개시켜달라고 했는데, 그 이후 연락이 뜸하더니 나중에는 연락도 안 받는 상태라는 것이다. 마지막으로 만난 게 3개월 전이다.

"한번 여진이 집으로 찾아갔을 때 그 남자가 나오더라고요. 여진이가 저를 만나고 싶지 않다고 했대요. 거짓말이에요. 여진이가 그럴 리가 없어요. 우린 가족이나 다름없는 사이예요. 제발, 여진이를 도와주세요."

정 원장이 찬서를 쳐다보며 고개를 끄덕였다.

의뢰인 정수민이 돌아가고 나서 찬서는 생각에 잠겼다. 찬서는 사진을 들여다보았다.

정말 손가락일까? 네일아트를 꿈꿨던 여자가 자기 손가락을 자르다니, 그게 사실이면 그건 꿈을 포기하는 거와 다름없다. 대체 그녀에게 무슨 일이 있었던 걸까?

찬서는 수민에게 받은 이름과 주소를 쳐다보았다. 임여진, 22

세. 무산시 K동 420-10 낙원빌라 204호.

먼저 찬서는 임여진의 인스타그램을 뒤졌다. 의뢰인이 여진의 엄지손가락을 발견한 날이 6월 15일, 그날의 게시물은 없었지만 그다음 날에는 남친과 함께 찍은 셀카가 올라가 있었다. 사진 속에서는 손가락이 잘렸다고 생각할 수 없게 해맑게 웃는 모습이 보였다. 마지막 게시물은 한 달 전인 6월 18일이었다. 손가락이 발견된 날이 6월 15일이니 시간상으로는 손가락이 잘린 3일 후까지 게시물이 올라가 있었다. 그녀의 표정에는 특이사항이 없었다. 한 가지 이상한 점은 사진에 찍힌 배경 모두 배경만으로는 장소를 특정할 수 없는 곳들뿐이었다. 주로 얼굴만 확대해서 찍거나 하는 각도로, 흔한 카페 로고나 거리의 간판 하나 보이지 않았다. 마지막 게시물이 올라온 이후로는 양손이 다 나오게 찍은 사진은 없었다.

잘린 엄지손가락이 찬서의 눈앞에 어른거렸다.

정말일까.

남자친구가 찍어줬다던 사진, 케이크에 촛불을 붙인 사진, 사진 속 임여진은 부러울 거 없이 행복해 보였다.

'이젠 행복해진 임여진이 더 이상 정수민과 만날 필요가 없었던 건 아닐까.'

찬서는 오른쪽 볼 안을 자근자근 씹었다.

무산은 오전 10시가 돼도 더운 바람이 불었다. 정 원장이 내어

준 낡은 아반떼 승용차 에어컨에서는 뜨거운 바람만 나왔다.

찬서는 숙취 해소 음료를 따서 목 안으로 넘겼다. 아까운 술을 굳이 깨는 건 찬서가 보통 때는 하지 않는 일이지만 오늘은 일을 해야 한다.

핸드폰 내비게이션은 "목적지에 도착했습니다."라는 멘트를 뱉어냈다. 네비게이션의 빨간 점이 가리키는 그곳에는 5층짜리 원룸 건물이 보였다. 건물 입구에는 낙원빌라고 쓰여 있었다.

최대한 그늘진 곳에 주차했지만 차 안은 푹푹 쪘다. 창문을 내리자, 습한 바람이 몰려들었다.

찬서의 장점은 기다림이고, 특기는 인내였다. 오지 않는 엄마를 기다렸고, 떠난 아빠를 기다렸다. 언젠가는 두 다리 쭉 뻗고 아무 꿈도 꾸지 않고 연달아 6시간을 내리 자는 날이 오길 기다렸다.

불길을 보면 정신을 잃어버릴 것 같은 과호흡 상태가 오는 것도 언젠가는 평온해지길 기다렸다. 그 기다림의 끝은 오지 않았다. 기다림은 스스로 끝낼 수밖에 없다.

찬서는 차 안에 앉아서 나타날 임여진을 기다렸다. 푹 꺼진 카시트 때문에 엉덩이가 아파왔고 다리에 피가 몰렸다. 기다린 지 3시간이 좀 지나자 야구모자를 눌러쓴 여자가 원룸에서 나왔다. 펑퍼짐한 조거팬츠에 후드티를 입었다. 모자 밑으로 두툼한 뺨은 터질 것 같았고, 내장지방은 폭발할 듯 출렁거렸다. 게다가 다리를 절뚝였다. 나이는 20대 여자처럼 보였다.

임여진인가? 아닌가?

푸석한 머릿결, 퉁퉁 부은 다리와 얼굴, 텅 빈 눈동자, 그리고 두툼한 뱃살과 굵은 다리를 다시 한번 보고 나서야 찬서는 의뢰인 정수민이 준 임여진의 사진과 비교했다.

수민이 준 사진 속 임여진은 갈색 머리에 흰 티셔츠와 몸에 붙는 청바지 차림으로, 몸무게는 50킬로그램 전후쯤 돼보였다. 그러나 눈앞의 여자는 사진 속 임여진보다 훨씬 뚱뚱했다.

얼마 전까지 올라온 페이스북과 인스타그램에 올라온 사진과도 전혀 다른 사람처럼 보였다.

'설마, 저 여자가 임여진이라고?'

수민은 여진을 마지막으로 본 게 3개월 전이라고 했는데, 그사이에 20킬로그램은 찐 거 같았지만 이목구비는 임여진이 맞는 것 같았다.

'아무리 먹어도 3개월 만에 저렇게 찔 수 있을까?'

찬서의 시선이 여진의 엄지손가락을 확인하려고 했지만 그녀는 주머니에 손을 넣고 있었다. 확인이 필요했다.

찬서는 차에서 내려 그녀의 뒤를 따랐다. 밝은 곳에서 본 그녀의 상태는 심각했다. 머리는 감지 않은 상태로 군데군데 뭉쳐 있었고, 목이 늘어난 티셔츠는 색이 바래 있었다. 노숙자라고 해도 믿을 만한 상태였다.

그녀는 골목을 빠져나가 큰길로 걸었다. 상가들이 들어선 거리가 보였다. 찬서는 거리를 두고 따라갔다. 그녀의 걸음이 느려서 미행이 더욱 어려웠다.

그녀는 10분 정도 더 걸어서 상가 건물로 들어가 낡은 엘리베이터를 타고 3층에서 내렸다. 찬서도 그 뒤를 따랐다.

정형외과의 대기 의자에 그녀가 앉아 있었다. 찬서도 뒤를 따라 병원으로 들어갔다. 찬서는 대각선 뒤쪽에 앉아 그녀를 살폈다. 시큼한 냄새가 풍겼다. 사람들이 여진과 거리를 두고 앉았다. 불길한 예감에 심장이 쪼여왔다.

간호사가 임여진 씨, 라고 부르자 여자가 비대한 몸을 일으키며 일어났다.

임여진이 맞다.

찬서의 입술 사이로 뜨거운 날숨이 새어 나왔다.

그녀는 진찰실로 들어가더니 10분 후에 나왔다. 핸드폰으로 연신 누군가에게 메시지를 보냈다. 그녀의 오른손을 확인했다. 엄지손가락이 있어야 할 곳은 대형 밴드가 감싸져있었다.

대체 무슨 일이 있었기에 저렇게 변했을까?

사람들이 여진을 보고 흘긋거렸다. 그녀는 둥그렇게 말린 어깨를 움츠리고 모자를 눌러썼다. 여진이 서류를 받고 병원을 나갔다. 치료가 아닌 진단서를 받기 위해 병원에 온 것 같았다. 전화로 어딘가 보고하더니 편의점으로 들어갔다. 다른 것에는 눈길도 주지 않고 식빵 한 통과 마요네스를 샀다. 그리고 원룸으로 다시 절뚝이며 들어갔다. 스스로를 우리에 가두는 짐승처럼.

찬서는 도진수의 SNS를 검색했다. 그는 쌍꺼풀이 진한 눈에 네모난 턱의 30대다. 고급 요리들과 여행, 비싼 술, 호텔, 수영장 등의 사진을 올렸고, 언제나 혼자 찍은 사진뿐이었다. 외제 차, 해외여행, 맛집을 다니는 싱글 사업가가 콘셉트인 거 같았다.

그러나 며칠 찬서가 도진수를 미행한 결과 전혀 다른 삶을 살고 있었다. 하는 일이라고는 바다스토리 도박장에 들어가서 하루 종일 죽치는 것이다. 길을 걸어가다 남의 외제 차 앞에서 사진을 찍곤 하는데, 그 외제 차가 얼마 후 그의 SNS에 올라간다.

찬서는 도진수의 게시물에 반복적으로 댓글을 단 여자를 찾았다. 댓글을 삭제했는지 금방 지워지기도 했다. 계정은 love3030이었다. 찬서는 계정을 검색했다.

예쁜 셀카가 주로 올라가 있는 게시물이었다. 찬서는 DM을 보냈다. 도진수에 대해 물어볼 게 있다는 내용이었다.

"love3030 님?"

카페에 나온 김아인은 동상처럼 꼿꼿하게 서서 주변을 둘러보았다. 검은 두 눈이 인상적이었고, 플라워프린트의 원피스를 입었다. 긴장하는 표정이었으나 찬서를 발견하고는 자신과 비슷한 젊은 여자라 안심하는 눈치였다.

"도진수 그 새끼 사고 쳤죠?"

찬서는 자신이 탐정이라 밝히고, 의뢰받은 내용과 임여진의 이야기를 했다. 이야기를 들은 김아인의 얼굴이 어두워졌다.

"도진수 씨에 대해 알고 있는 것을 말씀해주세요."

김아인은 숨을 들이마시고 이야기를 시작했다.

김아인의 말로는 2019년에 도진수와 국가지원학원에서 만났다고 한다. 도진수는 부모님이 해외에서 큰 사업을 하는데 손 벌리기 싫다고 했다. 그 마음이 착해 보였다. 어딘가 순수하면서도 남자다운 모습에 호감이 갔단다. 게다가 그는 줄곧 그녀에게 죽은 첫사랑을 닮았다고 했다. 만난 지 한 달밖에 되지 않았는데 청혼했다. 그런데 점점 사생활을 차단하고 모든 게 김아인 잘못이라고 하기 시작했다. 모든 싸움의 원인은 다 그녀가 무지하고 예민한 탓이라고 했다.

김아인이 무릎 꿇고 빌어야만 용서해줬고, 자기 같은 남자 없다고 주입했다. 늘 김아인은 죄인이었고, 미안한 마음이 들었다고 한다.

"가스라이팅이군요."

"네, 그때는 몰랐어요. 제가 부족하고 예민하다고만 생각했어요. 헤어지고 나서야 알게 된 게 다행이라고 해야 할지…."

"혹시 도진수랑 지내면서 이상한 일 없었나요?"

"아… 있었어요. 그때 생각하면 소름이 끼쳐요."

김아인은 도진수와 일본 여행을 갔었다. 그녀는 술을 마시면 화장실에 자주 가는 버릇이 있어서 평소에는 밤에도 몇 번이나 깨는데, 도진수와 술을 먹었던 그날은 아침까지 한 번도 깬 적이 없다고 한다.

"그때는 그냥저냥 제 착각이겠거니 했어요."

김아인은 침을 삼켰다.

"그 후에 알아보니 그게 니코틴 원액 중독 증상인 거 같더라고요."

니코틴은 소량만 복용해도 사망할 수 있다.

"그즈음 저보고 전자담배를 피울 거라면서 사이트에서 대신 구매해달라고 했거든요."

찬서는 혀 밑으로 신침이 돌았다.

"그리고 도진수 첫사랑 자살한 거 아시나요? 이름이 황지연인가 그랬는데, 지나고 나니까 그것도 이상해요. 도진수랑 그 여자랑 둘이 모텔에 있다가 모텔 난간에서 떨어져서 죽었다는데, 그게 자살인지 아닌지 어떻게 알겠어요. 저도 당할 뻔하니까 그런 생각이 들더라고요. 완전 소시오패스예요."

김아인의 눈가에 눈물이 고였다.

2017년 12월에 사망한 도진수의 첫사랑 황지연은 모텔 난간에서 떨어져 자살했다. 그때 함께 있던 사람이 도진수였다. 황지연이 사망하고 김아인을 만나기 전까지 기간은 1년도 되지 않았다.

찬서가 도진수의 SNS 게시물을 뒤진 결과 2017년 10월 결혼, 혼인 서약의 해시태그를 걸고 황지연과 함께 찍은 사진이 있었고, 2017년 12월에는 '잘 가, 내 사랑. 꿈에서도 잊지 않을게'라고 게시되어 있었다. 한 가지 이상한 점은 도진수는 황지연의 자살로 보험금은 받지 못했다.

그런데 냄새가 났다. 그는 그때 아무런 의심도 받지 않아서 확신하게 된 거 아닐까. 둘이 있을 때 어떤 일이 일어났는지는 아무도 모른다.

도진수는 사귀는 여자에게 모두 청혼한 상태였다. 그 사이는 불과 3개월도 되지 않았다. 도진수가 접근하는 방식은 똑같았다. 첫사랑이 죽었는데, 닮았다. 고전도 울고 갈 작업 방식이었다. 또 사귀던 여자들 대부분이 보호시설에서 자라거나 가족들과 관계가 소원한 사람들이었다. 도진수의 범죄 여부는 확실하지 않지만, 그와 사귄 여자들은 모두 다른 방법으로 죽거나 다칠 뻔했다.

찬서가 김아인과 헤어진 후 미용실로 돌아오니 정 원장이 서류 한 장을 내밀었다.

"혼인신고가 되어 있더라."

서류 안에는 도진수와 임여진의 이름이 적혀 있었다. 그러나 글씨체는 모두 똑같았다. 찬서의 관자놀이가 쿡 쑤셨다. 혼인신고는 둘 중 한 명만 서류를 작성해도 된다. 도진수는 이 점을 노렸을지도 모른다. 그런데 이 서류를 정 원장이 어떻게 구했을까?

찬서가 정 원장을 보자 그녀는 파마 예약이 있다면서 일어섰다.

예약은 무슨….

정 원장을 붙잡고 서류를 어떻게 구했는지 물어보려 했지만 지금 중요한 건 그게 아니다. 임여진의 상황이 어떤지 확인이 필요했다.

뜨겁게 찌는 오후였다. 몽글몽글 목덜미에서 땀이 솟아났다. 찬서는 여진의 집 앞에서 도진수가 밖으로 나가는 걸 확인하고 낙원빌라 안으로 들어갔다.

똑똑-.

204호 앞에 서서 문을 두드렸다. 안에서는 아무 대답이 없었다.

"가스 점검 왔습니다."

더 큰 소리로 문을 두드렸다.

"점검 안 하면 나중에 벌금 내셔야 됩니다."

안에서 조용히 문 여는 소리가 들렸다. 문틈에서 나온 여진의 몰골은 엉망이었다.

푸석한 얼굴, 부은 눈두덩이, 생기 없는 눈빛, 대충 걸친 헐렁한 옷. 걸어 다니면 괜찮냐고 물어볼 사람이 여럿일 몰골이었다. 한때 빛나던 사진 속 그녀와는 다른 낯선 모습이었다.

"얼마나 걸려요?"

여진은 겨우 들릴까 말까 한 목소리를 냈다. 고개를 숙였고 모자 밑의 두 눈은 불안하게 흔들렸다.

"금방 끝나요."

여진이 몸을 비키자 찬서가 집 안으로 들어갔다.

내부는 방 두 개, 작은 거실이 하나 있었다. 가스 점검을 하는 척 주방으로 걸어가면서 방 안을 들여다보았다. 작은 방 바닥에는 물기가 흥건했다. 여진은 불안한 듯 이리저리 둘러보았다.

"가스 배관은 어느 쪽이죠?"

찬서의 물음에 여진이 베란다를 가리켰다. 베란다 빨래걸이에는 남자 속옷이 걸려 있었다.

"죄송하지만 화장실 좀 잠깐 써도 될까요? 바쁘게 점검 다니느라 화장실을 못 가서요."

그녀는 어쩔 수 없이 현관 입구 쪽의 문을 가리켰다.

화장실 안의 칫솔은 두 개. 남성용품으로는 면도기가 보였다. 욕실 바닥을 훑어보자 머리카락 뭉친 것이 보였다. 고개를 숙여 하수구를 보니 뭔가 걸려 있었다. 손가락을 넣어 들어올려 보니 상아색 이빨이었다.

밖에서 문 두드리는 소리가 들렸다. 찬서는 물을 한 번 내리고 밖으로 나갔다. 여진은 의심스러운 눈으로 찬서를 바라보았다.

"가스 검침원 아니죠?"

들켰다. 찬서는 거짓말과 연기에는 그게 소질이 없었다. 속이는 것보다 협박이 성격에 맞았다.

"정수민 씨 아시죠?"

여진이 숨을 멈췄다. 창백한 얼굴빛이 좋지 않다. 손톱을 물어뜯으면서 멀쩡한 다리를 덜덜 떨었다.

"누구세요?"

이 명함을 또 쓸 줄은 몰랐다.

정 원장이 만들어 온 조악한 명함을 내밀었다. '로라탐정소, 노찬서 탐정. 여성 경찰관 출신 탐정이 여러분을 도와드립니다.'라는 문구가 명함 위에 쓰여있다.

"정수민 씨가 그쪽 걱정 많이 하고 있어요."

여진은 말없이 명함만 바라보고 있었다.

"엄지손가락은 왜 그랬습니까?"

"이건 그냥 제가 실수로 그런 거예요. 제가 워낙 바보 같아서."

이가 몇 개 빠졌는지, 새는 목소리였다.

"실수로 엄지를 자르는 사람은 없어요. 도진수 씨가 시켰나요?"

"아니에요!"

그녀는 비명처럼 소리를 질렀다. 찬서의 귀에는 도와달라는 소리로 들렸다.

멀리서 차 소리가 들렸다.

"도진수 씨가 전에 사귄 여자들에게 벌어진 일, 알고 있나요?"

"몰라요. 나가세요!"

"임여진 씨. 도와드릴게요."

순간 여진의 시선이 찬서의 눈동자에 닿았다. 뜨거운 물에 데인 사람처럼 눈이 커져 있었다. 그러고는 곧 시선을 거뒀다. 날카로운 비명소리와 함께 충격이 전해져 왔다.

찬서는 여진에게 떠밀리듯 집 밖으로 나왔다. 문이 쾅 닫히는 소리가 들렸다.

찬서가 짧은 시간 그 집 안에서 발견해 낸 흔적은 세 가지였다.

첫째, 여진은 가스라이팅은 물론 신체적, 정신적 학대를 받고 있다.

둘째, 여진은 스스로의 판단력을 상실했다.

셋째, 여진이 위험하다.

찬서가 원룸 건물을 나가자마자 도진수의 차가 들어오는 게 보였다. 무언가 두고 간 모양이다. 뱀 같은 눈, 실실 웃는 눈, 가짜 미소로 사람들을 속이는 데 익숙한 눈빛. 도진수가 원룸에서 나오는 찬서 쪽으로 슬쩍 눈알을 굴렸다.

찬서는 뒤통수에 도진수의 시선을 느끼면서 원룸 밖으로 나왔다.

도진수는 임여진을 여자친구가 아닌 저금통이나 현금지급기 비슷한 것으로 여겼다. 원하면 뽑을 수 있고, 없으면 아쉽고, 다른 지갑이 생길 때까지 버릴 수 없는 존재. 거리낌 없이 조종하고, 그렇게 당하면서도 부당하다고 느끼지 않는 물건으로 만들려 했다.

찬서는 수민에게 그간 조사한 일들을 이야기했다. 이야기를 들은 수민의 얼굴이 점점 어두워졌다.

"제가 취업 준비를 하게 되면서 그전처럼 함께 있는 시간이 줄었거든요. 이게 다 제 탓인 거 같아요."

그녀의 눈이 테이블 끝에 박혔다. 모든 세간 살림을 잃은 이재민처럼, 수민은 한동안 멍하니 있었다.

외로움은 사람을 피폐하게 만든다. 외로움의 냄새를 맡고 외로운 사람 옆에는 이상한 사람들이 모인다. 여진이 열심히 일했던 것은 꿈을 이루고 싶었기 때문이다. 네일아트를 해서 보란 듯이 가정도 꾸리고 일도 하고 남들처럼 살고 싶었을 것이다. 단지 그것뿐이었다. 부모가 버렸지만, 그래도 잘 살아 내고 싶다던 청춘이었다.

"어떻게 해요."

수민이 물끄러미 찬서를 보았다.

"일단 경찰에 알려야지."

정 원장은 모범 답안을 말했다. 찬서는 안다. 경찰은 별 도움이 되지 못할 것을….

그녀가 경찰을 그만둔 이유도 이것 때문이었다. 경찰 생활을 하는 9년 동안 여자들이 당한 부당한 일에는 이성을 잃었다. 베트남 아내를 때린 남자의 팔을 부러뜨린 적이 있고, 사귀던 여자를 차 트렁크에 가두고 모텔을 돌아다닌 남자에게 총을 발포했다. 이런 대응들은 그녀의 경찰 커리어에 도움이 되지 않았다. 찬서는 징계

위원회에 회부되고, 결국 감봉에, 강등까지 되었다. 가해자들이 선처해달라고 하면 무죄가 되거나, 보복이 두려워 고소를 취하하거나, 스스로 탄원서를 내기도 하며 합의한다. 가해자들은 재판정에 반성하면 자유를 얻었다.

그날 저녁, 찬서는 정 원장이 시킨 밥에는 입도 대지 않고 술을 넘겼다. 뜨거운 기운이 식도를 쓸고 내려갔다. 술은 안정제이면서 친구이자 애인이었다. 때때로 술과 함께라면 아무것도 두렵지 않은 기분마저 들었다. 그녀는 물먹은 듯 조용했다. 이 일을 어떻게 해야 할지 생각하는 중이었다. 찬서는 골똘하게 생각했다. 깊게 생각할수록 해답이 나오기라도 하는 것처럼.

다음 날 찬서의 사무실을 찾아온 것은 수민이 아니라 여진이었다.

"정말 저를 도와주실 수 있나요?"

금방이라도 울음을 터트릴 듯한 목소리였다. 억누른 목울음처럼 들렸다.

"사실 무서워요. 수민이가 저를 얼마나 바보 같다고 생각할까요? 남자 보는 눈 없어서 당하기만 하고요."

참았던 말이 터져 나왔지만 목소리는 처음보다 더 떨고 있었다.

"수민 씨는 자책했어요. 자기 때문이라고요. 그리고 여진 씨가 부족해서 생긴 일 아니에요. 도진수가 나쁘고 교활한 놈이죠. 여진

씨뿐 아니라 그 전에도 몇몇 피해자들이 더 있어요."

임여진은 당한 게 자기만이 아니라는 말에 조금씩 이 상황을 인정하는 듯했다.

"도진수는 너무 똑똑해요. 아주 무서운 사람이고요. 마음만 먹으면 뭐든 할 거예요. 누구도 그를 이길 수 없을 거예요."

임여진은 도진수에 대해 사실 이상으로 뛰어나다고 인지하고 있다.

"저는 제가 싫어요. 부모도 그래서 날 버린 거예요. 누가 날 사랑하겠어요. 그 사람밖에는 없었어요."

"수민 씨가 있잖아요."

그때 문을 열고 수민이 들어왔다. 그녀를 본 여진의 얼굴이 창백했다. 눈은 경직되고 메말라 있었다.

"여진아!"

수민은 여진을 껴안았다. 둘은 한참 그렇게 있었다. 진정이 된 여진이 입을 열었다. 여진은 몸은 바들바들 떨며 한 마디 한 마디 토해 내더니 끝내는 오열했다. 수민은 말없이 여진을 토닥거려주었고, 여진의 눈가의 눈물은 조금씩 말라갔다.

여진이 용기를 내듯 오른쪽 손을 뻗어 보여주었다. 엄지가 없는 것을 확인하고 수민은 이를 악물었다.

"그놈이 그런 거야?"

여진이 수민의 물음에 끄덕였다.

"내 탓이야. 내가 아무런 보탬이 되지 못하고 밥만 축내니까. 엄지손가락이라도 잘라서 돈을 받게 해주고 싶었어."

"그 자식이 나쁜 거야. 세상 어디에도 여자친구 엄지손가락을 자르게 하는 남자는 없어."

결국 여진은 수민의 설득에 도진수를 고소하기로 마음먹었다. 힘들지만 함께라면 힘을 낼 수 있다. 찬서는 속이 뜨거워졌다.

"앉아 봐요."

정 원장은 여진을 미용실 의자에 앉혔다. 치렁치렁 미역 줄기 같던 여진의 머리를 싹둑 잘랐다. 여진의 푸석하고 윤기 없던 머리는 찰랑거렸다. 임여진의 얼굴에서 조금씩 그림자가 거둬지고 햇살이 비쳤다.

찬서는 소파에 몸을 묻고 눈을 감았다. 이대로 해피엔딩일까.

"여자들은 왜 도진수 같은 놈한테 당한다고 생각해?"

"행복해지고 싶었던 것뿐이었겠죠."

정 원장의 물음에 찬서는 대답했다.

"배고파도 먹지 말아야 할 음식이 있듯이, 외로워도 만나지 말아야 할 사람들이 있지."

인간은 행복해지려는 존재다. 외로움은 행복에 가장 방해되는 요소다. 사람들은 외로움을 없애기 위해 행복할 수 없는 상대를 선택한다. 찬서는 떴던 눈을 도로 감았다.

그날 밤 꿈을 꾸었다. 꿈에서는 엄마가 죽은 주차장이 나왔다. 열기가 느껴졌다.

전탁근이 쭉 찢어진 눈매에 힘을 주고, 삐죽삐죽한 이빨을 드러내면서 웃었다.

찬서는 온몸에 식은땀을 흘리며 눈을 떴다. 밤이었다. 정 원장은 미용실 문을 닫고 돌아가고 없었다. 시계를 보니 오후 11시가 지나가고 있었다. 목뒤가 뻣뻣해지는 것을 느끼면서 몸을 일으켰다. 배에는 얇은 담요가 한 장 덮여 있었다.

옥상으로 올라가 기지개를 켰다. 밤공기가 미지근했다. 건너편 ㄷ빌라 304호는 불이 꺼져 있다. 그는 주말이 되면 어디론가 늘 외출한다. 살인자의 아들 따위, 갈 곳이 있을까.

그때 찬서의 핸드폰이 울렸다.

"여진이가 수면제를 먹었어요!"

수민의 목소리는 울음이 섞여 있었다. 찬서가 진정하고 이야기해보라고 하자 수화기 너머에서 코 푸는 소리가 들렸다.

수민의 말에 의하면 여진은 함께 경찰서에 가는 길에 발걸음을 멈췄다고 한다.

"내가 시작한 일이니 내가 끝낼게. 헤어지자고 할 거야"라는 말을 남겼다. 수민은 전보다 밝아지고 자신감 얻은 여진의 얼굴을 바라보았다. 여진의 눈동자에 힘이 있었다. 그녀는 예전의 모습으로 돌아간 듯 보였다.

수민은 어쩔 수 없이 그런 여진을 보내주었다. 그날 여진은 수면제를 먹고 병원에 실려갔다.

"다 나 때문이야. 미안해, 수민아."라는 문자만을 남겼다.

도진수는 소주를 털어넣었다. 한 달 만에 3천만 원을 손해 봤다. 투자 실수.

머리가 욱신거렸다. 그는 영화 속 주인공처럼 인생의 반전이 필요했다. 부모 잘 만나 아파트 한 채 턱 하고 받지 않는 이상, 계급 이동은 힘들었다. 주식해서 돈을 벌 만큼 똑똑하진 않았다. 자신은 발버둥쳐도 인스타 속 멋진 사나이는 될 수 없었다. 손만 뻗으면 머리를 조아리는 삶을 살고 싶었으나 이미 가진 게 없는 부모에게 짜낼 것은 없었다. 삐까번쩍한 삶을, 가능하다면 손쉽게 얻고 싶었다.

그때 눈에 들어온 것이 여자들이었다. 그녀들을 꼬시는 게 쉽고 빨랐다. 다행히 순진해 보이는 얼굴과 말빨이 무기가 되었다. 불쌍한 여자들을 찾아 불쌍한 척하면 지갑도 몸도 열렸다. 사랑이란 이름 아래 뭐든 다 해주었다. 도진수는 계급 이동을 꿈꾸며 무산의 게임장에서 버튼을 눌러 낮 시간을 때웠다. 늘 딴 돈보다 잃은 돈이 많았다. 여진은 도진수가 열심히 일하는 줄 알고 있지만 그가 하는 일은 열심히 게임 버튼을 누르거나, 돈을 내고 시간을 때우는 일이었다. 여진이 죽어줘야 이 지긋지긋한 일상에서 벗어날 수 있다고 믿었다.

도진수는 한 손으로는 게임버튼을 누르고 다른 한 손으로는 인스타그램을 열었다. 친구들은 모두 잘살고 있었다.

힘든 게 싫었다. 빨리 결과를 보고 싶었다. 결과가 좋으면 뭐든 좋다. 국회의원이나 권력자들은 수없이 나쁜 일을 한다. 여자 인생 하나 파탄 낸 정도로 나쁘다고 할 수 없다. 원래 인생은 고통이다. 이 정도는 나쁜 일도 아니었다. 이렇게 살아가지 않으면 도통 방법을 알 수 없다. 생존경쟁이니까 살아남기 위해 뭐든 하는 것은 당연했다.

가스라이팅 해서 인격도 자존감도 죽이면, 결국엔 도진수의 마음대로 조종할 수 있게 되었다. 도진수가 이런 생각을 하게 된 것은 황지연이 죽었을 때였다. 경찰은 그의 책임을 묻지 않았다. 둘만 있는 공간에서 목격자도 증언도 그 혼자였을 뿐이었다. 누구도 한 여자의 죽음에 대해 그에게 책임을 묻지 않았다. 바로 이거다! 라고 생각했다.

– 야! 오늘 나와.

친구가 불렀다. 친구들이라고 해봐야 돈을 내고 함께 노는 인간들이었다. 돈이 있으면 대꾸를 못 했다. 그 모습이 재밌어서 낄낄거렸다.

– 이번엔 어떤 운 나쁜 여자애야?

– 존나 못생겼어.

임여진을 빨리 끝내고 싶었다. 처음에는 그럭저럭 봐줄 만했는데 이제는 물에 불어버린 솜같이 치근치근 들러붙는 게 소름 끼칠 지경이었다. 그런데 어젯밤 임여진이 헤어지자고 했다. 그러지 않으면 경찰에 신고하겠다는 말에 기가 찼다. 배신감마저 느꼈다.

스스로를 쓰레기보다 못 하게 생각하던 애가 갑자기 왜 이럴까? 임여진은 가족이 없었다. 가스라이팅하기 더 쉬운 상대라는 뜻이었다. 가스라이팅의 첫 단계는 관계 형성이다. 기억 왜곡, 심리적 고립, 무시, 관심을 적절히 섞는다. 도진수는 배운 건 없어도 눈치가 빠르고 머리가 잘 돌아갔다. 사람을 속이는 건 손바닥 뒤집기보다 더 쉬웠다. 가스라이팅의 가장 기본은 가족, 친구를 떼어내는 것이다. 특히 여진처럼 가족이 없는 여자들. 도진수는 여진을 우울증에 걸리게 하고 조금의 관심을 주면서 자신에게 매달리게 했다. 특히 고립된 사람은 식은 죽 먹기다. 그래서 일부러 가족이 없는 사람을 골랐다. 도진수는 여진의 친구 관계를 모조리 끊었다. 처음에는 자신의 속마음을 털어놓던 친구들도 사라졌다. 여진은 도진수의 손아귀 안이었다.

왜 용기 따위를 냈을까? 도진수는 머리를 굴려보았다. 아무리 생각해도 가장 절친이라던 정수민밖에 없었다. 어떻게든 차단했지만 또 들러붙었다. 또 주변을 기웃거리던 낡은 아반떼를 탄 커트머리 여자도 마음에 걸렸다.

도진수는 임여진에게 화를 냈다. 지금 네 모습을 보라고, 널 좋아하는 사람은 아무도 없다고. 너는 내가 있어야 한다고. 나만 믿으라고.

여진은 입을 삐죽거리더니 눈물을 흘리고 어깨가 축 처졌다.

"나랑 헤어지면 어떻게 살 건데?"

도진수의 말을 들은 임여진은 방으로 들어갔다. 그대로 수면제를 삼켰다. 저대로 죽어주려나?

그런데 정수민이 들이닥치는 바람에 구급차에 옮겨졌다. 그년이 다 망쳐버렸다.

"걱정하지 말아요. 여진이는 내가 잘 돌볼 테니까."

수민은 미간을 좁히고 걱정하는 척하는 도진수를 보면서 소름이 끼쳤다. 그 말은 곧 또다시 두 번째 계획을 시도할 거라는 뜻이었다.

"도와주세요."

수민의 손이 찬서의 팔을 잡았다. 얼음장처럼 차가운 손이라 찬서는 퍼뜩 정신이 들었다. 여진은 사랑을 인질 잡혀 자신을 내어주었다. 억지로 살을 찌워 스스로를 미워하게 만들고, 누구도 관심 갖지 못하게 했다. 누구보다 사랑스러웠던 스물두 살 여자, 꿈이 있었고 잘 웃었던 여자에게 스스로 식빵에 마요네즈를 발라서 먹게 하고, 엄지손가락을 자르게 하고, 음료수에 약을 탔으며, 스스로 목숨을 끊게 했다.

찬서는 안다. 도진수는 한 번 잡은 먹잇감을 포기할 리 없다. 이 일의 결말은 여진의 죽음이다. 도진수는 여진이란 먹이를 놓지 않을 것이다.

"여진이는 그놈 손에 죽을 거예요. 이렇게 그냥 죽기만을 기다려요? 여진이가 뭘 잘못했다고요."

찬서는 명치가 쑤셨다.

죽기 전에 막아야 한다. 어떻게?

"제발 살려주세요. 저는 뭐든 할게요."

찬서는 수민의 울먹거리는 얼굴을 보다 돌아섰다.

밖은 해가 저물어 가고 있었다. 이자카야에 들렀다. 전재호가 찬서에게 고개 인사를 했다. 이젠 어엿한 단골손님이다. 그가 튀김을 튀기는 소리, 프라이팬을 달칵거리는 소리, 설거지 하는 소리를 듣고 있으면 자신이 살아 있어야 할 이유가 떠올랐다.

찬서는 술을 한 모금 넘겼다. 짜릿한 알코올이 온몸에 퍼졌다. 지켜야 할 가족을 잃은 사람은 무엇을 위해 살아갈까. 상처를 준 사람에게 되갚아주는 것이 우리 본성에 훨씬 가까운 일이다. 악마를 처단하려면 악마가 되어야 한다.

"여진이는 그놈 손에 죽을 거예요!"

수민의 절규가 머릿속에 울렸다. 이가 빠져 합죽해진 입과 부은 여진의 얼굴에 엄마 얼굴이 겹쳐 보였다. 폭풍이 일고 있다. 한 사람의 목숨이 날아가버릴 폭풍. 하루라도 빨리 도진수를 막지 않으면 안 된다.

찬서의 머릿속은 빠르게 돌아갔다. 도진수가 벌을 받고, 여진이 사는 방법을 부지런히 찾았다. 여진이 생존하기 위해서는 도진수가 없어야 한다. 찬서 혼자서는 무리다. 새로운 얼굴이 필요하다. 또 다른 걱정도 있다. 여진이 시키는 일을 제대로 해 줄까?

마지막 잔을 다 마셨을 때, 그녀의 계획은 완성되어 있었다. 미끼 역할이 필요했다.

"사람 하나 데려와."

정 원장이 마트에서 계란이라도 사오라는 말투로 말했다.

"사람 누구요?"

"새로운 직원."

"손님도 별로 없는데 직원이 필요합니까?"

"이번 일, 아무래도 새 얼굴이 필요하잖아. 도진수가 아주 헐렁한 놈은 아니니."

반박하려고 했지만 달리 이유를 찾을 수 없었다. 이 할머니는 어디서부터 어디까지 알고 있는 걸까, 머릿속을 들여다보기라도 한 것처럼 찬서의 움직임을 다 알고 있다.

찬서는 차를 교도소 앞에 세웠다. 담장 사이의 거대한 문이 열리더니 한 여자가 나왔다. 배꼽 티셔츠에 딱 달라붙는 스키니 바지 차림으로, 커트 머리에 헐렁한 옷을 입고 다니는 찬서와는 정반대 스타일이다.

"탐정 언니?"

그녀의 눈을 바라보았다. 또렷한 아이라이너 안의 갈색 눈동자는 잔잔하다가 한 번 흔들렸다. 찬서의 심장은 축 가라앉았다. 거울 속 자신의 눈과 비슷했다. 살아남은 눈.

"타죠."

"경찰이었다면서요?"

그녀가 찬서 옆자리에 탔다.

"연기는 할 줄 알아요? 미끼 역할이 좀 필요한데."

"그거 하다 여기 들어온 거거든요. 한세린이에요."

세린이 손을 내밀고 찬서는 그 손을 잡았다. 손은 딱딱하고 자그마했다.

"어떤 놈이에요?"

"뒷좌석에 두부 있어요. 먹으면서 들어요."

찬서는 액셀을 밟으면서 도진수가 여진에게 한 짓들을 이야기했다. 여진 사건의 자초지종을 들은 세린의 얼굴이 굳었다.

"그래서 계획이 뭐예요?"

"교제 살인 108건 중 95건이 목격자가 없어요. 대부분 벌을 받지 않았고요. 그걸 역이용할 겁니다."

이번 의뢰와 계획, 그리고 세린이 맡을 역할에 대해 이야기했다. 찬서의 계획을 들은 세린은 한동안 생각에 잠겼다.

“그게 될까요?”

“그놈은 돈이라면 환장해요. 여자를 무시하는 성격이고요. 그걸 이용해서 되게 만들어야죠.”

세린이 피식 웃어 보였다.

“마음에 들어요.”

하얀 이빨 두 개가 입술 사이로 보였다. 찬서는 그 웃음이 마음에 들었다.

도진수는 한 손으로는 핸들을 잡고 다른 한 손으로는 핸드폰 앱으로 은행 통장 잔고를 보았다. 이제 여진의 엄지손가락 보험금도 다 날린 셈이다. 일정을 앞당겨야 한다.

그년은 왜 아직까지 살아 있을까.

도진수는 인상을 찌푸렸다. 살아서 아무 도움도 되지 못하고, 사랑해주는 사람 하나 없는데 꾸역꾸역 목숨을 이어간다. 일전에 니코틴이 든 음료수를 준 적도 있었지만 냄새가 난다면서 바로 뱉어버렸다. 그 일 이후 남은 양은 이제 한 번 분량밖에 되지 않는다. 만약 자신이 니코틴을 산다면 나중에 의심받을 것이다. 이래서는 마흔이 되기 전에 10억을 모은다는 목표를 이루지 못한다. 기회는 한 번뿐이다.

쿵.

도진수의 몸이 앞으로 쏠렸다. 뒤차가 들이받은 것이다. 도진수는 차를 세웠다.

짜증이 몰려왔지만 한편으로는 괜찮은 건수가 됐으면 했다. 백미러로 슬쩍 보니 뒤차는 외제 차였다. 외제 차에서는 한 여자가 내렸다. 20대 후반으로 보였고, 동그란 눈매에 코가 오똑한 미인이었다.

"죄송해요."

명품 치마 정장을 입은 여자는 공손하게 인사했다.

"아니, 이거 어떻게 할 겁니까? 보상은 어떻게 할 거예요?"

인상을 제대로 구겼다.

"수리비 전액을 보상하겠습니다. 필요하면 치료비도요. 대신 보험사나 경찰에겐 연락 안 하는 걸로 하죠."

주변을 두리번거리면서 명함을 내밀었다. M 투자 대표라는 글자가 정중앙에 박혀 있었다. 도진수는 속으로 이건 껀수다, 라고 쾌재를 불렀다. 경찰을 멀리한다는 건 뭔가 구린 게 있는 여자다. 제대로 잡아서 뽑아 먹어야겠다는 생각이 도진수의 머릿속을 스쳤다. 비실비실 웃음이 나려는 것을 애써 참았다.

여자와 도진수는 전화번호를 교환하고 그 자리에서 확인했다. 어떤 놈은 가짜 번호를 가르쳐주기도 하니까.

'얼마를 우려먹을까.'

도진수는 돌아오는 내내 가슴이 두근거렸다. 그는 차 수리비며 병원비며, 큰 금액을 떠올렸다. 그 정도는 지불할 능력이 있어 보였다.

여자에게 전화가 온 것은 다음 날이었다.

"어제는 죄송했어요."

"얼마를 주실 건데요?"

"원하시는 금액을 말씀해주세요."

"생각해보고 연락드리겠습니다."

도진수가 전화를 끊었다. 일부러 뜸을 들인 후 그날 오후 치료비와 차 수리비로 2천만 원을 불렀다. 터무니없는 금액이었지만 일단 던지고 보는 것이었다.

상대방에게 알았다는 대답이 왔다. 그는 쾌재를 불렀다.

"제가 별장이 있는데 거기서 드리면 어떨까요?"

"별장이 어딘데요?"

"무산에서 멀지 않습니다. 40분 거리예요. 제 개인사정상 계좌이체가 어렵거든요. 현금으로 드려야 하는데, 혹시 이번주 토요일 어떠세요? 거기에 돈을 놓고 가겠습니다. 원하신다면 1박 2일 묵으셔도 되고요."

여자가 전화를 끊고 카톡으로 보내온 사진을 보니 별장은 2층 목조건물로 고급스러워 보였다. 주변은 한적했다. 대리석 바닥과 난로에 히노키 욕조가 있는 욕실. 저곳이라면 어린 여자들이 좋아할 만한 인스타용 사진이 나올 거 같았다.

"여진아, 우리 여기 바람 좀 쐬고 올까?"

임여진에게 자동차 사고와 보상금에 대해 큰소리를 쳐가며 이야기했다.

"오빠, 가지 말자. 그 여자가 어떤 사람인 줄 알고."

리스크 없는 투자는 없다. 그리고 있는 사람들에게 그 정도 돈은 껌값이다. 어쩌면 여기서는 자신이 생각한 계획을 실현시킬 수도 있다. 사실은 그 생각에 더 들떠 있었다.

도진수는 니코틴과 맥주 그리고 수면제를 챙겼다. 그리고 여진과 함께 렌트카를 타고 별장으로 향했다. 여진은 자기 제삿날인 줄도 모르고 콧노래를 불렀다. 그 모습이 꼴 보기 싫었다.

'조금만 참자!'

거저 굴러들어 온 보상금에 여진의 보험금까지 더하면 한동안은 큰소리치며 살 수 있다.

구불구불한 산길을 지나자, 날이 잔뜩 흐려졌다. 비가 한두 방울 떨어지기 시작하더니 퍼부었다. 차에는 기름이 떨어졌다고 주유등에 불이 들어왔다. 도진수는 욕을 내뱉었다.

'되는 일이 없군.'

"오빠. 아직 멀었어? 비가 쏟아져. 길이 험해서 운전이 위험할 거 같아."

여진이 걱정스럽게 이야기했지만 그의 귀에는 불평으로 들렸다.

"너 기분 풀어주려고 오자고 한 거잖아. 예민하게 굴지 말고 경치나 봐."

욕이 튀어나오려는 것을 참았다. 곧 죽을 주제에 불만이라니.

여진은 뚱한 표정으로 창밖을 바라보았다. 생각 같아서는 이대로 벼랑 끝으로 차를 몰고 싶었다. 외진 길이라 주변에는 CCTV도 없었다.

내비게이션이 가리킨 장소에 도착하자 넓은 마당이 보였다. 목조로 지어진 고급스런 별장이었고, 숲이 병풍처럼 둘린 곳이었다. 주위에 사람은 아무도 없었다. 임여진이 죽기 딱 좋은 장소였다.

주차하려고 보니 차고에 차 한 대가 세워져 있었다. 문득 도진수의 머릿속에 경고등이 켜졌다.

'누가 있나?'

그가 별장 안으로 들어갔다. 뒤따라 여진이 짐을 들고 안으로 들어갔다. 넓은 대리석 바닥과 높은 천장으로 되어 있었다. 넓은 소파와 테이블이 보였고, 통창에는 커튼이 가려져 있었다.

"오빠, 누가 있나 본데?"

여진의 말대로 현관에는 여자의 신발이 보였다.

"오셨어요?"

안에서 여자가 나왔다. 도진수의 차를 들이받은 그 여자였다.

아무도 없는 줄 알았는데, 갑자기 나타난 여자의 출연에 불쾌함이 올라왔다. 이제껏 공들여 세운 계획에 차질이 생긴 것이다. 슬쩍 여진을 바라보니 별장을 구경하느라 바빴다.

“뭡니까? 말이 다르네요.”

“문자 못 받으셨어요? 폭우 때문에 좀 늦게 출발한다고 문자 보내드렸는데.”

‘장난하나.’

“뭐야, 문자 온 거 없는데요.”

“비가 많이 와서 전송 오류가 생긴 건가 봐요. 비만 잦아지면 바로 출발할 거에요. 돈 지급엔 문제없어요. 이쪽은 여자친구예요?”

여진이 경계의 눈빛으로 여자를 노려보았다.

“오빠. 짐 챙겨서 그냥 가자. 여기 좀 무섭다.”

도진수는 찜찜한 기분에 돌아가려 했지만 여진이 이렇게 나오니 반발심이 들었다. 생각해보면 이곳에 있는 것도 나쁠 건 없었다.

저 여자를 목격자로 만드는 건 어떨까?

거기다가 아까부터 배가 아파서 더 이상의 운전은 무리다. 일단 알았다고 하고 화장실로 달려갔다.

쫄지 마. 쫄 거 없어. 그래봤자 여자야. 계획대로 난 돈을 갖고, 임여진은 여기서 죽는 거야.

볼일을 보고 나니 마음이 한결 가벼워졌다.

"어쩔 수 없지, 뭐. 비가 저렇게 오잖아. 기름도 간당간당하고."

도진수가 창밖을 보니 비가 세차게 내렸다.

"여긴 충분히 넓으니 저는 1층을 쓸게요. 그쪽은 2층을 쓰세요. 2층 테라스도 밖으로도 통해 있으니까 자유롭게 왔다갔다 하셔도 되고. 저는 곧 떠날 거예요."

"돈 먼저 확인하죠."

그의 말에 여자가 고개를 끄덕이더니 1층 방으로 들어갔다. 도진수는 몰래 그녀의 뒤를 밟았다. 방 안에 큰 금고가 있었고, 여자는 번호를 눌렀다. 금고를 열자 안에는 지폐가 가득했다. 침대 위에는 여권이 보였다.

대체 뭐 하는 여자일까?

여자가 돈을 담은 가방을 가지고 나왔다.

"대신 경찰을 비롯한 아무에게도 알리지 마세요."

"왜요? 무슨 그럴 만한 사정이라도 있습니까?"

"네, 더 이상 묻지 말아주세요."

"그렇게 원하시는데 어쩔 수 없죠."

오만 원권 지폐를 확인한 도진수는 기분이 좋아졌다.

2천만 원이 확실했다.

"저 여자 어디서 본 거 같아."

"네가 저런 여자를 보긴 어디서봐?"

“맞는 거 같은데… 나 예전에 네일아트 학원 다닐 때 경찰서가 있었는데… 거기 지명수배에서….”

여진이 내민 핸드폰 속 사진을 자세히 보았다. 지명수배 사진에 여자의 얼굴이 있었다.

머리 스타일이 다르고, 얼굴이 좀 다르게 보이긴 했지만 어찌 보면 또 비슷해 보였다. 간호조무사 출신. 죄명은 사기, 횡령.

‘지금밖에 기회가 없다. 이건 신이 주신 기회야.’

도진수의 입꼬리가 올라갔다. 두 달 전 그는 여진에게 상의 없이 구청에 가서 혼인신고를 했다. 그녀가 죽으면 사망보험금이 들어온다. 어떻게 죽일까, 고민이었는데 별장에서는 어떤 일이든 벌어져도 되지 않을까. 만약 저 여자가 지명수배자라면 경찰에 신고는 더더욱 하지 못할 것이다. 여차하면 모든 죄를 저 여자에게 뒤집어씌워도 된다. 도진수의 머리는 빠르게 굴러갔다.

도진수는 여자가 건넨 와인을 보고 휘파람을 불었다.

인스타에서 많이 보던 와인이었고, 레스토랑에 가면 30만 원도 넘는 와인이다. 와인 사진을 찍어 인스타에 올렸다. 배경은 나오지 않게 잘 찍었다. 좋아요가 빠르게 달렸다.

“짐 정리하고 있어. 난 좀 둘러볼 테니까.”

여진은 고개를 끄덕였다.

도진수는 1층으로 몰래 내려가 여자가 뭘 하는지, 누구와 어떤 말을 하는지 엿들을 계획이었다. 안에서 전화 통화하는 소리가 들렸다. 투자가 어쩌고 횡령이 저쩌고.

'이 여자 분명 지명수배자야! 나를 신고할 수 없어. 낄낄낄.'

속으로 쾌재를 불렀다.

어쩌면 저 금고 안의 돈도 차지할 수 있지 않을까?

도진수는 트렁크로 가서 미리 가방 안에 준비한 니코틴 원액을 확인했다. 퓨어니코틴 60밀리리터로 사람을 죽음에 이르게 할 수 있다. 니코틴 원액은 2017년 남양주 니코틴 살인 사건으로 사실상 판매 금지되어 있었지만, 연구 목적의 정부 허가를 받은 전문 운송업체만 배송이 가능했다. 구하려고 마음먹으면 손쉽게 구매가 가능하다는 뜻이다.

몰래 니코틴 원액을 맥주에 따라 넣고, 여진의 앞에 잔을 내려놓았다. 도진수가 짠, 하자 여진이 마셨다. 잔을 확인하니 텅 비었다. 임여진은 니코틴이 든 맥주를 한 방울도 남기지 않고 마신 것이다.

"욕조에 물 받아놨어. 먼저 씻어."

도진수는 여진을 욕실로 밀어 넣었다.

이제 서서히 퍼질 것이다. 니코틴을 쥐에게 주입했을 때도 고양이와 개에게 주입했을 때도 틀림없이 죽었다. 여진은 아무런 의심 없이 욕실로 들어갔다. 얼마 지나지 않아 쿵 소리가 들렸다. 살금살금 욕실로 걸어가 문에 귀를 기울였다. 아무런 소리도 들리지 않았다. 도진수는 과장되게 문을 두드리며 큰소리로 고함을 질렀다.

"여진아. 문 열어봐, 여진아!"

"무슨 일이에요?

여자가 1층 방에서 나왔다. 어디론가 떠날 사람처럼 캐리어를 들었다. 꽤 묵직해 보였다.

"안에서 쿵 소리가 들렸어요."

도진수의 절규에 여자가 다시 1층 방으로 들어가 열쇠를 가지고 나왔다. 열쇠로 화장실 문을 열고 들어가니 임여진이 욕조 옆 바닥에 쓰러져 있었다.

"여진아!"

도진수는 눈물을 흘리면서 흔들었다. 임여진은 미동 하나 없었다. 여자가 여진의 맥박을 짚었다.

"죽었어요."

여자는 당황한 얼굴로 도진수를 바라보았다. 임여진의 입가에 흰 거품이 묻어 있었다. 도진수는 마음속 깊은 곳에서 웃었다.

"구급차를 불러야겠어요."

"이미 죽었어요. 구급차 불러도 살지 못한다고요."

"말도 안돼!"

"내 말 믿어요. 저 간호사였어요."

"경찰에 신고해야겠어요."

"안 돼요!"

여자는 도진수의 팔을 붙잡았다. 계획대로다. 큰돈을 뜯을 수 있다.

"사람이 죽었어요. 내가 사랑하는 사람이요."

도진수는 과장되게 절규했다.

"경찰은 절대 안 돼요."

멀리 자동차 엔진 소리가 들렸다. 그 소리가 점차 가까워졌다. 여자가 불안한 얼굴로 손톱을 물어뜯었다.

"저 사실 쫓기고 있어요."

여자가 다급하게 시간을 본다. 도진수가 커튼을 열자 멀리서 자동차 라이트 불빛이 가까워지고 있다.

"저놈들 오면 다 죽어요. 저 돈도 다 뺏길 거예요. 회사자금이에요."

"회사자금을 횡령한 겁니까?"

도진수는 짐짓 고함을 질렀다.

"회사라고 해도 조폭에 사기꾼 집단이에요. 잡히면 죽어요. 그리고 제가 그쪽 준 합의금도 회사돈이에요."

"그럼 이건 어때요? 내가 이 돈을 가지고 무사히 빠져나간 다음 역에 넣어 놓고 보관함 숫자랑 비번을 문자로 알려줄게요."

"그쪽이요?"

"네. 저놈들이 내 차 번호는 모르잖아요."

"그렇긴 하죠. 하지만."

여자의 눈에 잠시 불안함이 떠올랐다.

"날 못 믿겠다고요? 그럼 이대로 돈 뺏길 겁니까?"

"절대 안 돼요."

"그럼 나 믿어요. 내 아내 시체를 두고 내가 어디 도망이라도 가겠어요?"

"그 말을 어떻게 믿어요. 돈들고 그대로 잠적해버리면 그만이잖아요."

"절대로. 제 아내를 걸고 맹세합니다."

"정말 연락할거죠?"

여자는 손톱을 물어뜯었다.

"다른 방법 있어요? 아니면 나는 경찰을 부르고 죽은 아내의 장례를 당장 치르겠습니다."

"알았어요."

여자는 도진수에게 돈다발이 든 캐리어를 내밀었다.

"약속 꼭 지켜요."

"내가 사랑하는 아내예요. 시체라도 여기 놔두지 않을 겁니다."

도진수는 캐리어를 트렁크에 넣었다. 그리고 차에 올라 시동을 걸었다. 도진수가 운전하는 차가 언덕 아래로 내려가자 검은 승용차가 별장 쪽으로 올라왔다.

"내가 이겼다!"

도진수는 웃음이 새어 나오는 걸 참았다. 여자는 도피 중이라서 그를 신고할 수 없다. 여진의 죽음 또한 별장 소유주인 그 여자가 의심받을지도 모른다.

뿐만 아니라 임여진이 심장마비 사고사로 판정 나면 보험금도 받을 수 있다. 거기다 트렁크 안에는 여자의 돈이 있다. 딱 봐도 수억대다. 도진수는 익명으로 경찰에 신고했다.

이 돈은 내 것이다!

승리감에 몸을 앞뒤로 흔들었다. 더듬더듬 왔던 길을 떠올리면서 운전대를 몰았다. 비는 내렸고, 후덥지근했다. 아슬아슬한 도로가 이어졌다. 목이 말라 음료수를 마셨다.

이 음료수는 언제부터 있던 거지? 이상한 냄새가 올라왔다.

니코틴?

도로표지판과 공사 중이란 푯말이 보여 반대로 핸들을 꺾었다. 비 때문에 바퀴가 미끄러졌다. 펑크라도 난 것일까, 눈앞이 뿌얘졌다.

도진수의 차 앞에 길이 없었다. 급브레이크를 밟자 차가 회전하면서 아래로 떨어졌다. 시야가 뒤집혔다. 떨어지기 전 차 안의 열쇠고리가 보였다. 흔들흔들. 이거 언제부터 여기 달려 있던 걸까. 여진이 선물해준 고양이였다. 웃고 있었다.

트렁크 안의 돈은 어쩌지? 설마, 돈이 처음부터 없었나?

차는 낭떠러지로 떨어졌고, 그는 깨달았다.

씨발… 나 오늘 죽겠네. 이 모든 게 누구의 계획이었을까.

아까 지나간 차 안에서 아반떼를 운전했던 여자를 본 것 같았다. 단발 머리의 마른 나뭇가지 같던 여자, 얼마 전 여진이 살던 건물에서 나오던 동그란 머리통의 여자, 그를 의식적으로 보지 않던 여자.

멀리 그녀가 흐릿하게 보였다.

그 시각, 찬서는 도진수의 차가 아래로 떨어지는 광경을 바라보았다. 그의 차는 두 번 튕겨 아래로 추락했다. 낭떠러지를 향해 고개를 숙인 그녀의 머리 위로 비가 떨어졌다. 멀리서 수민이 벌게진 얼굴로 뛰어왔다. 그녀는 정답을 구하는 사람처럼 찬서의 얼굴을 바라보았다. 찬서가 고개를 한 번 끄덕이자 수민은 그대로 주저앉아 울음을 터트렸다.

다음 날 찬서는 기사 하나를 보았다.

[30대 남성, 사고로 의식 없음. 의식 불가, 전신마비. 도박빚 때문에 스스로 극단적 선택을 한 것으로 보여]

이제 여진은 죽지 않아도 된다. 108건 중 95건이 목격자가 없다. 그 반대도 가능하단 이야기다.

"자업자득이네요."

"욕심 많은 인간이라 성공한 거야."

임여진이 죽은 것을 확인했다면…. 경찰을 불렀다면….

도진수가 임여진을 위해 조금만 조처를 했어도 거짓 죽음이라는 것을 알아냈을 것이다. 사실 여진은 이 계획이 실패하길 바랐다. 그가 다시 돌아올 거라 믿었다. 그러나 그는 그녀를 죽이려 했고 돈을 가지고 가버렸다. 그제야 속았다는 생각이 들었다. 울음이 터져 나왔다. 수민이 여진의 손을 잡았다. 손을 맞잡은 부위가 따뜻했다.

"도진수가 양심만 있었어도 살았을 텐데. 욕심만 있었네."

정 원장은 비트와 사과, 당근을 함께 갈아 넣은 피처럼 붉은 야채주스를 컵에 따랐다.

찬서의 계획이 먹혔다. 세린이 지명수배자 여자 역할을 잘해줬고, 찬서의 지시로 수민은 뒤에서 백업과 세팅을 했다. 여진은 니코틴 원액이 든 병을 처음부터 바꿔치기했다. 그녀가 마신 맥주에는 처음부터 니코틴이 들어있지 않았다. 비가 많이 오는 날짜를 고른 것도, 가짜 돈을 세팅한 것도 모두 찬서의 계획이었다.

거기다 도진수의 돈에 대한 욕망이 판단을 흐트러뜨렸다. 여진에 대한 무시도 한몫했다. 약자는 언제까지 약자로 있을 것만 같고 약자 따위가 할 수 있는 것은 없다고 생각했기 때문이다.

여진과 수민은 맑은 햇빛 아래 앉아 있었다. 평소에 좋아하는 밀크티를 함께 마셨다.

살아남았다. 여진은 빙그레 미소를 지었다. 수민이 그녀의 손을 맞잡았다.

둘은 다시 네일아트를 배우고 아침밥을 먹고 저녁엔 산책을 할 것이다. 꿈을 꾸고 일상을 살 것이다.

악마가 없는 세상에서.

7월은 무더위가 기승을 부렸다. 시골 구석에서 변변치 않은 일을 하면서, 고맙다는 말을 듣는 게 나쁘지만은 않았다. 저절로 어깨가 펴지고 척추가 꼿꼿하게 세워졌다.

미용실 손님들은 무산에서 사라진 여자들에 대해 이야기했다. 할머니들에게 들은 소문에 따르면 지금까지 이 동네에서 3명의 여자가 사라졌다. 기사도 나지 않았고, 경찰 수사가 진행되는지도 알 수 없었다. 누군가는 납치라고 했고, 누군가는 집으로 돌아갔다고 했으며, 누군가는 집을 나갔다고 했다. 정 원장의 말로는 아마 아무도 움직이지 않을 거라고 했다. 이곳은 누군가 사라져도 이상하지 않은 곳이기 때문이다.

찬서가 산책을 마치고 미용실로 돌아오니 정 원장이 풍채 좋은 할아버지의 머리카락을 잘라주고 있었다. 60대 후반으로 보이는 노인은 흰 수염과 흰 머리카락이 은은한 빛을 내뿜었다. 사람 좋은 입꼬리에 비해 눈빛이 날카로웠다. 나이에 비해 근육도 많았다. 저 노인은 한 달에 한두 번 정도 온다. 정 원장은 할아버지 손님이 올

때만은 평소와는 다르게 다른 손님을 받지 않았다.

둘은 어떤 사연이 있는 걸까?

궁금했지만 방해하고 싶지 않아서 사무실로 올라가지 않고, 이자카야로 발길을 돌렸다.

오후 7시, 저녁과 술을 동시에 해결하려는 사람들 몇몇이 보였다. 젊은 여자는 찬서뿐이었지만, 커트 머리에 헐렁한 코튼 팬츠, 무지의 셔츠를 입은 찬서는 얼핏 보면 소년 같기도 했다. 종종 오해를 받는 경우도 있다. 특히 이런 시골에선 더더욱….

찬서는 이자카야에 앉아 술을 주문했다. 그녀는 일주일에 세 번 정도 전재호가 하는 이자카야에 가서 술을 마신다.

"주문하신 하이볼 나왔습니다."

전재호가 얼음이 담긴 술잔을 내밀었다. 처음보다 부드러워진 눈길로 인사했다. 그에게 시트러스 우디향이 났다. 전재호가 사는 집 바로 건너편에서 찬서는 탐정을 하고 있다. 로라미용실 옥상에서 보면 그의 방이 보인다. 자기 아버지가 죽인 여자의 딸이라는 걸 알면 어떤 표정을 지을까.

전재호는 침묵이 자신의 철칙인 양 꼬치를 굽고 가지를 튀겼다. 말없이 땀을 흘리면서 테이블을 닦았다.

오히려 찬서가 이것저것 물어본다. 지금 나오는 노래는 무엇이냐, 요즘 손님은 있느냐, 날씨가 덥지 않냐. 별 시답지 않은 질문들이었지만 그가 어떤 대답을 할지 궁금했다. 찬서는 문득, 굵은 콧

날과 곧게 선 콧대를 보면서 생각한다.

그는 화가 나면 어떻게 할까.

전재호는 오늘도 저번과 같은 검은 티셔츠에 두건을 쓰고 일하고 있다. 혼자 하는 술집 살림인데도 바지런하다. 어딜 봐도 살인자의 아들이라는 그림자는 보이지 않았다.

경찰이 되고 나서 가장 먼저 했던 일이 전탁근과 그의 가족을 조사하는 것이였다. 그것이 경찰이 된 목표였으니까.

찬서가 왜 엄마를 구할 수 없었는지 고민하는 사이, 그 고민은 왜 그들의 가족은 그를 내버려뒀을까, 라는 분노로 바뀌었기 때문이다.

악마에게도 가족이라는 게 있었다. 아내와 아들 둘이었는데 첫째 아들인 전재호의 형, 전재형은 고등학교 졸업도 하지 않고 폭력으로 교도소에 들어갔다. 그곳이 어울리는 사람이었다. 1년 후 교도소에서 나와 본격적으로 사기를 치기 시작했다. 그는 그 후 사기죄로 C 교도소에 복역 중이었다. 찬서는 3년 전 그를 면회 간 적이 있었다. 당시 그는 40세에 벌써 사기전과 7범에 폭력 전과 2범이었다. 전재형은 멋을 부리는 스타일에 말투는 번지르르했다. 찬서는 당시 수사 때문에 찾아왔다고 거짓말을 했다. 그는 능글맞게 웃으면서 이것저것 영치금을 넣어달라고 했다. 눈과 입매가 전탁근과 닮았다.

전재호는 형과 전혀 다른 삶을 살았다. 중학교를 그만두고 검정 고시를 쳤다. 전재호의 엄마는 작은 식당을 하고 있었는데 그마저도 살인 사건 이후 접어야 했다. 전재호의 엄마는 파출부로 일하면서 가계를 책임지다가 결국 교통사고로 생을 마감했다. 엄마의 죽음 후에도 전재호는 흔들리지 않았다. 이 불행과 지옥에서 벗어나는 길은 공부뿐이라고 생각한 듯, 우수한 성적으로 의과대학교에 입학해 장학생으로 다녔다. 대학병원의 외과 의사로 일했다.

그런 그가 왜 의사를 그만두고 이 시골에 술집을 차린 걸까? 그것도 아버지가 살인을 한 이 동네에서?

찬서는 하이볼을 털어 넣고, 전재호가 만든 양배추절임을 먹었다. 엄마를 죽인 자의 피가 흐르는 자가 주는 음식과 술을 받아 먹고 있다. 기분이 묘했다.

그는 알까? 그의 아버지가 5개월 후면 출소한다는 것을.

그는 25년 동안 어떻게 변했을까. 과연 감옥에서 그는 교화가 되었을까?

전과자 재범률은 41퍼센트, 전과범은 또 전과자가 된다. 습관적으로 살고, 편한 것을 찾는다. 이제 그것을 확인할 날이 59일 남았다.

로라미용실 옥탑방으로 돌아온 찬서는 오래된 신문 기사를 봤다. 엄마의 사건을 스크랩한 것이었다. 무산시 주차장에서 공 모 씨를 살해한 전 모 씨는 무기징역을 받았다. 찬서는 서랍을 열어 칼을 꺼내 바라봤다. 뾰족한 칼끝이 빛났다. 그녀는 칼끝을 들어 손등을 찔러보았다. 살짝 피부에 들어갔을 뿐인데 고통이 느껴졌다. 다시 찔러보려 했지만 도무지 결심히 서지 않았다. 이렇게 어려운 일을 하는 사람은 대체 어떤 마음을 가지고 있을까?

옥상으로 나가 창문을 열면, 전재호의 방이 보였다. 그녀는 습관처럼 그를 지켜보았다. 그 이유는 그녀도 알 수 없다.

그에게도 살인자의 피가 흐르고 있을까, 라는 호기심일까.

혹시 매번 무산에서 사라지는 여자를 죽인 사람은 아닐까, 라는 의심일까.

그에겐 이상한 점이 있다. 그는 토요일 이자카야 영업을 마치고 어디론가 떠났다가 다음 날 일요일 밤 늦게 돌아온다. 주말에 친구도 만나고 볼일도 볼 수 있지만, 찬서는 어딘가 수상한 느낌을 지울 수가 없었다. 그의 차 바퀴는 흙이 묻어서 오거나 차창 위에 젖은 나뭇잎이 잔뜩 붙어오기도 하기 때문이다.

찬서는 지난 토요일 그의 차를 미행한 적이 있었다. 국도로 빠져나갔는데 중간에 놓치고 말았다. 그 방향은 도시 방향이 아니라 상점 하나 없는 야산 쪽이었다.

그는 주말마다 어디로 향하는 걸까?

이자카야를 마친 전재호가 검은색 갤로퍼에 오르는 것을 확인한 찬서는 그의 집으로 향했다. 오늘은 토요일이다. 패턴대로라면 그는 일을 마치고 어디론가 갔다가 내일 밤에 돌아온다. ㄷ빌라는 낡고 반 정도가 비어 있다. 높이가 낮은 계단을 올랐다. 자잘한 쓰레기들이 계단 위를 이리저리 날아다녔다. 304호 앞에 서서 문을 당겨보니 잠겨 있었다. 창문을 체크해보았다. 창문 하나가 전선이 지나가는 자리 때문인지 틈이 보였다. 힘을 주어 밀자 끼익 소리를 내면서 열렸다. 안에서는 방향제 냄새가 났다. 창문을 통해 안으로 들어갔다. 침실이었다. 싱글 침대 한 개, 책상이 하나, 찬서의 방보다 깔끔했다. 먼지 한 톨 보이지 않았고, 책상 위의 책은 높이가 맞춰져 있다. 외과 해부학 등의 책 몇 권, 시집이 몇 권 보였다.

옷장 안의 옷은 모두 블랙 계열이고, 단출하지만 깔끔한 살림이었다. 책상 서랍 안에는 볼펜 한 자루와 메모지가 들어있고 안주 레시피가 적혀 있다. 방문을 열고 나가자 부엌이 있고, 맞은편엔 욕실이 보였다. 부엌의 행주는 널어서 바짝 말라 있고, 접시는 일렬로 정리되어 세워져 있다.

욕실 안에는 칫솔과 면도기가 있고, 행거에는 수건이 각 잡혀서 걸려 있다. 욕실 바닥은 앉아서 밥을 먹어도 될 정도로 물곰팡이 하나 없이 반짝였다. 그의 가게도 비슷하게 깔끔했다. 냉장고 안에는 물뿐이다.

집 안을 다 뒤졌지만, 사진 한 장 나오지 않았다. 컴퓨터를 켰지만 암호가 걸려 있다. 1234 같은 것, 그리고 생일로 몇 개 조합을 해보았지만 열리지 않았다. 침대 밑을 뒤지니 상자가 나왔다.

그 안에는 여자의 사진이 있다. 사진 속 여자는 20대 중반으로 보였다. 단발머리에 미소와 눈썹이 예쁜 여자였다. 그녀가 짓고 있는 미소는 찬서가 한 번도 지어본 적 없는 미소였다. 다른 사진은 여자와 전재호가 함께 찍은 사진이었다. 전재호는 의사 가운을 입고 있었고 지금과 다르게 앳되고 깔끔해 보였다. 2012년 2월. 사진은 오래된 듯 양쪽이 말려 있고 뒷면은 손때가 묻어 있다.

찬서는 침대에 누워보았다. 천장에 누군가 붙여 놓았던 야광별이 보였다.

피는 속이지 못하는 것일까. 그렇다면 전재호, 전재형 둘 중 하나는 악마의 씨일까.

그딴 것을 알아낸다고 해서 뭐가 달라진단 말인가.

나는 뭘 알고 싶은 걸까? 고요히 가라앉은 심야의 낯선 방.

찬서는 술기운 때문인지 잠에 빠져들었다. 침대 위에 야광별이 형광색으로 반짝였다.

그때는 몰랐다. 그녀가 엄청난 일에 휘말리게 될 줄은.

그 남자의 애프터셰이브 향

"정말 몰랐습니까? 박수철이 윤민아 씨 아버지가 아닌 거."

몰랐다. 그녀의 명치가 조여왔다.

5평 정도 되는 취조실, 찬서는 딱딱한 의자 위에 앉아 있다. 그녀 앞에 앉은 박 형사는 짧은 머리에 수염 자국이 드문드문 있고 피곤한 안색이었다. 옅은 담배 냄새가 풍겼다.

"몇 달 전까지 J서 경찰이셨네요."

찬서의 볼과 이마에는 시뻘건 핏자국이 말라붙어 있다. 팔에도 여기저기 상처가 나 있었지만 통증을 느끼지 못했다. 그저 눈만 깜빡였다.

"전직 경찰이 어떻게 기본적인 신분 확인도 안 합니까?"

찬서는 주먹을 꽉 쥐었다. 두 눈에서 불이 일었다.

"노찬서 씨. 박수철한테 윤민아 씨 사는 곳 알려줬습니까?"

그 사람이 왜 찬서를 선택했을까.

"아니요. 가르쳐준 적 없습니다."

가슴속에서 두려움이 뻗어나갔다. 설마….

"박수철은 윤민아에게 1년 동안 350통의 전화와 문자를 했어요. 알고 있었습니까?"

알고 있었다면 내가 그런 실수를 했을까.

찬서는 물속에 들어있는 것처럼 귀가 먹먹했다. 무엇이 진실이고, 무엇이 거짓인지 구별하기 어려웠다. 눈이 따가웠다.

"살았습니까? 윤민아."

찬서의 목소리가 떨렸다. 대답 없는 박 형사의 침묵이 무겁게 찬서의 가슴을 짓눌렀다.

찬서는 윤민아를 떠올렸다.

볼을 가리는 단발머리, 지나치게 단정한 옷차림과 불안한 눈빛, 축 처진 어깨와 작은 소리에도 흠칫 놀라던 이제 스무 살을 넘긴 사회 초년생 윤민아를 찬서는 딱 한 번 보았다.

바보 같다. 사건 몇 개 해결했다고 우쭐해져서 사리 판단이 불가했다니. 도끼로 자기 머리를 둘로 쪼개고 싶었다.

"이 명함, 박수철 지갑에서 나왔어요."

박 형사는 명함을 내밀었다. 낯익은 명함이었다.

'로라탐정소, 노찬서 탐정. 여성 경찰관 출신 탐정이 여러분을 도와드립니다.'라는 문구가 검은 바탕에 흰 글씨로 박혀 있었다. 정 원장이 만들어준 조악한 명함이었다. 찬서는 그 남자에게 이 명함을 내주었던 때를 기억한다.

그가 탐정소를 찾아온 건 2주 전이었다.

남자의 이름은 윤동훈이라 했다. 머리를 단정하게 빗고, 은은한 애프터셰이빙 향이 났다. 입가에는 주름이 졌고, 나이는 50대 정도 되어 보였다. 두꺼운 안경을 쓰고 말투는 겸손했다. 말끝마다 테이블에 닿을 정도로 머리를 숙이며 죄송합니다, 미안합니다, 라는 말을 덧붙였다.

사과에 익숙한 50대를 보는 일은 어딘가 짠하다. 웃을 때 금니가 고스란히 보이는 것도, 단정하게 자른 손톱도, 어딘가 착실한 느낌을 주었다. 중년 남자는 버릇처럼 웃었다. 웃을 때 내려가는 눈꼬리가 선해 보였고, 줄이 잡힌 바지와 잘 다린 셔츠가 산뜻한 느낌을 주었다. 물론 면도도 깔끔하게 되어 있었다. 윤동훈은 머뭇거리다가 세린이 내어놓은 녹차를 한 모금 넘기고 나서야 입을 열었다.

"제 딸입니다."

그는 오래된 딸 사진과 함께 가족관계증명서를 내밀었다. 그 서류에는 부–윤동훈. 자녀–윤민아라고 쓰여 있었다. 윤동훈은 78년생이었고, 윤민아는 2002년생이었다.

"제 딸을 찾아 주실 수 있을까요? 딸 사진입니다. 이거 한 장 겨우 가지고 있네요. 가족사진 하나 없어요. 아내와는 민아가 다섯 살 때 이혼했습니다."

의뢰인은 딸이 유치원 입학식 날 찍은 사진을 내밀었다. 사진 속에는 앙증맞은 토끼 가방을 든 어린 윤민아가 있었다.

"따님하고는 그 이후 전혀 연락이 안 되고요?"

"네, 고등학교에 들어갔다는 소식만 전해 들었을 뿐 만나지 못했습니다. 아무것도 가진 거 없이 앞에 나타나는 것도 못할 짓이고요. 아마 저를 원망할 거예요. 만남까지는 필요 없습니다. 저는 아빠 자격 없는 사람입니다."

찬서는 남자의 안색을 살폈다. 그의 눈에는 눈물이 고였다. 그는 얼른 손바닥으로 눈물을 닦아냈다. 그리고 안주머니에서 흰 편지 봉투를 꺼냈다. 꽤 두툼한 봉투를 스카치테이프로 테이핑했다.

"딸이 잘 지내는지 확인만 해주세요. 그리고 이 봉투를 좀 전해주세요. 이 안에는 돈과 편지가 있습니다. 그간 제가 열심히 일해서 모은 돈입니다. 이제 딸아이가 스무 살이 되는데 어디 따뜻한 방 한 칸이라도 얻는 데 도움이 되었으면 해서요."

이런 아빠가 있었다면, 나도 달라졌을까? 찬서는 생각했다.

"만약 따님이 원한다면 만나볼 생각이 있으십니까?"

"아니요. 저는 죄인입니다. 주소나 연락처는 가르쳐주지 않아도 됩니다. 그저 딸이 잘사는지 봐주시고 이것만 전해주시면 됩니다."

안경알 뒤로 젖은 눈동자가 반짝였는데, 순간 찬서의 눈동자와 마주쳤다. 그는 곧 고개를 푹 숙였다. 숱 없는 머리가 처량해 보였다.

따뜻한 일이라고 생각했다. 그를 돕고 싶은 마음이 컸다. 그녀는 선부른 동정은 비수가 되어 날아온다는 걸 알고 있었지만 잠시 잊고 말았다.

악마의 겉모습은 악마가 아니란 명제를 잊었는지, 경계와 긴장이 풀렸는지 알 수 없었다. 잠시 세상이 동화처럼 보였다. 이곳에서 몇 번의 일을 성사시키고, 고맙다는 말을 듣고, 모두가 따뜻하게 대해주니 뭐라도 된 거 같았을까.

찬서는 좋은 일을 하고 있다는 착각에 빠져 실수를 범했다. 마음 착한 아버지가 전해줄 돈 봉투와 편지. 그것을 받고 감동의 눈물을 흘리면서 감사의 인사를 할 딸을 생각했다.

딸을 찾으면 마음이 뜨끈해져서 한마디 설교를 덧붙일까, "아버지를 만나보세요."라고 할까 말까. 불우한 사회 초년생에게 인생은 다 그런 거야, 라는 말을 해줄까.

찬서는 이런 생각을 하며 윤민아를 찾아다녔다. 그러나 그녀를 찾아간 건 아빠의 깜짝 선물이 아니라 스토커의 시퍼런 칼이었다.

의뢰를 받은 찬서는 먼저 윤민아의 SNS를 뒤졌다. 그러나 그녀의 흔적은 세상에서 지워진 듯 사라졌다. 찬서는 경찰 후배 영식에게 전화했다. 사람 하나만 찾아달라는 찬서의 말에 영식은 곤란해했지만 그녀가 원래 부탁하는 성격이 아니라 처음이자 마지막으로 알아봐준다고 했다. 다행히 흔적이 전혀 없던 윤민아가 지난달부터 4대 보험을 든 흔적이 있었다. 진짜갈비라는 부산에 있는 고깃집이었다. 찬서는 그녀를 찾아냈다. 그녀는 그 고깃집에서 알바 중이었다.

찬서는 고깃집 안으로 들어가 혼자 3인분을 주문했다. 주방 이모가 민아야! 라고 부르는 소리가 들렸다. 작은 체격에 유니폼을 입은 여자가 대답했다. 윤민아는 여자라기보다 아직 소녀 같은 느낌이 났다. 알바생들은 서로 장난도 치고 웃고 대화하는데 민아는 조용히 일만 했다. 손이 조금 느린지 점장에게 여러 번 혼나기도 했다. 밤 10시가 되자 유니폼을 벗고 옷을 갈아 입은 그녀가 고깃집에서 나왔다. 청바지에 헐렁한 티셔츠, 운동화 차림이었다. 찬서는 말없이 그 뒤를 따랐다. 그녀는 10분 정도 걸어가 편의점에 들어갔다가 나왔다. 찬서는 적당한 거리를 두고 따라갔다. 편의점 비닐봉투를 손에 든 민아의 표정은 어두워 보였고 사람들이 지나가기만 해도 움찔 놀랐다. 5분 정도 언덕길을 걸어가자 낡은 상가건물이 나왔다. 민아는 그 건물 앞에서 발걸음을 멈췄다. 찬서가 고개를 들어 올려다보니 M 고시원이란 간판이 붙어 있었다.

"윤민아 씨?"

찬서는 걸음을 빨리해 고시원으로 들어가는 민아를 따라잡으면서 말을 걸었다.

"누구세요?"

작고 조심스러운 목소리였지만 찬서가 여자인 것을 확인하고 경계를 낮췄다.

"윤민아 씨 맞죠?"

"네, 그런데요."

"아버님이 걱정 많이 하고 있어요."

"아빠가요?"

민아는 동그란 눈을 껌뻑였다. 숱 많은 눈썹과 하얀 피부에서 고기 냄새가 풍겼다. 길고 가는 눈썹 밑의 눈동자가 불안하게 흔들렸다. 새하얀 얼굴에 근심이 차올랐다.

"이걸 전해 달라고 하셨어요."

편지를 보고 떨리는 손, 흔들리던 눈동자. 왜 몰랐을까?

윤민아는 찬서가 내민 편지를 낚아채 듯 가지고 고시원으로 들어갔다. 찬서는 그녀의 불안한 눈빛이 마음에 걸렸다. 그리고 아까부터 찬서를 쫓던 자동차도….

남자는 윤민아를 쫓는, 찬서를 쫓았을 것이다.

그 시각, 박수철은 그들을 보고 있었다. 찾았다! 혼잣말을 했다. 아드레날린이 치솟았다. 기쁨에 머리부터 발끝까지 요동을 쳤다. 꽁꽁 숨어도 소용없다. 그녀를 행복하게 해줄 사람은 나뿐이다. 그걸 모르는 윤민아가 답답했지만 원망스럽지는 않았다. 사.랑.하.니.까.

봉투 안의 편지를 보면, 진심을 알게 될 것이다. 그럼 분명히 마음을 고쳐먹고 그에게 돌아올 것이다. 제발 그녀가 정신차렸으면. 더 이상 세상에 속지 말았으면.

그는 모든 것을 걸고 민아를 사랑할 자신이 있었다. 윤민아는 어리고 착한 영혼이기에 모두에게 속고 있다. 그는 언제까지 기다릴 수 있다.

윤민아가 만나는 남자들이 하나같이 마음에 들지 않았다. 첫 번째 남자는 멍청한 놈이었다. 키고 작고 얼굴이 자주 시뻘게지면서 욕을 하는 어린놈이었다. 돈도 미래도 꿈도 없다. 그와 함께라면 평생 불행할 것이다. 그 어린놈을 떼어내는 것은 쉬웠다. 그를 따로 만나서 조용히 협박했다. 테이블 위에 있는 병으로 머리통을 내리치니 비틀거렸고, 쓰러졌다. 민아 아빠라고, 다시는 옆에 어슬렁거리지 말라고 했다. 윤민아는 그와 헤어지고 돌아왔다. 남자가 연락도 없이 자신을 떠났다고 했다. 그는 토닥이면서 '너를 사랑하는 건 나뿐'이라고 했다. 민아는 시선을 돌리면서 대답을 회피했다. 박수철은 기다릴 수 있었다. 언제까지라도 기다리는 건 문제없었다.

여행갈까? 맛있는 거 먹을까?

여러 질문에 민아는 아무 대답도 하지 않고 딸기 라떼에 꽂힌 빨대만 씹고 있었다.

두 번째 남자도 마찬가지였다. 민아는 남자에게 찾아간 게 박수철이냐고 물었다. 그게 뭐 어때서, 속으로 그런 생각이 들었다. 둘 사이를 방해하는 건 머저리 같은 그놈이고, 가난해서 그놈의 엄마까지 모시고 살 판이었다. 착한 민아는 거절하지 못하고 싸구려 사탕발림에 넘어갔다. 두 번째 남자가 그루밍 성범죄 어쩌구를 입에 담았다. 알지도 못하면서. 이건 그루밍 성범죄 따위가 아니고 교감이고 사랑이다. 그렇기 때문에 현행법에도 처벌할 수 있는 근거 조항이 없다. 나이 차이가 많다거나, 아버지뻘이라며 욕하는 사람들이 있지만 실제로 그런 나이차도 결혼하는 경우가 많다. 진심이 통한다면 모든 게 해피엔딩이다. 서른 살의 나이 차이는 둘 사이를 가로막을 수 없다.

그에게 아내와 자식이 있는 것도 아무런 방해가 되지 못했다. 그들은 가족이었지만, 남자에게 단 하나의 사랑은 민아였다. 그는 민아의 우주고 세상이며 신이었고, 앞으로도 그럴 것이다.

그러다 어느 날 윤민아는 사라지듯 숨어 버렸고, 박수철의 어떠한 연락도 받지 않았다. 땅으로 꺼진 것처럼 사라졌다.

박수철은 노선을 변경했다. 아내가 동네 미용실에서 머리를 하고 왔는데 그곳 2층에 뭐든 해결해주는 탐정소가 있다는 것이다. 그것도 젊은 여자 탐정이 있는 촌스럽고 허술한 곳이다.

지문인식이라도 하지 않는 이상 자기 진짜 신분은 모를 것이다. 이런 시골에 그런 첨단 장치가 있지도 않을 것이다. 미용실에 모여 시시덕거리면서 집 나간 개나 찾아주는 곳에서 설마 의뢰자 본인이 가짜라는 것을 알아채진 못할 것이다.

박수철은 예전에 윤민아의 집에서 훔친 어릴 적 사진과 학원에서 필요하다고 가져오라고 했던 가족관계증명서를 챙겼다.

미용실 2층 로라탐정소에 실제로 가보니 단발머리에 마른 여자가 나왔다. 짜도 기름 한 방울 나오지 않게 마르고 딱딱한 여자였다. 그러나 여자는 똑같다. 여자들은 불쌍한 사람에게 약하다. 마음이 약한 자들에게 틈이 있다. 그 틈을 공략하면 된다. 때로는 약이 강보다 강하다. 계획대로 불쌍한 아버지를 연기하니 아니나 다를까 그녀는 의뢰를 수락했다. 탐정은 윤민아를 열심히 찾아다녔다. 그리고 이제 그의 눈앞에 민아가 있다.

피부 밑에서 피가 빠르게 도는 게 느껴졌다. 탐정의 얼굴이 가로등 불빛에 그늘져 보였다. 어리석은 년, 그런데 일은 제법 하는군! 기쁨의 콧노래가 나왔다.

봉투를 전해 받은 윤민아는 방으로 돌아와 문을 잠갔다.

'아빠가 나를 찾고 있다고?'

아빠는 그녀가 태어난 지 얼마 되지 않아 집을 나갔고, 그녀는 그 후 엄마와 둘이 살았다. 한 번도 찾아오지 않던 아빠라는 이름의 타인이었다. 그런 아빠가 갑자기?

민아는 예감이 좋지 않았다. 떨리는 손으로 봉투를 열었다. 내용물을 보자마자 비명을 질렀고, 무릎이 후들거려 그 자리에서 주저앉았다. 편지에서는 은은하게 그의 애프터셰이브 향이 풍겼다.

박수철이 찬서에게 전해준 봉투 안에 들었던 건 돈이 아니었다. 편지와 사진들이었다. 사진은 민아를 따라다니면서 찍은 사진들이었고, 편지 안의 내용은 그가 혼자 멋대로 꿈꾸는 미래를 적어놓았다.

민아가 좋아하는 파스타 요리를 배웠다는 것, 민아에게 잘 어울릴 듯한 원피스를 샀다는 것, 중국 요리가 괜찮은 고급 중식당을 발견했으니 꼭 둘이 가자는 것.

민아는 심장이 갈비뼈를 뚫고 나오는 것 같았다. 누군지 바로 알았다. 박수철. 그는 한때 민아 친구가 다니던 학원의 선생님이었다. 민아의 힘든 사정을 듣고 강의를 무료로 듣게 해주었다. 그때 민아의 나이가 열여덟 살이었고, 박수철은 서른 살이 많은 마흔여덟 살이었다.

박수철은 친절했고 다정했다. 민아의 힘든 이야기를 들어주고 편을 들어줬다. 민아는 아빠가 있다면 이런 느낌일 거라고 생각했다. 그녀는 도움이 고마워서 박수철에게 감사 편지도 썼고, 돈이 모이면 약소한 선물도 샀다. 엄마도 결국 그녀를 버리고 떠났는데, 이렇게 잘해주는 것이 황송하고 감사했다.

그런데 처음 이상하다고 느낀 것은 민아에게 남자친구가 생긴 후부터였다. 박수철은 당장 헤어지라고 불같이 화를 냈다. 그리고는 조금만 기다리면 함께 살 수 있을 거라고 했다. 민아는 그제야 박수철의 관심이 친절이 아닌 집착임을 알았다.

민아는 그가 무서워서 제대로 거절하지 못했고, 돌려서 몇 번이나 거절했다. 회유와 협박이 이어졌다. 처음에는 관계가 깨질까 봐 무서웠고, 그녀 자신이 싫어졌다.

견디지 못한 민아는 나중에는 더 이상 연락하지 말라고 숨었다. 그는 어디든 쫓아왔다. 그녀의 실수라면 그 사람을 한순간이라도 의지했다는 것이다. 속았다. 좋은 사람인 줄 알았다. 그게 아니라는 것을 깨닫는 게 너무 오래 걸렸다. 그게 다 그녀의 잘못 같았다. 그가 민아를 대하는 방식을 세상에서는 그루밍이라고 부른다는 것을 나중에 알았다.

가방을 열어 옷가지를 넣었다.

도망쳐야 해. 여기서 달아나야 해.

공포에 손이 떨리고 무릎이 후들거렸다. 커다란 두 눈에서 눈물이 떨어졌다. 자꾸만 손에 힘이 풀려서 핸드폰이 바닥에 떨어졌다. 가방 속에 옷가지를 구겨 넣고 나오는데, 문 앞에 그가 서 있었다.

"안녕. 민아야."

그가 웃었다. 민아의 얼굴이 일그러졌다.

‘살려줘, 구해줘. 누가 좀 도와줘.’

박수철은 민아의 얼굴이 반가움이 아닌 일그러짐이어서 서운했다. 한때 윤민아는 자신을 사랑한다고 했다. 사람들은 그루밍이니 심리적 지배니 하며 수군거렸지만 민아는 똑똑했기에 자신의 감정을 알고 있었다. 분명 우린 사랑하는 사이었다. 민아도 자기를 사랑했다. 그렇게 믿었다.

“말랐네. 피부도 거칠어졌고.”

수철의 손으로 민아의 양팔을 쓸어내렸다.

“만지지 마요.”

“내 편지 봤어?”

“소름 끼쳐요. 꼴도 보기 싫다고요.”

“내가 널 찾아냈어. 이제 괜찮아. 우리를 아무도 갈라놓지 못해.”

“살려줘! 누가 좀 도와줘요!”

박수철은 실망했다. 사랑의 대가가 이거라니, 희생의 결과가 이렇게 참혹하다니. 말을 듣지 않는다면 어쩔 수 없다. 그녀가 본 세상의 마지막을 그로 만드는 수밖에….

“그래, 같이 죽자.”

윤민아의 얼굴 근육이 파르르 떨렸다. 눈동자가 경멸을 쏟아냈다. 민아를 이번에 놓치면 영영 돌아오지 않을 거 같다. 이런 상황이 오는 것을 바라지 않았다. 그녀와 함께가 아니라면….

함께 살 수 있는 방법은 하나뿐이다. 함께 지옥에 가는 것! 그를 파괴한 건 그가 아니었다. 그녀가 파괴한 것이었다. 그녀의 몸을 찌르는 것이 아니라, 그녀의 마음을 찌르려 했다. 그녀의 눈동자에 자신을 새겨 넣고서….

박수철은 품 안에 넣었던 칼을 잡고 그대로 휘둘렀다.

퍽! 그때 누군가 박수철의 몸에 돌진했다. 그는 둔탁한 소리와 함께 충격으로 밀려났다. 찬서였다.

"까악!"

윤민아가 비명을 질렀다.

30분 전, 찬서는 윤민아를 고시원에 들여보내고 돌아섰다. 아까부터 따라오는 차가 신경 쓰였다. 택시를 잡아타는 척하고 바로 내려, 그 차를 살폈다. 그랬더니 그 차에서 박수철이 내리더니 고시원으로 올라갔다. 찬서의 머리가 쭈뼛 섰다.

말이 다르다. 왜지?

그는 분명히 딸을 볼 면목이 없다고 했다. 어딘가 불길한 예감이 들었다. 찬서는 그를 뒤따랐다. 그리고 민아에게 칼을 휘두르는 그를 막은 것이다.

"네가 아빠라고? 이 미친 새끼야."

찬서가 이를 악물었다.

"아이 시발 들켰네."

박수철이 혀를 찼다.

"그만해."

"죽어. 어서 죽으라고 민아야! 나도 금방 따라갈게!"

박수철은 거센 몸부림을 치면서 찬서를 밀어내고 윤민아에게 칼을 휘둘렀다. 윤민아는 박수철의 칼부림에 여기저기 베였다. 그러나 찬서가 필사적으로 막았다. 누구의 것인지 모르는 피가 여기저기 튀었다. 윤민아는 결국 밀쳐져 벽에 머리를 부딪치고 바닥으로 쓰러졌다. 찬서는 박수철의 허리를 잡고 바닥으로 쓰러뜨렸다. 비명 소리를 듣고 나온 사람들이 경찰에 신고했다. 사람들이 하나 둘 모여들어 이 모습을 핸드폰으로 촬영했다.

박수철은 비틀거리면서 일어나 도주했다. 그는 민아의 아버지가 아니었다. 착한 자의 가면을 쓴 악마는 찬서를 미행했을 것이다.

그녀가 이끄는 곳으로 따라가기만 하면 그곳에 윤민아가 보였을 것이다. 금니를 내보이며 빙그레 웃었을 생각을 하니 구역질이 치밀었다. 찬서는 윤민아를 흔들어 깨웠다. 미동이 없었다.

'제발… 제발 죽지 마.'

모여드는 사람들에게 살려달라고 소리 질렀다. 구급차와 112가 왔다. 윤민아는 병원으로 옮겨졌다. 찬서는 속이 메슥거렸다.

해가 졌다. 무산에는 안개가 아니라 가는 비가 내렸다. 세상이 회색빛이었다.

찬서는 참고인 경찰 조사를 마치고 로라미용실로 돌아왔다. 샤워를 마치고 소파에 쓰러졌다. 여기저기 상처가 쓰렸지만, 마음이 더 쓰렸다. 찬서의 어깨가 앞으로 축 처졌다. 누군가 그녀를 땅바닥에 패대기친 기분이었다.

정 원장은 한숨만 푹푹 내쉬었고, 세린은 두 손으로 머리를 쥐어뜯었다. 찬서는 그대로 무너져 내릴 것 같았다.

'나 때문이야.'

사건 몇 개 해결했다고 우쭐 댄 자기 꼴이 우스웠다. 날카로운 통증이 가슴을 쥐어뜯었다.

"네 잘못이라고 생각하지 마. 잘못한 건 박수철이야. 벌 받아야 하는 것도 박수철이고. 박수철은 전형적인 그루밍 성범죄자였어. 처벌받기 어려웠지. 그래도 이번엔 빠져나가지 못할 거야."

그루밍 성범죄. 형법 제305조에 따라 만 13세 미만의 경우 간음 또는 추행을 한 자는 '폭행·협박이 없더라도' 3년 이상의 유기징역에 처하게 된다. 그러나 만 13세 미만의 미성년자에 대해서만 처벌 규정이 있기 때문에 그 이상의 경우 '강제성을 입증'하지 못하면 처벌이 어렵다. 가장 큰 문제는 그루밍 범죄의 경우, 강제성을 부인할 증거들이 나올 가능성이 크다는 데 있다. 피의자인 가해자 쪽에서 흔히 내놓는 발언이 '서로 사랑하는 사이'였다는 것이다. 이런 증거를 제시하면 형사소송법의 대원칙에 따라 강간으로 확정될 가능성이 작아진다. 그루밍 범죄는 다음과 같이 대개 여섯

단계로 이루어진다.

- 피해자 물색, 접근하기
- 피해자와 신뢰 쌓기
- 피해자의 욕구 충족시키기
- 피해자 고립하기
- 피해자와 자연스러운 신체 접촉을 유도하며 성적인 관계 형성
- 회유와 협박을 통한 통제

일반 성폭행의 경우 대체적으로 강제성이 드러나는 경우가 많기에 피해자가 피해 사실을 즉각 인지한다. 그러나 그루밍 성범죄의 경우 '길들여졌기'에 피해 사실을 바로 알아채지 못하는 경우가 많아 피해 기간이 길어진다.

피해 사실을 알아채더라도 회유하며 피해자들의 입을 막는다. 피해자는 성적 접촉이라는 비밀이 생기면서 점점 고립되고, 두려움과 벗어날 수 없다는 무력함이 생기면서 통제에서 벗어나기 어렵게 된다. 이 모든 것이 윤민아와 박수철의 관계에서 이뤄졌다.

"내가 가르쳐주지 않았으면 못 찾았을 거예요."

"민아, 살았어. 네가 살리기도 한 거야."

윤민아는 다행히 목숨에는 지장이 없었다. 하지만 칼에 찔린 상처는 몇 시간에 걸쳐 수술했다. 머리를 부딪친 건 시간이 지나봐야

한다고 했다.

박수철은 고시원에서 윤민아를 찌르고 도주하여 아직 잡히지 않았다.

제발 살아 있어라. 찬서는 속으로 빌었다.

가해자가 죽으면 공소권이 없으므로 사건은 종결된다. 그러면 윤민아가 어떤 일을 당했든 아무런 보상도, 사과도 받지 못한다.

"본인을 너무 과대평가하네. 박수철은 어떤 방법을 써서라도 찾아냈을 거라고. 우리한테도 신분증까지 위조했고, 등본까지 들이밀면서 아버지 노릇을 했잖아."

"그 새끼, 내가 잡을 겁니다."

"잡아서 어떻게 하려고?"

날카로운 통증이 가슴을 찔렀다.

"괴물을 상대했다가 괴물이 돼."

"상관없어요. 어차피 괜찮은 사람이 되긴 글렀습니다."

찬서는 이를 악물었다. 빗속으로 걸어갔다. 빗방울이 그녀의 얼굴을 때렸다. 세린이 따라오려고 했지만 정 원장이 세린의 어깨를 눌렀다.

"그냥 둬."

찬서는 정처 없이 걸었다. 고개를 들어보니 이자카야 앞이었다. 웃음이 났다. 기껏 온 곳이 여기라니.

'내가 이 사람을 원망하고 판단할 자격이 있을까?'

얼마 전 집에 들어가서 집 안을 뒤진 일이 떠올랐다. 알아챘을까?

머뭇거리던 찬서가 뒤돌아서는데 전재호와 눈이 마주쳤다. 창문 속 그는 고개 인사를 했다. 주방에서 풍기는 온기. 수증기가 손짓하듯 그녀를 불렀다. 문을 열고 들어갔다. 또 다른 세계에 들어가는 기분이었다. 달콤한 간장 냄새가 수증기를 타고 왔다. 찬서가 자리에 앉자 전재호가 알아서 술을 내어주었다. 늘 먹던 하이볼이었다. 그리고 등을 돌려 찬서가 매번 먹는 요리의 준비를 시작한다. 테이블 위로 물이 뚝 떨어졌다. 머리에서 떨어진 빗물인 줄 알았는데, 눈가에서 떨어졌다. 찬서가 눈물을 닦기 전에 전재호가 냅킨을 밀어놓는다. 움켜쥔 냅킨 위로 후드득 눈물이 떨어졌다. 냅킨이 금세 젖어 들었다.

이번엔 전재호가 냅킨 대신 수건을 내밀었다. 눈물과 빗줄이 그의 수건에 스며들었다.

오늘은 독한 술이 필요하다.

전재호가 그런 찬서의 마음을 읽은 듯 위스키를 내려놓았다.

자책감에 부서져 버릴 거 같다. 위스키를 목으로 넘겼다.

"내가 다 망쳤어요."

바보같이 무슨 말을 내뱉고 있는 걸까. 귀에 물이 찬 것처럼 웅웅거리면서 몸은 가라앉고 그녀의 입에서 나오는 소리는 그녀의 것이 아닌 것처럼 느껴졌다.

"위스키 한 잔 더 줄게요."

전재호가 빈잔에 위스키를 따랐다.

"사는 것이 이기는 거고, 죽는 게 지는 거라는 단순한 거였으면 좋겠어요."

"그 반대일 수도 있죠. 즐거움보다 고통이 많다면 사는 게 형벌이죠."

전재호의 낯빛이 어두워 보였다.

그도 고통스러울 때가 있었겠지? 살인자의 아버지를 둔 실수로. 그는 아버지와 닮지 않으려 노력했을까.

"사는 거 참 피곤하네요."

찬서의 말에 이번엔 전재호가 위스키를 따라 마셨다.

"살아내는 거죠, 고통스럽더라도. 그게 참회일 테고요."

찬서의 몸에서 뭔가 빠져나가는 것이 느껴졌다. 고개를 들어 전재호의 눈을 보았다. 이 사람은 답을 알고 있는 걸까? 그도 그렇게 살아가고 있는 걸까? 고통스럽게, 참회하면서….

다음 날 찬서는 용기를 내서 민아가 입원한 병원으로 향했다. 머리가 무거웠지만 마음이 더 무거웠다. 도착한 병실에는 정 원장과 세린이 앉아 있었다. 세린이 반가운 표정을 지었고, 정 원장은 조용히 고개를 끄덕였다.

"수술 잘되었대요. 요샌 의술이 좋아서 흉터도 거의 없대요."

세린이 민아의 하얀 팔을 쓰다듬었다. 찬서는 의식이 없는 민아를 바라보았다. 솜털이 난 소녀 같은 얼굴이었다.

눈앞이 흐려졌다. 죄책감, 슬픔, 자괴감. 한마디로 표현되지 않는 감정들이 엉켜서 파도처럼 찬서를 후려갈겼다.

"박수철 행방 알아냈어. 경찰에 제보했으니 잡히는 건 시간 문제일 거야."

정 원장이 찬서의 어깨를 두드렸다. 다들 각자의 일을 잘 해내고 있는데 찬서만 엉망이다.

목구멍에 뜨거운 게 올라왔다. 찬서는 두 손으로 민아의 손을 잡았다.

"미안합니다. 정말 미안합니다."

찬서는 고개를 숙였다.

민아가 눈을 떴다. 그리고 찬서의 눈동자와 마주쳤다. 눈물이 솟아올랐다.

과거에서 온 엄마의 비밀 노트

그녀의 이름은 노찬서. 무산 주택가에 있는 로라미용실 2층에 자리 잡고 있는 탐정소의 탐정이기도 하다. 이제 서른넷이 되었고, 밥 대신 술을 먹는다. 그녀는 엄마를 죽게 한 남자의 출소를 기다리면서 맞은편 건물에 사는 남자의 아들을 지켜보기도 하고, 그가 하는 술집 단골이 되어버렸다.

탐정소를 찾아오는 손님이 없을 때는 1층 로라미용실에서 손님들의 머리를 감겨주기도 하고 타월을 널기도 한다. 한세린이란 아름다운 보조가 있고, 미용실 원장이자 건물주이며 탐정 사무소의 고용주인 정 원장과 함께 매일 시끄럽지만 평온한 일상을 보낸다.

찬서는 눈동자를 10초 이상 들여다보면 그 사람이 진실을 말하는지, 뭔가를 숨기는지 알 수 있다. 이것은 초능력이 아니라 오랜 눈칫밥 생활로 터득한 특기다. 그래서 누군가에겐 통하지 않기도 한다. 적중률 100퍼센트는 아니라는 소리다. 그렇기에 착한 연기를 누구보다 잘했던 박수철을 알아채지 못했다.

윤민아 사건이 벌어진 지 벌써 한 달이 지났다. 찬서는 그 기간을 무기력하게 보냈다. 낮에는 사무실 소파에 몸을 묻었고, 밤에는 주로 동네를 걸었다. 낡은 상점가와 퇴색한 골목들. 시간이 멈춘 듯한 이 동네는 찬서를 닮았다. 찬서는 정처 없이 걷다가 하루 한 끼는 식당에서 해결했다. 무산의 식당 밥은 죄다 짰다. 조미료 맛이 많이 나거나, 양념이 너무 많았다. 하지만 입속으로 구겨넣었다. 맛없는 밥이야말로 스스로에게 내릴 수 있는 벌이니까.

미용실은 늘 많은 여자들이 머물렀고 많은 말이 오고 갔다. 그녀들은 찬서의 얼굴에 난 기미까지 세려는 듯 가까이 다가와서 모든 것을 다 알겠다는 의지로 묻곤 한다. 할머니들은 선도 없고 창피함도 없었다. 대신 좋은 점은 찬서가 어떤 모습을 하든 창피할 일도 없다. 술 먹고 토해놓거나, 머리를 감지 않아 엉망진창이 되어도 할머니들은 찬서의 등짝을 한 대 때리면 끝이었다. 자신에게 잣대가 너그러운 것처럼 찬서에게도 너그러웠다.

그리고 그날 전재호 앞에서 눈물을 보인 이후, 이자카야는 당분간 가지 않았다.

시원한 바람이 부는 것을 보니 무산의 여름도 끝나가고 있었다.

"엄마의 첫사랑을 찾아주세요."

의뢰인의 이름은 박유미. 30대로 무릎 밑까지 내려오는 스커트에 블라우스 차림으로 세련된 분위기였다. 흰 피부와 당당한 눈빛이 인상 깊었다. 직업은 구독자 300만 채널을 운영하는 운동 유튜버라고 했다. 주로 운동과 다이어트 같은 콘텐츠를 올린다고 했다.

"혹시 채널명이 유미으뜸 아니에요?"

찬서는 TV나 유튜브에 관심이 없었지만, 세린은 구독자라며 반가워했다. 박유미는 운동 유튜버답게 균형 잡힌 몸매와 올백으로 넘긴 헤어스타일, 큰 입매가 시원스럽게 느껴졌다.

"저희 집은 서울인데도 엄마의 고향이 무산이어서, 아무래도 이쪽에서 탐정소를 알아보는 게 좋을거 같아서요."

의뢰인 엄마의 이름은 이윤숙. 68년생이고 고향은 무산. 지금의 남편과 결혼한 게 91년도 1월이다. 결혼 전에는 건빵 공장에서 경리 업무를 했다.

"어머니의 첫사랑을 찾아야 할 이유라도 있습니까."

찬서가 물었다.

"엄마의 오래된 노트에 반복적으로 세 사람이 등장해요. 아무리 생각해도 그들 중 한 명이 엄마의 첫사랑 같아요."

박유미가 내민 노트는 낡고 끝이 헤져 있었다. 노트를 열어보니

연필로 이한수, 양남현, 전찬봉, 이 세 명의 이름이 반복해서 쓰여 있다. 노트의 앞부터 뒤까지 다 이 이름으로 채워져 있었다. 마치 빽빽이처럼. 무언가 사연 있는 노트처럼 느껴졌다.

"엄마에게 직접 물어보는 게 좋겠지만 엄마는 지금 그럴 상황이 못되요. 정신적으로 많이 아프세요. 그래서 더욱 찾고 싶은 거예요. 어쩌면 엄마의 한이 풀어질지도 모르잖아요."

박유미의 눈꼬리가 내려갔다.

"가족분들께 여쭤보는 게 가장 빠르지 않을까요?"

"할머니, 할아버지는 돌아가셨고, 엄마의 오빠, 그러니까 외삼촌이 있지만 전혀 연락하고 지내지 않아요. 엄마는 노트에 대해 물어봐도 아니라는 이야기만 하고요. 아빠에게 그런 것을 묻는 건 상처가 될 거 같고요."

"그럼 어머니 친구분들은요?"

"엄마는 어릴 적 친구가 없어요. 아프기 전까지 교류했던 사람들은 모두 시 모임이나 봉사활동같이 나이 들어서 만난 분들이에요."

"이 세 사람 중에 첫사랑이 있다고 생각하신 이유라도 있습니까? 노트만 보고 그렇게 생각한 건 아니겠죠? 뭔가 의심할 계기가 있었던 것 아닙니까?"

박유미는 눈썹을 모았다.

"엄마는 예전부터 아빠한테 애정이 전혀 없었어요. 뭐랄까, 정신이 딴 곳에 가 있는 사람 같다는 느낌이 들었어요. 아빠는 잘해줬지만, 엄마는 늘 불만이었고 히스테릭했어요. 둘이 어떻게 만났고 어떤 연애를 했는지도 말하길 꺼리는 느낌이었어요. 그냥 그때는 선봐서 결혼했다는 말만 해줬어요. 증거나 계기가 있었던 건 아니고 그냥 제 느낌이에요. 제가 이 노트를 찾아내고선 대체 이 사람들 누구냐고 꼬치꼬치 물어보니까 엄마가 그냥 잊을 수 없는 사람이래요."

아주 애매하다. 그것만으로 셋 중 하나가 첫사랑이라고 할 수 있을까. 박유미는 찬서의 그런 표정을 읽었는지 덧붙였다.

"저, 사실 다음 달에 결혼을 앞두고 있어요. 결혼 전에 엄마를 이해하고 싶어요. 그렇게 아빠가 싫었으면 왜 결혼했는지, 이 결혼 생활을 왜 유지하는지. 진짜 사랑했던 사람이 있었다면 왜 헤어졌는지 알고 싶어요. 결혼 앞둔 저한테 여러 모로 중요한 문제거든요."

박유미의 이야기를 들어본 바로는 이 노트 안에 첫사랑이 있다고 확신하긴 어려웠다. 찬서는 의뢰인의 눈을 보았다. 30년도 더 된 사람을 찾는 일, 꽤 귀찮은 작업이 될 거 같았다. 평소 같으면 안 했겠지만 찬서는 뭐라도 하고 싶었다. 윤민아 사건을 만회할 무언가를 찾고 있는 건지도 모르겠다.

"네, 알겠습니다. 뭔가 알아내면 알려드릴게요. 아 참, 이 노트는 가지고 있어도 되겠습니까?"

박유미는 고개를 끄덕이고 자리에서 착수금을 후하게 지불했다.

"첫사랑 이름을 이렇게 쓰는 사람이 있다고 생각해요?"

세린이 찻잔을 치우고 테이블을 꼼꼼하게 닦았다. 찬서만 있을 때보다 사무실이 반짝였다.

"뭔가 찜찜하네, 이 사건."

"한 명은 첫사랑이라고 쳐도 나머지 둘은 뭘까?"

정 원장이 어깨에 안마기를 올려놓고 눈을 감았다.

"혹시 이제껏 사귄 남자나 뭐 그런 데스노트 아니에요? 영화 보면 자기랑 사귄 남자들의 이름을 쫙 써놓기도 하잖아요."

세린이 방향제를 칙칙 뿌렸다.

"확인해보면 알겠지."

"그나저나 33년 전이라니. 그렇게 오래전 첫사랑을 어디 가서 찾아요?"

세린은 태어나기도 전이라, 고개를 절레절레 흔들었다.

"정 원장님은 첫사랑 기억해요?"

정 원장은 찬서의 물음에 그 시절을 떠올리는 것처럼 창문 밖을 바라보았다.

"첫사랑? 그런 게 있었나?"

"혹시 그 덩치 큰 단골 할아버지가 정 원장님 첫사랑 아니에요?"

세린이 묻자, 정 원장은 웃음을 터트렸다.

"누구에게나 첫사랑이 좋은 기억이란 법은 없지."

찬서도 궁금한 점이었다. 먼 곳을 보는 정 원장의 옆모습을 보았다. 이 할머니에 대해서 알면 알수록 아는 게 없다.

박유미의 엄마, 이윤숙은 고등학교 졸업 후 건빵 공장에 취직했다. 이윤숙의 부모님은 쌀집을 했다고 한다. 박유미가 준 호적등본에서 당시 살았던 집 주소를 알 수 있었다. 그곳에서부터 시작하기로 했다. 찬서와 세린은 이윤숙이 살던 집에 가 보았다.

무산 변두리, 마당이 있는 오래된 주택에 크고 오래된 감나무가 있었다. 할머니 한 분이 마당에서 마늘을 까고 있었다. 찬서가 이 집에 대해 물어보니 이사 온 지 30년 됐고, 그때부터 감나무는 있었다는 말을 했다. 찬서와 세린은 동네를 돌아다니면서 쌀집 딸이면서 감나무 집에 살던 이윤숙에 대해 아는 사람을 찾았다. 그러나 대부분 이사를 하거나 외지인들이라 33년 전의 이윤숙이라는 이름은 들은 적도 없다는 답이 왔다. 사막에서 바늘 찾는 게 빠를 듯했다.

찬서와 세린은 낡은 슈퍼 앞 평상에 앉아 멜론 맛 아이스크림을 먹었다. 평소 같으면 절대 사 먹지 않겠지만, 세린이 멋대로 사서 까준 아이스크림이었다. 한입 깨물자 딱딱하고 이가 시렸다. 그래도 입 안에서 퍼지는 달콤함은 잠시 휴식을 주었다.

"이렇게 찾을 수 있을까요?"

세린은 입 안에서 아이스크림을 빙빙 돌렸다. 그녀 말이 맞다. 다른 접근이 필요하다.

찬서는 미용실 아주머니의 조언에 따라 가장 오래된 노인정을 찾아갔다. 안에는 서너 명의 노인들이 앉아 장기를 두거나 누워서 TV를 보며 이야기를 나누고 있었다.

찬서는 인사를 하고 가져온 음료수를 돌렸다. 그들은 갑자기 나타난 젊은이들에게 흥미를 보였다.

"어르신, 혹시 30년 전쯤 이 동네에서 살던 감나무 집 딸 기억하세요? 저 밑에 사거리요. 부모님이 쌀집 했다고 하던데."

"그때 나는 이 동네 없었어. 저기 형님한테 물어 봐."

노인들이 허리가 구십 도로 꼬부라진 어르신을 가리켰다.

"아주 오래전에 감나무 집 딸이 S 고등학교를 나왔는데 혹시 이 중에 그 학교를 나오신 분은 없을까요?"

"우리 집 조카하고 같은 학교네."

어르신이 몸을 일으켰다.

같은 학교라면 많은 정보를 알 수 있을지도 모른다.

"어르신 그럼 혹시 이한수, 양남현, 전찬봉에 대해 들어본 적 있으세요?"

"아니. 처음 듣는 이름인데."

"그럼 저희가 조카분 혹시 만나볼 수 있을까요?"

"무슨 일로 그러오?"

찬서가 어떤 대답을 해야 하나 망설이는데 세린이 웃는 얼굴로 다가왔다.

"이윤숙 님이 어릴 적 이 세 분에게 신세를 져서 꼭 보답하고 싶다고 해서요. 찾고 있거든요."

역시 세린의 특기는 능숙한 연기다.

"전화 한번 해보지 뭐."

어르신은 조카에게 전화를 하더니 바꿔주었다. 세린이 찬서에게 윙크를 했다.

찬서는 신분을 밝히고 만나기로 했다. 어르신의 조카 이준상은 50대 중반으로 무산에서 약국을 운영하고 있었다. 약국에 들어서니 중년 남자가 약사 가운을 입고 손님에게 약을 설명하고 있었다. 안쪽에는 약사가운을 입은 비슷한 또래의 중년 여성이 조제를 하고 있었다.

찬서와 세린이 들어와 인사를 하고 전화로 통화했던 탐정이라고 말했다. 약사는 명함과 박카스 두 병을 주었다. 명함에는 이준상이라는 이름이 쓰여 있었다.

"감나무 집에 살던 이윤숙 님에 대해 알고 계신다고 들었습니다."

"아, 감나무 집 이윤숙 생각나요. 저희 옆반이었어요. 잡지 사진도 찍고 그래서 기억나요."

"혹시, 33년 전 이윤숙 씨 첫사랑에 대해 알고 계신가요?"

"첫사랑이요?"

이준상은 의외의 질문인지 놀라는 표정이었다.

"네. 당시 사귀던 남자나 좋아하던 사람, 선생님이든 뭐든 좋습니다."

찬서의 물음에 이준상은 시선을 위로 향하면서 기억을 더듬는 듯했다.

"아, 있었어요. 이윤숙하고 같은 반 남자애랑 학교에서 유명한 커플이었어요. 둘이 선남선녀라서 다들 부러워했죠."

찬서와 세린이 눈을 마주쳤다. 기대감에 부푼 세린이 다리를 떨었다.

"근데 첫사랑 못 만납니다."

"왜요?"

세린이 한 발짝 다가섰다. 찬서는 문득 그의 죽음을 떠올렸다.

"죽었어요."

세린의 어깨에 힘이 빠졌다.

"저, 혹시 그분 성함이?"

"강철진이요."

"어떻게 돌아가셨어요?"

"아마 사고라고 들었던 거 같아요. 저도 죽었다는 소식은 나중에 전해 들은 이야기예요."

이준상이 힐끗 여자 약사의 눈치를 보았다.

"혹시 이 셋 중에 아시는 이름이 있나요?"

찬서가 노트를 보여주자 세 사람의 이름을 살피던 이준상은 고개를 저었다.

세린과 찬서는 약국 밖으로 나왔다.

"첫사랑이 죽었다니, 하아… 그럼 이 세 사람은 뭐죠?"

세린이 한숨을 푹 내쉬었다.

"사무실에 들어가서 무산에서 91년도에 벌어진 사건 알아봐 줘. 난 좀 더 알아보고 갈게."

찬서는 세린에게 먼저 들어가라고 하고, 차 안에서 이준상이 마치길 기다렸다.

이준상은 뭔가 알고 있다. 이윤숙의 첫사랑, 강철진이 어떻게 돌아가셨냐는 찬서의 물음에 그가 멈칫하던 게 느껴졌기 때문이다.

그의 반지가 약국 안의 여자 약사와 같은 반지였다. 아마도 둘은 부부일 것이고, 뭔가 아내 앞에서는 하기 껄끄러운 이야기가 아닐까?

저녁 6시가 되자 중년 여자가 먼저 나오고, 곧이어 7시가 되자 이준상이 약국의 셔터를 닫고 밖으로 나왔다. 찬서가 다가가자 이준상이 한숨을 내쉬었다.

"더 해줄 말이 있으실 거 같아서 기다렸습니다."

"좀 걷죠."

"같이 일하는 약사분이 사모님이죠? 무슨 이야기든 비밀로 하겠습니다."

이준상은 주변을 둘러보다가 입을 열었다.

"이윤숙은 인기도 많고 활발한 성격이라 남자들이 좋아했어요. 철진이랑 사귀어서 모두가 부러워했죠. 사실 저도 좋아했습니다. 노트에 적힌 세 사람의 이름은… 당시 질이 좋지 않은 동네 형들 이름이에요. 윤숙이 왜 그 사람들 이름을 적었는지는 모르겠습니다."

"그렇게 생각하는 일이라도 있었나요?"

"한동안 이윤숙이 문란한 여자라고 동네에 소문이 돌았어요. 저 세 남자는 다 자기가 이윤숙과 잤다고 소문을 냈던 사람들입니다. 그리고 사실 철진이는 사고가 아니라…."

이준상은 잠시 말을 삼켰다.

"자살했을 겁니다. 그런 소문 때문에요."

찬서는 발걸음을 멈췄다.

사랑하는 사람이 힘든 일을 당했다. 지켜주지 못했다는 죄책감에 스스로 목숨을 끊었다. 만약 그것이 사실이라면 당시 이윤숙의 심정은 얼마나 고통스러웠을까.

"이 사람들 만날 수 있을까요?"

"다른 사람은 모르고, 이한수가 어딨는지는 알고 있습니다."

이한수가 있는 곳은 경기도의 한 성당이었다. 초등학교 앞에 자리한 성당 입구에는 성모마리아상이 보였다. 찬서는 안으로 들어가 이한수를 찾았다.

"이한수 씨?"

신부복을 단정하게 입은 이한수는 찬서에게 고개 인사를 했다. 몸에 밴 다정함과 친절이었다.

"누구십니까?"

찬서가 대답 대신 명함을 내밀었다. 의미가 없지만 말을 나눌 구실은 만들어줄 것이다. 이한수의 눈동자는 대체 어떤 이야기를 하는지 감이 안 온다는 듯 궁금증이 묻어났다.

"탐정 분이 왜 저를?"

"잠시 말씀 좀 나누실 수 있을까요?"

잠시 망설이는 눈빛이 느껴졌지만, 곧 평온한 눈으로 바뀌었다.

"이윤숙 씨를 아시죠? 33년 전에 부모님이 무산사거리에서 쌀집을 운영하셨고, 감나무 집에 살았습니다."

이한수의 눈동자가 흔들렸다. 그러더니 한동안 침묵했다. 찬서는 그의 목울대가 꿈틀거리는 것을 보고 있었다.

"글쎄요."

"이건 이윤숙 씨의 노트입니다."

찬서는 노트를 보여주었다. 그는 이윤숙이 쓴 노트를 보더니, 입이 벌어지고 눈썹이 모아졌다. 큰 충격에 빠진 거 같았다.

"오래전부터 이렇게 이름을 쓴다고 하는데…. 이윤숙 씨와 무슨 일이 있었습니까?"

"모릅니다."

찬서는 그의 반응에서 이상함을 느꼈다.

"신부님이 말씀 안 해주셔도 나머지 두 명을 만날 예정입니다."

"난… 정말로…."

그의 목소리가 떨렸다.

"그럼 다시 물을까요? 무슨 일이 있었나요? 솔직하게 말씀해주세요. 아니면 내일 다시 오죠."

이한수는 자리를 옮기자면서 일어섰다. 성당 뒤쪽에 작은 기도 공간이 있었다. 그는 찬서가 들어오자, 주변을 두리번거리며 문을 닫았다. 찬서는 이한수가 떨고 있음을 느꼈다.

그는 기억을 휘젓는 시간을 가진 후 무겁게 입술을 떼었다. 이한수는 몇 분 사이 늙어버린 거 같았다.

"언젠가 이 일로 누군가 나를 찾아올 거란 생각을 했습니다. 꿈에 그때 일이 나오기도 했습니다. 그때는 그것이 잘못인지 몰랐습니다. 시간이 지나 나이를 먹고 그때 굴다리 밑에서의 일이 종종 생각났습니다. 결국 저는 하느님을 만났습니다. 용서해달라고 빌었습니다. 회개했습니다. 신학 공부를 계속하였고 신부로 살았습니다. 이것이 제가 받은 형벌이라고 생각했습니다."

찬서는 머릿속이 뒤죽박죽이었다. 나쁜 짓? 동참? 회개? 이게 무슨 개소리인가.

"어떤 나쁜 짓이요?"

"저는 어렸고, 무서웠습니다."

노트에 있는 이름 속 세 남자는 첫사랑도 뭣도 아니었다. 그리움이 아니라 증오였고, 고통이었다.

찬서는 머릿속에서 알맞은 단어를 찾았지만 없었다.

"혹시 성범죄입니까?"

이한수의 얼굴이 일그러졌다. 조용히 고개를 끄덕였다.

"1991년이었습니다. 그때 저는 스물두 살이었고요. 그때는 지금과는 달랐습니다. 무산의 굴다리 밑에서… 우리는 이윤숙을 성폭행했습니다."

찬서는 망치로 뒤통수를 맞은 기분이었다. 그녀의 일그러진 표정을 본 이한수는 변명하듯 말을 이어 나갔다.

"저희 어머니는 40년생으로 아버지와 열여덟 살 때 결혼했어요. 결혼이 아니라 지금 생각해보면 성폭행이었죠. 어머니도 그렇게 형을 낳았죠. 그때는 그런 시절이었습니다."

찬서는 주먹을 움켜쥐었다. 눈앞의 이한수 머리통을 후려갈기고 싶었다. 이걸 지금 말이라고 하는 건지, 뜨거운 불이 올라 목구멍에서 막혔다.

1994년에야 '성폭력 범죄 처벌법' '성폭력 범죄의 처벌 및 피해자 보호 등에 관한 법률'이 제정되었다. 그 후 몇 차례 개정되어 오늘에 이른 것이다. 그간 성범죄는 가족 또는 개인 간의 일탈 문제로 치부되어온 것이다. 오래전부터 최근까지도 여자들은 구애란 이름으로 수많은 폭력을 겪었다.

찬서의 무릎이 후들거렸다.

"이윤숙 씨를 찾아가볼 생각은 하지 않으셨나요? 자수든, 사과든. 그 일에 대해 책임지셔야죠. 어떤 식으로든."

그러나 사실 아니라고 해도 그만인 일이다. 공소시효도 지났고 증거도 없다.

이윤숙은 그렇게 33년간 혼자 고민하고, 혼자 고통받고, 혼자 이름을 써내려갔다.

그런데 왜? 이 사람은 왜 이렇게 쉽게 자신의 치부를 털어놓는 걸까? 그것도 신부가, 처음 보는 탐정에게 말이다.

"양남현을 좀 막아주세요."

사람을 움직이는 것, 죄책감이나 양심이 아니다. 공포와 불안이다. 이한수는 손가락을 비볐다. 양남현은 이윤숙 노트의 세 사람 이름 중 한 명이다.

"양남현은 그때 일로 저에게 협박을 하면서 돈을 빌렸어요. 그가 얼마 전부터 지속적으로 큰돈을 요구하고 있습니다. 성당에 알리겠다고 협박하고요. 사실은 그 일을 주도한 건 양남현입니다. 우린 그저 그놈 말을 따랐을 뿐입니다."

사실일까. 사실이든 아니든 공범이다.

"전찬봉 씨도 협박을 당하고 있나요?"

"모르겠습니다. 전찬봉하고는 연락은 잘 안 하지만 의사가 됐다고 들었으니, 아마도 좋은 먹잇감이 아닐까요? 얼마 전에도 양남현은 대한민국에서 살기 힘들다고 하더군요. 이민을 가든지 해야겠다고."

이한수는 마른침을 삼켰다.

"그때는 저도 어쩔 수 없었습니다. 양남현이 무서웠습니다. 제발 양남현을 막아주세요."

누구나 과거는 있다. 누구나 잘못은 한다. 그러나 사과 없이는, 영원히 고통받는 사람은 늘 피해자 쪽이다.

찬서는 양남현의 연락처를 받았고, 이한수는 미사가 있다며 일어섰다. 찬서가 나오는 동안 성당 안에는 사람들이 삼삼오오 모여들었다.

오르간 소리와 함께 찬송가가 울려퍼졌고 찬서는 서둘러 성당을 벗어났다.

그는 뭐라고 기도할까, 회개했으니 천국에 갈 수 있을까? 그럼, 누군가를 증오하고 미워하는 이윤숙은 지옥에 가는 걸까?

사람들은 이한수를 향해 두 손을 모으고 기도했다.

'첫사랑이 아니라 성폭행범이라니.'

의뢰인 박유미한테는 뭐라고 말해야 할까. 찬서는 명치에 찬밥

덩이가 걸린 기분이었다.

찬서는 다음 날 박유미에게 연락해서 만나자고 했다. 노트에 쓰인 이름이 첫사랑이 아니라는 사실을 이야기해야 했다. 1시간 후 서울의 카페에서 보기로 했다. 약속장소에 먼저 도착한 찬서는 카페 의자에 앉아서 박유미를 기다렸다. 무산에 내려간 지 겨우 석 달째인데, 서울에서의 생활이 오래전 기억 같다. 창밖으로 서울 도심의 풍경이 보였다. 바람에 흔들리는 나뭇잎들이 그림자를 만들어 어른거렸다. 팔짱을 끼고 가는 연인들, 동료들과 걷는 회사원들, 장 보고 가는 주부, 유모차를 끄는 가족들. 그들 모두 미소를 짓고 있었다.

찬서는 유리창에 비친 자신을 보았다. 마른 손, 몸에 달린 것 모두 거추장스럽다는 듯 잘라 버린 머리카락, 장신구 하나 없는 희멀건 얼굴.

카페에 박유미가 들어왔다. 그녀의 등장으로 카페 내부가 환해지는 것처럼 보였다. 그녀가 맞은편에 앉아 핸드백 안에서 청첩장을 꺼냈다. 결혼, 찬서가 한 번도 생각하지 않은 단어였다.

"보통 온라인 청첩장을 보내는데, 저희는 손수 적었어요."

결혼을 앞둔 박유미의 얼굴은 빛나 보였다.

"말씀드릴 내용이 조금 충격적일 수 있는데 괜찮으십니까?"

박유미는 찬서의 얼굴을 보고 구슬 같은 눈을 똑바로 떴다.

"네, 엄마에 대한 거니까요."

찬서는 입을 뗐다.

"어머니는 성범죄 피해자였습니다. 이 세 사람들은 가해자고요. 아마도 이 사건은 공론화되지 않았던 모양이고, 이 세 사람은 아무런 처벌도 받지 않았습니다."

찬서의 말을 듣자 박유미의 눈이 커다랗게 벌어졌다.

"말도 안 돼. 그게 진짜예요?"

박유미의 입에서 신음이 새어 나왔다.

"유감스럽게도 이한수의 고백에 따르면 그렇습니다. 나머지 둘도 만나보면서 좀 더 사실적인 추가 확인이 필요하겠지만요."

찬서는 이한수의 근황과 나눈 이야기를 전했다. 그녀의 손가락이 부들부들 떨렸고, 눈가가 빨개졌다.

"제가 어떻게 하면 좋을까요?"

"진실을 안다고 해서 늘 행복해지는 건 아닙니다."

진실은 고통을 수반한다. 눈앞의 박유미는 조금 전까지는 행복해 보였다. 하지만 진실에 가까워질수록 행복과는 멀어질 수 있다.

"엄마의 노트 봤잖아요. 그 사람들을 아직도 못 잊는 거예요. 고통스러운 거예요."

박유미의 상체가 앞으로 쏠렸다. 그녀는 떨리는 두 손을 감싸쥐었다.

"엄마한테 무슨 일이 있었는지 알고 싶어요. 그리고 그 사람들이 어떻게 사는지 알고 싶어요. 고통스럽게 사는지, 아니면 아무

일 없는 것처럼 사는지. 결혼은 했는지, 자식은 있는지 그들은 지금 끔찍한지, 행복한지, 불행한지 알아봐주세요. 부탁드립니다."

박유미의 목소리가 고통 속 신음처럼 들렸다.

"알겠습니다."

찬서는 두 눈이 시뻘게진 박유미를 남겨두고 먼저 일어섰다. 그리고 차에 올라 사무실로 향했다.

밖은 아직 더운 바람이 불었다. 창문을 열고 라디오를 틀었다. 엄마가 좋아하던 노래가 나왔다.

엄마는 왜 혼자 나를 키웠을까. 엄마는 아빠를 사랑했을까. 헤어질 거면 왜 결혼했을까. 평생 함께 살지 않을 거면 아이는 왜 낳았을까. 이런 것들이 궁금했던 때가 있었다. 아빠에 대한 기억은 거의 없다. 찬서가 두 살 때 이혼했기 때문이다.

엄마는 아빠에 대해 해외에서 일하기 때문에 만날 수 없다고 했다. 하지만 찬서는 믿지 않았다. 엄마들은 늘 어린 자식에게 언젠간 들킬 거짓말을 한다.

찬서는 아빠의 사진이 없는 점, 아빠가 한 번도 찬서를 보러오지 않았던 점, 전화 통화 한번 한 적 없던 점들을 떠올리면서, 아빠는 만날 수 없는 게 아니라 만나지 않기로 했다는 걸 알았다.

그녀는 경찰이 되고 나서 친부를 찾은 적이 있었다. 그는 종로 뒷골목에서 식당을 하며 평범하게 살고 있었다. 새로운 가정을 꾸리고 새로운 가족들과 함께. 찬서는 자신의 존재와 오래된 엄마의 죽음을 알릴까 하다가 발걸음을 돌렸다. 찬서는 물보다 진한 피를 찾아다녔지만, 그에게 이미 찬서는 가족이 아니었다.

양남현의 과일가게 밖에는 현수막을 단 1톤 트럭이 세워져 있었다. 트럭의 현수막에는 '22년도 10월 9일 딸을 14일간 납치 감금한 짐승보다 못한 놈을 엄벌 수사하라. 국민 청원에 참여해주세요' 라고 쓰여 있었다.

과일가게 앞에는 과일들이 늘어져 있었는데 한쪽에 차곡히 쌓인 전단이 보였다. 몇 개는 아직 뜯지 않은 듯했다. 그 전단의 맨 위장을 보니 트럭에 달린 현수막과 같은 내용이었다. 찬서는 과일가게 안을 들여다보았다.

양남현의 아내로 보이는 중년 여자가 밥을 먹고 있었다. 그녀는 핏기없는 얼굴로 금방이라도 부서질 듯한 얇고 기름기 없는 머리카락을 묶은 채였다. 맞은편에 앉은 양남현은 덩치가 큰 사내로 밥을 물에 말아 김치와 삼키듯 먹고 일어섰다. 그리고 한쪽에 놓인 전단을 집어들고 가게를 나섰다. 찬서는 슬쩍 몸을 돌려 그를 따라갔다. 버스정류장에 선 양남현은 사람들에게 전단을 나눠주었다. 찬서도 전단을 받아 읽어보니, 작년에 꽤 유명했던 사건이 떠올랐다.

"말도 안 되는 일이요. 어떻게 키운 딸인데, 얼마나 착한 딸인데…. 이 나쁜 놈이 벌을 안 받았소. 사귀는 사이라고. 애는 무서워서 제대로 신고도 못 했소. 지금은 병원에 입원해 있어요. 애 엄마가 매일 가는데 애가 말도 안 하고. 취업 앞두고 열심히 일했던 아인데. 꼭 좀 주변에 널리 알려주쇼."

찬서가 전단을 들여다보고 있자, 양남현은 말을 붙였다. 늦둥이 딸이라 애지중지했다는 것도 덧붙였다.

"이윤숙 씨 알죠?"

찬서의 말에 찬서를 보던 눈빛이 일순 변했다.

"누구쇼?"

"33년 전 무산 굴다리 밑에서 벌어진 사건 기억 안 나세요?"

"씨발. 어제 일도 기억이 깜빡깜빡하는데, 엉? 불난 집에 부채질해? 다짜고짜 찾아와서 뭐 하는 짓이야."

무시하고 걷는 양남현의 입술이 파르르 떨리고 관자놀이가 씰룩거렸다.

"따님은 압니까? 아버지의 과거요."

이런 방법을 쓰고 싶지는 않았지만 입을 열게 하려면 어쩔 수 없다.

"지금 뭐 하는 거야? 씨발."

양남현은 얼굴이 붉으락푸르락하고 말을 피했다.

"이한수 씨를 만났습니다."

"그 새끼가 뭐?"

"그 사건으로 협박하셨죠? 이한수 씨 말에 의하면 그쪽이 주동자라면서요?"

"그 새끼가 그래? 증거 있어? 뭐라 했든 난 상관없는 일이야."

양남현은 따라붙는 찬서를 밀쳤다.

"양남현 씨. 33년 전에 있었던 그 굴다리 사건에 대해 인정한다고 해도 공소시효가 지났습니다. 그 말은 처벌받는 건 없다는 뜻입니다. 그러니까 말씀해주세요. 그저 이윤숙 씨에게 한 짓에 대한 일을 자세히 알고 싶을 뿐입니다."

순간 양남현의 두 눈동자가 흔들렸다. 그러다 가래침을 뱉더니 도착한 버스에 올랐다. 찬서는 올라타는 양남현의 주머니에 명함을 찔러 넣었다.

양남현이 탄 버스가 떠났다. 그는 버스 안에서 가운뎃손가락을 들어 보였다.

찬서의 손에는 양남현이 준 전단이 들려 있었다. 처벌하게 도와주세요, 국민청원에 동참해주세요, 소중한 딸을 지켜주세요, 라는 문구들이 눈에 들어왔다.

피곤함이 몰려왔다. 버스정류장에 앉아 고개를 이리저리 돌렸다.

또 다른 버스가 정류장 앞에 섰다. 버스광고란에 익숙한 이름이 보였다. 빛나산부인과 전찬봉 의사. 의사 가운을 입은 전찬봉은 마른 체격에 탈모가 진행된 머리, 안경을 끼고 있었다.

찬서는 세린에게 그 사진을 찍어 전송했다.

"일부러 술 없는 곳으로 골랐어요. 팀장님 간도 하루는 쉬어야죠."

가정집을 개조해서 만든 튀김덮밥집이었다. 무산은 죽은 동네였지만 최근 정부 지원을 받아서 이런 곳에 들어와 창업하는 젊은 이들이 하나둘 보였다. 그러나 희망을 품고 내려왔던 젊은이들은 손님이 없어서 버티지 못하고 폐업했다. 이 집은 튀김덮밥이 맛있다고 하면서 세린이 알아서 주문했다. 메뉴판에 술은 없었다. 찬서는 술 없이는 밥맛이 없어진 지 오래됐다. 대신 찬서는 세린이 튀김덮밥을 먹는 것을 보았다. 오물오물 잘도 먹는데 군살은 보이지 않았다. 적당하게 붙은 근육을 보면 꾸준하게 운동을 하는 것 같다. 고생이라는 걸 모르는 공주님 타입 같기도 하고, 어떤 땐 세상 모든 고난을 겪은 얼굴 같기도 하다. 세린은 거짓말을 잘하고 꾸며내는 데 특기가 있지만, 평소에는 자신의 감정에 솔직하다.

"정찬봉 쪽은 어때?"

찬서에게 문자를 받은 세린은 전찬봉의 산부인과에 갔었다. 전찬봉의 병원은 강남역에 있었다. 광고 속 의사 가운을 입은 전찬봉은 매끈한 피부와 안경을 썼다. 입매가 가벼워 보였다. 세린은 손님을 가장해서 산부인과 진료를 예약했다. 세린이 이윤숙에 대해 물어보니 모른다고 했고, 33년 전 굴다리에서 벌어진 사건에 대해서도 모른다고 했다. 이한수, 양남현의 이름을 꺼냈지만 경비들에게 쫓겨났다고 한다.

"그 원장 반응 보니 가해자 맞는 거 같아요."

"성폭행 가해자가 산부인과 의사가 됐으니 아마 이쪽도 양남현한테 협박당하고 있었을 가능성이 크겠지. 협박 상대로는 신부보다 산부인과 원장이 낫잖아."

"아, 그리고 이거요. 그때 말씀하신 91년도에 벌어진 사건 뒤져봤는데, 굴다리 사건은 없었고 이런 게 나왔어요."

세린은 91년 무산에서 벌어진 한 사건을 찾아냈다.

> 제목: 키스 한 번에 벙어리, 혀 자른 키스 사건
>
> 91년 5월 3일. 이 모 씨(여.22)는 박 모 씨(남.23)가 접근한 상황에서 혀를 깨물어 상대방 남자의 혀가 절단되어 3센티 잘려 나갔다.

재판부는 판결문에서 "범행 장소와 집이 불과 100미터 거리이고, 범행 장소에서 소리를 지르면 충분히 주변 집에 들릴 수 있었다. 박 씨의 강제 키스가 이 씨로 하여금 반항할 수 없이 꼼짝 못하게 해놓고 한 것은 아니다. 혀를 깨문 이 씨의 행위는 방위의 정도를 지나친 것"이라고 판단했다.

"이 씨는 이 사건으로 징역 10개월에 집행유예 2년을 선고받았어요. 법원은 중상해죄라고 했고, 반면 박 씨의 성폭력은 죄로 인정되지 않았대요. 왜 피해자한테 징역을 때리는지 모르겠어요."

세린의 눈썹이 위로 치켜 올라갔다.

"관련 기사를 더 찾아봤는데 벙어리로 만들었으니 책임지라고, 성추행범하고 결혼하라고 판사가 그랬대요. 말이 돼요, 그게?"

"말이 안 되지. 지금도 그렇지만 옛날에는 워낙 말이 안 되는 일이 벌어졌어. 부부싸움이라고 끼어들지 말라고 하면 출동한 경찰도 그냥 갔으니까. 실제로 여자가 운전한다는 것만으로 거리에서 욕을 얻어먹던 시절도 있었어."

1990년대까지에는 초보운전 문구 중 '초보운전 – 밥하고 나왔어요'도 있었다.

"피해자가 고소를 해야만 처벌하는 친고죄가 폐지된 게 겨우 2013년도였으니까."

찬서는 세린이 씩씩거리는 것을 들으면서 밖으로 나왔다.

가을바람이 불었다.

심장에 추가 달린 것처럼 마음이 무거웠다.

잘못을 인정한다는 것이 어려울까.

법으로 정한 공소기간이 끝나면 죄도 사라지는 걸까.

고통받는 사람이 있는데, 왜 죄는 없어지는 걸까.

다음 날 아침 양남현에게 연락이 왔다. 성폭행을 지시했던 주동자는 자기가 아니라 따로 있었으니, 자기 딸에게는 절대 말하지 말라는 것이다. 찬서는 그 말을 100퍼센트 다 믿지는 않았지만, 들어보지 않을 이유는 없었다.

"그놈이 시킨 거야. 마음먹으면 자기 하고픈 거 꼭 하는 새끼였어. 우리 지역에서 제일 잘살았지. 그놈이 나한테 시켰어. 그 새끼가 이윤숙을 좋아했는데 안 넘어갔거든."

찬서의 머릿속이 멈췄다. 좋아하는 여자를 얻으려고 성폭행을 지시한다고?

"그게 말이 됩니까?"

"그게… 그 새끼 사실은 덮치려고 하다가 이윤숙이 열받아서 혀를 깨물었어. 그래서 혀가 반쯤 잘렸어. 완전히 빡이 돌아버린 거지."

찬서는 얼마 전 세린이 찾아낸 신문 기사에 나온 혀 잘린 사건을 떠올렸다.

"혹시 가해자가 박 씨입니까?"

"어떻게 알았어? 박근혁. 우리보다 두 살 위 선배였어."

양남현은 키가 크고 몸이 좋았다. 33년 전에는 지금보다 더 건장했을 것이다. 과연 협박만으로 그런 범죄를 저질렀을까? 뭐가 그를 움직였을까?

"대가로 돈을 받았군요. 물론 그 돈은 혼자 꿀꺽했을 거고."

"지금 그게 뭐가 중요해? 여하튼 난 그쪽이 원하는 거 말했어."

"다른 주동자가 있었다는 것을 이찬수와 양남현은 몰랐군요?"

"그것들이 알아서 뭐 해? 내가 시키는 대로 한 거지. 어차피 군대 휴가 나와서 여자라면 눈이 돌았으니까."

그들이 행한 범죄가 단지 그 한 건이었을까? 찬서의 몸이 부르르 떨렸다.

"그러니까 우리 딸에게 아무 말도 하지 마."

"이윤숙 씨도 누군가의 딸이었습니다."

"아이 씨발, 진짜."

양남현은 전화를 끊어버렸다.

주동자, 박근혁. 이 사건의 주범. 양남현의 말이 맞다면 박근혁은 혀가 반쯤 잘린 것에 대한 복수로 양남현에게 성폭행을 지시했다. 양남현은 이한수와 전찬봉을 불러 함께 범죄에 가담시켰다. 이 사건은 밖으로 나오지도 못하고 그대로 사라졌다. 한 여자를 사랑했던 남자는 목숨을 끊었고, 그 여자는 영혼이 부서졌다.

이윤숙은 피를 토하는 심정으로 세 사람의 이름을 써 내려갔다. 그런데 왜 박근혁의 이름은 쓰지 않았을까? 찬서는 박근혁이란 이름이 낯설지 않았다.

정 원장은 손님이 없다고 일찍 마치고선 연속극을 보면서 담금주를 마셨다. 정 원장의 집은 어딘지 몰랐다. 늘 일찍 오고 늦게 퇴근한다. 가끔 동물의 털이 붙어 있는 것을 보면 강아지라도 키우는 것일까? TV 앞에 앉은 정 원장의 얼굴은 흔한 나이 든 여자의 얼굴이었다. 그녀가 종이 한 장을 내밀었다.

"맞아. 이윤숙 전과가 있어. 91년도 폭행. 날짜도 기사에 나온 거랑 일치해."

이 신문 기사에 나온 이 모 씨가 이윤숙이었다. 그리고 상대편 가해자의 이름은 박근혁.

찬서는 박유미가 건네줬던 청첩장을 펼쳤다. 그곳에 그의 이름이 있었다. [모] 이윤숙, [부] 박근혁의 장녀 박유미.

박근혁은 33년 전 사건의 주동자이자 이윤숙의 남편, 동시에 박유미의 아버지였다.

찬서는 옥탑방에 올라가 뜨거운 물로 샤워했다. 그리고 침대로 돌아와 잠을 청했다. 뜨거운 게 턱밑까지 차올라서 잠은 오지 않았다. 냉장고에서 캔 맥주를 꺼내 들고 옥상으로 나갔다.

널찍한 옥상 한편에는 상추며 고추 오이가 쑥쑥 자라고 있었다. 남색 하늘이 흐렸다. 맥주를 목구멍으로 넘겼다. 숨이 쉬어졌다. 무산이 침몰하는 배라면, 이곳은 마지막 남은 방주 같았다. 어디선가 고양이 울음소리가 들렸다.

옥상 끝에 서자 건너편 건물이 보였다. ㄷ빌라 3층 창문이 보였다 전재호의 방에는 불이 켜 있었다.

그도 25년 전의 일을 기억하고는 있을까? 피해자인 이윤숙은 33년 전의 일로 지금까지 고통받고 있었다. 입 안의 맥주가 씁쓸했다.

다음 날 카페에서 박유미를 만났다. 박유미가 찬서의 얼굴을 살폈다.

"진실을 감당할 자신이 있으십니까?"

"네, 준비됐어요."

찬서는 그간 알아낸 일을 모두 이야기했다. 33년 전, 이한수와 전찬봉은 양남현이 시켜 범죄에 가담했고, 두 사람은 최근까지도 돈을 갈취당하고 있었다. 그리고 양남현에게 일을 시킨 사람이 따로 있었다는 것. 그는 이윤숙에게 혀가 잘릴 뻔한 과거가 있던 것. 그 사람의 이름이 아버지 박근혁이란 사실을 마침내 이야기했을 때 박유미의 무언가가 툭 하고 부러졌다.

그녀의 반짝거리던 눈이 갈 곳을 잃었다.

한참을 말없이 그렇게 앉아 있었다. 찬서도 입을 열지 않고 손끝하나 꼼짝하지 않았다. 둘 사이에 카페 음악만이 흘렀다.

"저는 엄마보다 아빠를 닮았어요. 먹는 식성, 행동, 새끼손가락이 짧은 것까지요. 그런 저를 보는 엄마의 마음이 어땠을까요?"

박유미의 손끝이 가늘게 떨렸다.

"박유미 씨가 태어난 게, 박유미 씨 잘못은 아닙니다."

"그들은 벌을 받나요?"

"공소시효는 지났어요. 강간죄는 10년, 강간치상죄는 15년, 업무 위력 간음죄는 7년. 임신 자체를 의도치 않은 상해. 강간죄의 친고죄는 2013년부터 폐지됐고 소급 적용이 안 되기 때문이죠."

"그럼, 아무 처벌도 받지 않는다는 말이에요?"

찬서는 뺨 안쪽을 씹은 채 고개를 끄덕였다.

성폭행 가해자와 피해자였지만 결혼이란 제도 안으로 들어가자 범죄는 심판대에 올라가지도 못했다. 가해자와 평생 살아야 하는 것은 고통이었을 것이다. 증오했지만, 표현하지 못했다. 가해자에게서 얻은 딸, 그녀가 지켜야 할 유일한 이유였을 테니까.

"엄마는 왜 가만히 있었을까요?"

"이윤숙 씨는 박유미 씨를 지키기 위해 이제껏 참아온 거 아닐까요? 끝까지 딸을 지키고 싶어서 세 명의 이름만 써 내려갔고, 차마 가해자지만 박유미 씨가 사랑하는 아버지의 이름은 쓰지 못했을 겁니다."

"모르겠어요. 제가 어떻게 하면 좋을지."

온 마음을 다해 미워해서 그만큼 행복해지면 얼마나 좋을까?

"행복하세요. 결혼해서 행복하게 사세요. 그게 이윤숙 씨가 바라는 일일 겁니다."

박유미는 떨리는 입술을 꾹 눌러 다물었다.

조사는 끝났다. 찬서는 고개를 숙인 그녀를 두고 카페에서 일어났다.

찬서의 발걸음이 이자카야로 향했다. 몸이 무거웠고, 마음은 더 무거웠다. 2주 전 눈물을 보인 이후 처음이었다. 더 이상 흘릴 눈물 따윈 없는 줄 알았는데 아니었다. 전재호는 고개를 숙여 인사했다. 비스듬한 어깨, 굽은 등, 눈앞에 쏟아지는 머리에 두른 두건까지 전과 똑같았다.

찬서는 늘 앉던 자리에 앉았다. 가게 안도 전과 똑같았다. 수증기가 낀 내부와 나무 냄새와 음식 냄새, 적당한 소음과 크지 않은 음악 소리가 있는 곳. 4개의 테이블과 키가 높은 의자와 넓이가 좁은 바 테이블이 있는 것도 그렇다. 바 테이블 두 번째 자리에 앉으면 전재호의 음식 만드는 모습을 볼 수 있는 것도 똑같다. 그는 여전히 뭉뚝한 손톱으로 칼질한다. 쓸데없는 움직임은 그의 말만큼이나 없다. 마치 시간이 멈춘 듯한 느낌이 든다.

그녀는 오래전부터 스스로를 용서할 수 없어서, 엄마를 내버려둔 사회를 용서할 수 없어서, 생부를 용서할 수 없어서, 가해자를 용서할 수 없어서, 용서하지 못하는 삶을 살았고, 그런 삶은 자연스레 사람들이 멀리했다. 불행의 악취라도 풍기는 것처럼 말이다.

끊임없이 행복을 찾아 자기 계발을 하고 결혼하고 아이를 낳고, 외식도 하고, 가족이란 이름 아래 손을 맞잡고 여행도 가는, 그런 삶. 찬서는 그런 삶과는 멀었다.

찬서는 멈춰 있었고 늘 그 자리였다. 오히려 침몰했다. 그 점이 무산과 닮았고, 이곳과 닮았다. 그것은 무자비였다.

그가 늘 마시던 술을 찬서 앞에 놓았다. 이제 기분은 나아졌는지, 그날 일은 잘 풀렸는지, 물어보지 않았다.

스스로를 용서하는 가장 빠른 방법은 망각이다. 찬서는 아무도 용서하지 못했기에 평범한 삶을 살지 못했다.

박유미는 잊었으면, 결혼이든 무엇이든 도피해서 행복했으면 했다. 그래서 그녀와는 다르게 무자비가 아닌 자비로운 세상에서 살았으면 했다.

고개를 저으면서 술을 목구멍으로 넘겼다. 밖에는 먹구름과 함께 빗방울이 떨어졌다. 우르릉 쾅. 번개가 내리쳤다. 비는 금세 세상을 덮었다.

다음 날 로라탐정소로 박유미의 아빠 박근혁에게 연락이 왔다. 딸이 병원에 실려 갔다는 소식을 전했고, 찬서에게 꼭 와달라고 부탁했다고 한다.

찬서는 탐정 사무소의 푹 꺼진 방석에 앉았다.

"가보실 거예요?"

세린이 물었다. 찬서는 대답 대신 볼 안쪽을 자근자근 씹었다.

"우리 라면 먹을 건데, 두 개 끓여, 세 개 끓여?"

정 원장이 물었다. 왜 나를 찾는 걸까? 더 이상 해줄 수 있는 게 없다.

찬서는 대답 대신 다른 쪽 볼만 씹었다.

"생각해보면 박유미 씨도 피해자예요. 피해자를 외면하면 안 돼죠. 거기다 결혼식까지 취소한 거 보면 심각한 거 같은데요."

세린의 갈색 눈이 찬서를 채근했다. 일어나서 가보라고.

"어차피 가실 거잖아요. 얼른 다녀오세요. 같이 가줄까요?"

찬서는 세린이 조잘거리는 건 더 참기 어려울 거 같아서 몸을 일으켰다.

찬서가 병실에 도착했을 때는 오후 3시가 넘은 시간이었다. 박유미는 1인 병실에 누워 있었고, 그 옆에는 박근혁이 있었다. 악마의 얼굴을 하고 있을 것만 같던 그는 얼굴이 좁고 근심이 가득한 눈동자를 하고 있었다. 찬서가 살던 옆집 아저씨를 닮았다. 한 달에 한 번 봉사하고, 아내 대신 음식 쓰레기를 버려주던 다정했던 아저씨. 그만큼 평범한 얼굴이었다.

"노찬서 탐정 되십니까?"

찬서가 고개를 끄덕이자 박근혁이 한 걸음 다가왔다. 그의 셔츠 깃은 구겨져 있고, 눈은 충혈되어 있었다.

"잠시 저랑 이야기 좀 하시죠."

찬서는 박근혁과 휴게실로 이동했다.

"왜 말도 안 되는 헛소문으로 멀쩡한 가족을 파탄 내려 하는 겁니까?"

박근혁은 찬서를 노려보았지만, 입매는 미소를 지으려 노력했다. 대체 무슨 생각으로 그런 끔찍한 짓을 한 건가. 찬서는 반문하고 싶었다.

"저는 의뢰를 받았고 조사한 내용만 전달했을 뿐입니다."

"누가 무슨 말을 했는지 모르지만, 모함이고 헛소립니다."

"33년 전 의료기록 확인했습니다. 절단된 혀를 봉합하셨죠? 대구의 K 병원에서요. 판결문도 확인했고요."

박근혁의 표정이 차갑게 바뀌었다.

"무슨 소린지 모르겠네요. 판결문 읽었으면 내가 피해자인 줄은 알겠네요."

"33년 전 굴다리 사건 기억하시죠?"

"모릅니다."

"어차피 사법적 죗값은 받지 않습니다. 따님의 도덕적 비판까지 제가 책임져야 합니까? 그렇게 무서웠다면 그런 짓을 하지 말았어야죠."

찬서는 그의 약점을 찾아 건드려보았다.

"딸한테 가서 다 아니라고 이야기해. 다 잘못 알았다고."

맨얼굴을 드러낸 박근혁이 주머니에서 흰 봉투를 꺼냈다. 두툼했다. 흰 봉투를 받아 안을 보았다. 5만 원짜리 지폐가 꽉 차게 들어있었다. 찬서는 받은 봉투를 주머니에 넣었다. 박근혁은 만족스러운 눈빛으로 찬서를 지켜보았다.

"딸, 결혼해야 합니다."

"이윤숙 씨한테 왜 그랬습니까?"

"좋아해서 그런 겁니다. 그냥, 애 낳고 살면 좋아할 줄 알았죠, 나를."

찬서는 대답 없이 병실 안으로 들어갔다.

몸을 일으킨 박유미의 입술이 터져 있었다. 그리고 왼쪽 손목엔 붕대가 감겨 있었다.

"뭐 하는 겁니까?"

찬서의 목소리가 세게 튀어 나갔다.

"아빠에게 가장 소중한 게 저예요. 그래서 저를 부숴 버리려고 했어요. 아빠가 불행하게요."

"어디까지 망가지려고요?"

"결혼 안 할 거예요. 결혼하기로 한 남자도 아빠가 소개해준 사람이거든요. 아빠의 체면은 바닥에 떨어졌지만 그걸로는 부족해요. 엄마는 30년 넘게 고통받았잖아요. 그날에 대해 따지려고 했지만, 아빠는 아니라고 우겼어요. 엄마가 정신이 이상해서 쓴 말이다, 엄마와 탐정도 다 한패라고요."

박유미의 눈에는 눈물이 고였지만 끝내 울지는 않았다.

"도와주세요, 탐정님. 그들은 죗값을 받고 엄마에게 사과해야 해요."

찬서는 박근혁에게 받은 돈 봉투를 내밀고 일어섰다.

"나는 조사를 하는 사람이지, 벌을 주는 사람이 아닙니다."

"그럼 저는 어떻게 해요? 탐정은 의뢰받은 일만 끝내면 다인가요?"

찬서를 흔들기 위한 도발이란 것은 잘 알고 있었다. 평소 같으면 흔들리지 않을 말이었는데 민아가 떠올랐다. 제대로 들여다보지 못해 생긴 피해자.

어쩌면 엄마 또한 100퍼센트 살인범 전탁근의 죄라고 할 수 있을까? 무심했던 이웃, 가족을 버렸던 아빠, 112에 신고해도 연인과의 싸움 정도로 생각했던 경찰. 여자가 남자를 만나고 다니는 것에 대한 좋지 않은 소문. 이 모든 것이 합쳐져서 전탁근이 엄마의 몸에 칼을 꽂고 기름을 붓는 것을 도왔던 건 아닐까. 엄마의 삶에 조금이라도 관심이 있었다면, 죽음을 막을 수 있지 않았을까.

"탐정님도 엄마가 계시죠? 세상에 엄마 없는 사람은 없잖아요. 저 말고 엄마를 도와주세요, 제발."

"박유미 씨는 이 일로 세상에 알려질 수 있습니다. 감당할 수 있겠어요?"

박유미가 고개를 끄덕였다.

"네, 이젠 제가 엄마를 지키고 싶어요."

"먼저 사실 확인을 위해 어머니를 봬야겠습니다."

찬서의 머릿속이 빠르게 돌아갔다. 스톱워치가 발동되고 있었다.

이윤숙은 일산의 한 정신병원에 있었다. 창문에 드리워진 무거운 커튼이 보였고, 그녀는 병실 침대에 숨죽은 야채처럼 늘어져 있었다. 이불 위에는 노랗게 구토한 자국이 보였다. 어디선가 시큼한 냄새가 올라왔다.

그녀는 박유미와 찬서가 들어가자 눈동자가 커졌다. 빳빳한 병실 이불을 걷고 몸을 일으켰다. 여름인데도 두꺼운 양말을 신고 있다. 혈색은 좋지 않았고, 눈은 충혈되어 있었으며, 오뚝한 코와 큰 눈에는 고통이 묻어나 있었다.

"엄마, 여기는 우리 도와주러 오신 분이야."

박유미가 이윤숙의 손을 잡았다.

"엄마, 여기서 이제 나가자."

이윤숙은 나가자는 말에 눈빛을 반짝였다.

"이윤숙 씨. 이한수, 양남현, 전찬봉, 이 세 사람 아시죠? 33년 전에 그들은 끔찍한 죄를 지었고, 그 일을 시킨 사람은 박근혁, 지금의 남편 맞죠?"

그녀는 입을 열지 않았다.

"33년 전 박근혁은 이윤숙 씨를 짝사랑했고, 범하려다가 혀가 반쯤 잘렸어요. 그 일로 징역을 받은 건 이윤숙 씨고요. 그때 무슨 일이 있었는지 말씀해주실 수 있을까요?"

이윤숙의 시선은 여전히 바닥을 보고 있었다.

"이제껏 말하지 못한 이유는 박유미 씨 때문이죠. 딸을 지켜야 하니까. 박유미 씨를 위해서라도 진실을 말씀해주세요."

이윤숙이 놀란 듯 박유미를 바라보았다. 박유미는 괜찮다는 듯 고개를 두 번 끄덕였다. 이윤숙은 고개를 숙였다.

"아빠는 내 아빠 이전에 범죄자야. 나 엄마 이해할 만한 나이가 됐어. 괜찮아."

박유미가 손을 잡았다. 이윤숙은 눈물을 참으며 입을 열었다.

"그때, 모두가 박근혁과 결혼하라고 했어요. 판사도, 심지어 우리 부모님도 제가 창피하다고 했죠. 죄인 취급한 건 검찰과 법원도 마찬가지였어요. 두 달 동안 이어진 조사에서 검사는 '결혼하면 간단하지 않냐, 못된 년. 계집아이가 남자를 불구로 만들었다' 같은 말을 했어요. 그럴 때마다 저는 최선을 다해 반항했을 뿐이에요. 항변했지만, 묵살당했죠. 가장 억울한 건 검사가 처음부터 피고에게 호감이 있었던 게 아니냐, 피고와 결혼해서 살 생각은 없느냐고 물었어요. 그런데 버텼어요."

키스를 당하다가 혀를 깨물어 버린 이윤숙에게 판사는 가해자와 결혼하라고 한 것이다.

얼마나 끔찍했을까.

그녀는 이 일을 이야기한다고 해서 도와줄 사회는 없다고 생각했을 것이다.

"그리고 얼마 후 굴다리에서 남자들에게 그런 일을 당했죠. 몸도 마음도 만신창이가 되었어요. 엄마에게 이야기했더니 아무한테도 말하지 말라고 하더라고요. 아버지는 때려 죽인다고 해서 도망 다녔어요. 저만 사라지면 다 해결될 문제라고 생각했어요. 거기다가 저 때문에….”

이윤숙이 숨을 고르다가 내뱉었다.

“한 남자가 목숨을 끊었어요. 정말 저 자신이 미웠어요. 얼마 후 박근혁이 저에게 협박했어요. ‘너는 내 것이 될 거다. 절대로 도망 못 간다. 결혼하자’라며 우리 집에 찾아왔어요. 아버지는 그와 술을 마시더니 결혼하라고 했어요. 그는 우리 집에 돈을 보냈어요. 그의 집은 무산의 유지였고, 저희는 가난했죠.”

이윤숙의 눈에 눈물이 고였다.

“처음엔 박근혁이 시킨 일인 줄은 몰랐어요. 이미 버린 몸이라는 생각으로 결혼을 허락했지만 결혼 이후 알게 되었어요. 남편은 나를 정신병자 취급하면서 망상이라고 몰아갔죠. 저를 구속하고 바람을 피웠어요. 하루하루가 고통스러웠어요. 하지만 유미를 지키고 싶었어요. 유미가 이 사실을 안다면, 평생 행복하지 못할 거라 생각했어요.”

이윤숙은 어깨를 들썩이며 눈물을 흘렸다.

한 여자가 30년을 잃어버렸다. 하루하루가 고통이었다. 그럼에도 지키고 싶었던 존재 때문에 참았다. 이제 더 이상 그러지 않길 바란다. 그 존재가 자라서 그녀를 지켜주고 싶어 하니까.

찬서는 고개를 끄덕였다. 박유미가 이윤숙의 손을 꽉 잡았다.

그 일이 있던 굴다리 밑은 33년 전 그대로였다. 축축한 먼지, 흰 곰팡이와 차가운 돌. 흙바닥에는 마른 잎들이 뒹굴고 있었다. 밤 10시의 굴다리는 어둡고 축축하다. 주황 전등이 천장에 3개 정도 매달려 있는 게 밝기의 전부였다.

굴다리 밖에는 비가 추적추적 내리고 있다. 공기의 밀도가 높아서 그런지 숨소리조차 크게 들린다. 박근혁은 구두 굽을 바닥에 탁탁 치면서 양남현을 기다렸다.

'왜 여기로 오라는 거야?'

양남현에게 문자가 왔다. 탐정이 이번 사건을 캐고 다닌다는 것. 박근혁은 머리가 아팠다. 33년 전 일이다. 아무 문제 없는 일이었다. 딸만 모르면 상관없는 일이었는데, 딸이 알았다. 양남현이 입을 나불거린 것이다. 조용히 처리할걸. 제때 손을 봐주지 않으니 이렇게 설치는 것이다. 하지만 돈 몇 푼 주면 먹고 떨어질 것이다. 양남현의 약점은 돈이다. 그 편을 공약하는 게 쉽다.

'아직 오지 않은 건가?'

뒤에서 발소리가 들렸다.

"누구야!"

어둠 속의 사내가 망치를 휘둘렀다. 박근혁이 머리를 숙였다. 망치는 허공을 가르고 바닥을 내리쳤다. 박근혁이 어둠속의 사내의 얼굴을 확인하자 양남현이었다.

"씨발! 뭐야, 너."

양남현은 억울했다. 33년 전 시키는 대로 했을 뿐인데.

왜 악당의 딸은 행복하고 내 딸은 불행해야 하나. 박근혁 딸의 유튜브에 들어가 보았다. 건강하고 행복해 보였다. 폭력으로 얻은 여자에게서 행복한 딸을 얻었다. 양남현은 저곳에 자기 딸이 있어야 한다고 생각했다.

"너 때문에 내 딸이 알게 됐어. 어쩔 거야?"

"미친놈. 정신 차려!"

박근혁이 소리를 질렀다.

양남현은 제대로 빡이 돌았다. 딸을 망친 그의 얼굴과 박근혁이 겹쳐 보였다.

"교활한 범죄자 새끼, 너 같은 놈은 죽어야 해!"

양남현이 박근혁의 얼굴을 향해 망치를 내리쳤다. 박근혁은 바닥으로 뒹굴며 몸을 피했다. 그가 피한 자리에는 땅이 파였다. 박근혁이 반격했고 양남현과 바닥에서 몇 번 굴렀다. 양남현이 박근혁의 목을 잡고 망치를 들어 올렸다.

그때 빗소리를 뚫고 누군가 걸어오는 소리가 들렸다.

"양남현!"

비옷을 입은 전찬봉이었다. 한 손에는 가방이 들려 있었다.

"너지? 산부인과 홈페이지에 그딴 글 올린 거."

양남현은 전찬봉이 하는 말에는 관심 없었다.

"뭐라는 거냐. 이 병신새끼가."

그때 반대쪽 굴다리에 그림자가 길어지면서 누군가 걸어왔다. 이한수였다.

"양남현. 너 언제까지 나한테 돈 뜯어낼꺼야? 제발 그만하자고!"

"신부님이 이래도 돼?"

이한수와 전찬봉이 양남현을 노려보았다. 박근혁이 기회를 틈타 일어섰다.

"뭐야, 이 병신새끼들아."

"뭐해? 너희 양남현 팔다리 잡아!"

박근혁이 지시하자 이한수와 전찬봉이 양남현을 일제히 노려보았다.

"입 다물어! 저 새끼 말 듣지 마. 우린 시키는 대로만 한 거야."

양남현의 입가에 침이 튀었다.

"너희 계속 이 새끼한테 협박당할래? 나는 이 새끼한테 벌써 돈을 줬었어. 33년 전에. 근데 너희들한테는 입 싹 닦아버린 거지. 아직도 모르겠어? 니들은 그때부터 이 새끼한테 속은 거야."

전찬봉과 이한수는 서로 눈을 마주치더니 양남현의 팔다리를 잡았다. 박근혁이 망치를 들고 내리쳤다. 사지를 잡힌 채 팔딱팔딱 뛰면서 놓으라고 소리를 질렀다.

"박근혁 이 새끼 완전 미친놈이야! 그러고 이윤숙하고 결혼했어. 완전 제정신 아니야, 저 새끼. 넌 그러고도 인간이냐? 양심도 없는 새끼가 아비 노릇을 해?"

"닥쳐!"

박근혁은 망치로 양남현의 얼굴을 내리쳤다. 가격당한 그가 비명을 질렀다. 고통에 신음하면서 활어처럼 몸을 비틀었다. 놀란 이한수와 전찬봉이 양남현을 잡은 팔다리를 놓쳤다.

그때 굴다리 안 가로등 불이 모조리 꺼졌다. 순식간에 암흑으로 뒤덮혀 아무것도 보이지 않았다. 오감으로 서로의 숨소리와 움직임을 느끼며 경계했다. 누군가 발의 중심을 옮기는 소리만 나도 달려들 상황이었다. 공기 중에 땀냄새, 피냄새, 젖은 흙냄새가 섞였다. 빗소리가 갑자기 볼륨을 높인 것처럼 크게 들렸다.

바닥에 쓰러진 양남현이 조심스레 기어가 돌을 집었다. 누군가 비명을 질렀다. 퍽! 하는 소리가 났다.

그 소리를 시작으로 허공에 각자의 무기를 휘둘렀다. 상대가 누군지도, 누구의 몸이 부서져 나가는지도 모른 채 오로지 공격뿐이었다.

비명과 더운 숨소리가 굴다리에 가득했다. 그러나 빗소리 때문에 굴다리 밖에까지 들리지 않았다.

잠시 후 고요가 찾아왔고, 라이트 불빛이 굴다리 내부를 비췄다.

바닥에 네 명의 남자가 쓰러져 있다. 머리에서 피가 흐르는 양남현, 배를 움켜쥔 전찬봉, 다리가 부러진 이한수, 의식이 희미한 박근혁.

라이트 불빛 앞으로 한 여자가 걸어온다. 비옷을 입은 찬서다. 그녀는 쓰러진 박근혁의 목에 손가락을 가져간다. 맥박은 뛰고 있다. 생명에는 아무 지장이 없다. 그의 허리띠 벨트버클을 떼어내고 그 안에 소형 카메라를 가져간다. 박근혁의 입술 사이로 욕지거리가 튀어나왔다. 양남현과 전찬봉, 이한수가 찬서를 보며 도와달라는 듯이 신음 소리를 냈다.

"갑작스럽죠? 어찌할 바를 모르겠고, 고통스럽고, 창피하고, 억울하고, 자신이 싫고 상대방은 증오스럽고. 33년 전 이윤숙 씨는 당신들이 지금 느낀 기분을 느꼈습니다."

"네가 이러고도 무사할 거 같아?"

찬서의 명치가 쿡 쑤셨다.

무사(無事), 아무 탈 없이 편안한 상태. 그 상태가 아닌 게 25년이 넘었다. 웃음이 터지려는 것을 참았다. 찬서의 미소 띤 얼굴을 본 박근혁의 얼굴이 일그러졌다.

"명함 드렸죠? 언제든 찾아오세요."

찬서가 잃을 것은 아무것도 없다.

"자, 모두 잘 들으세요. 딱 한 번만 기회를 드릴 겁니다. 진심으로 이윤숙 씨에게 사과하고 자수하세요. 안 그러면 이 안의 영상을 다 퍼트릴 겁니다. 공소시효가 끝났다고 해도 도덕적 비판과 사회적 매장은 확실하겠죠."

쓰러진 네 남자는 얼굴을 구겼지만, 대항할 힘도 없었다.

찬서는 어둑하고 축축한 그곳을 빠져나왔다.

일주일 전, 찬서는 박유미에게 계획을 이야기하면서 카메라를 주었다.

"이건 작은 영상 카메라예요. 최대 24시간까지 녹화가 되죠. 이걸 그날 약속 장소에 박근혁 씨가 들고 가게 할 수 있어요?"

"네, 할 수 있어요."

"계획은 이렇습니다. 전찬봉 산부인과 홈페이지에 글을 올립니다. 전찬봉에게 돈을 가지고 굴다리로 7월 20일 밤 11시에 나오라고 합니다. 전찬봉은 양남현의 짓이라 생각하고 열이 잔뜩 받을 겁니다. 그런 다음 이한수에게도 돈을 가지고 오라고 합니다. 폭로하겠다고. 마지막 돈이라고 합니다. 이한수도 양남현에게 협박을 당해왔으니 당연히 양남현 짓인 줄 알 겁니다. 양남현에게는 전찬봉의 이름으로 문자를 보냅니다. 박근혁이 양남현을 제거하려 한다고. 거기에 딸의 이야기를 넣어 양남현의 신경을 긁어놓습니다. 박근혁에게는 이한수의 이름으로 문자를 보냅니다. 탐정에게 사실을 폭로한 게 양남현이라고요. 박근혁도 화가 날 겁니다. 양남현 때문에 33년간 딸에게 숨겼던 사실이 들통났으니까요. 박근혁에게는 양남현이 그간 이일로 협박해 돈을 받은 사실을 알려줍니다. 그리고 각 문자의 마지막에는 만나자고 합니다. 시간과 장소는 네

명 모두 동일합니다. 상황을 지켜보면서 적당한 타이밍에 굴다리 가로등 전기를 끊습니다. 불신이 공포가 되고, 공포는 생존이 되어 서로에게 공격을 퍼부을 겁니다. 아비규환이 되겠죠. 누군가는 희생될 수도 있고, 누군가는 다칠 수도 있습니다. 우리는 모든 것을 녹화하고 지켜보기만 하면 됩니다."

"계획대로 될까요?"

"이한수와 전찬봉은 양남현을 없애고 싶어 할 겁니다. 박근혁은 양남현을 없애고 싶어 합니다. 양남현은 박근혁을 원망할 겁니다. 서로의 욕망은 이미 폭발하기 충분하니 우리가 자리만 마련해주면 될 거예요. 만약 그들이 서로를 공격하지 않고 반성하고 사과한다 해도 그들의 자백을 손에 넣을 수 있겠지요."

박유미는 박근혁의 벨트에 카메라를 심었고, 모든 상황이 녹화되었다.

그리고 얼마 후, 녹화영상은 박유미가 자신의 유튜브에 올렸다. 피해자에게 잘못을 인정하고 사과하면 영상을 내린다고 했다. 영상 속 박유미는 눈물을 흘렸고, 그녀의 300만 구독자를 비롯해 많은 사람은 분노했다. 더구나 자기 아버지의 죄에 대해 이야기하는 박유미의 용기에 응원을 보냈다. 그들이 다시 재판받아야 한다고 목소리를 높였다. 사회적 이슈가 되어 뉴스에 나왔다. 굴다리 사건뿐 아니라 사건의 발단인 혀 절단 사건이 다시 재조명되었다.

한 달 후 노트 속 세 사람은 이윤숙이 있는 병원을 찾아갔다. 자신들이 살기 위해서였다. 전찬봉은 산부인과 병원이 망했고, 이한수는 신부 자격이 박탈되었다. 양남현의 딸은 그를 원망했다. 셋은 고개를 숙이면서 미안하다고 했다. 이윤숙은 그들을 보자 달려갔다. 손톱으로 그들의 머리를 쥐어뜯었다. 단 하루도 잊은 적이 없었다.

미안합니다, 미안합니다, 라는 말이 가해자들의 입에서 반복되었다.

이윤숙은 정신병원에서 나왔다. 박유미는 엄마와 살기로 했다. 그리고 한국여성의전화에 연락해서 혀 절단 사건에 대한 재심 신청을 했다. 박근혁은 굴다리에서 부상을 당해 다리를 절었고, 이윤숙과 이혼했다. 그러나 그는 끝까지 사과하지 않았다.

죽은 남자의 아이폰을 찾아서

로라미용실에 할머니 둘이 앉아 있다. 정 원장은 얇은 로드에 더 얇은 머리카락을 돌돌 말았다. 찬서는 로라미용실 출입문에 붙여진 간판을 바라보았다. 정자체로 쓰여진 로라미용실이라는 글자는 모서리가 부식되어 있었다. 회색 벽에 달린 흰색, 빨강, 파랑이 섞인 미용실 조명은 연신 돌아갔다. 그 위로는 탐정소라는 스티커가 2층 창문에 조악하게 붙어 있다. 창문은 뿌옇고 금이 간 모서리는 초록 테이프로 붙었다. 살짝 기운 듯한, 아무도 찾아올 것 같지 않은 이 공간에 입소문이 퍼져 손님이 늘었다. 주로 중고거래 사기를 당했다느니, 이동식 장바구니를 잃어버렸다느니, 고양이를 찾아달라느니 하는 일들이었다.

찬서는 미용실 할머니들의 잔소리를 지나서 2층 사무실로 올라와 소파에 누웠다. 세린은 컴퓨터로 뭔가를 들여다보고 있다. 눈썹 위로 잘린 뱅헤어가 잘 어울렸다. 그 옆으로 곱슬거리는 파마머리도 찬서가 말아준 것이다. 사무실 공기를 가르며 선풍기가 돌아갔다.

창밖으로 매미가 세차게 울었다. 8월의 무산은 무더위가 기승을 부렸다. 이틀에 한 번꼴로 비가 내려 눅눅하고, 선풍기가 돌아가는 로라미용실에는 머리를 하러 온 손님보다 수다를 떨러 온 할머니들이 더 많았다.

박수철은 아직 잡히지 않았다. 민아 또한 퇴원을 앞두고 있었지만 달리 갈 곳이 없었다. 기다리는 이가 없다는 표현이 더 정확했다. 정 원장이 민아에게 미소재단이 운영하는 쉼터에서 생활하는 게 어떻겠냐는 권유를 했다. 국가에서 피해자에게 숙식제공을 하는 쉼터가 있다. 30일간의 긴급 보호조치지만, 보통 상황이 안 좋아 나가거나 거주지 이동을 선택하는 경우가 대부분이다. 반면 미소재단에서 운영하는 쉼터는 민아가 원하면 언제까지 지낼 수 있도록 도와주기로 했고, 민아가 원하는 교육도 받을 수 있다. 무엇보다 민아가 받은 정신적 상처를 쉼터 연계 병원에서 지속적으로 치료해주기로 했으니 거절할 이유는 없었다. 그래서 민아는 정 원장의 소개로 미소재단이 운영하는 쉼터에서 지내기로 했다. 그녀는 박수철이 언젠간 찾아올 거란 불안감 때문에 힘들어 했다.

찬서는 박수철을 잡겠다고 다짐했다. 하지만 민아에겐 제대로 된 말 한 마디 붙여보지 못했다. 그런 반면 세린은 친언니처럼 굴었다.

"나도 여기 쉼터에서 지냈어."

세린이 쉼터에서 지냈던 일을 이야기해주자 민아는 안심하는 눈치였다.

경찰은 도주한 지 한 달이 지났지만 생활반응을 보이지 않는 박수철을 잡지 못했다. 정 원장이 그의 위치를 알아내 경찰에 제보한 적이 있지만 눈치 빠른 박수철은 경찰차를 보고 도망쳐버렸다.

'경찰도 알아내지 못한 정보를 어떻게 알아냈을까.'

찬서는 궁금했다.

"어딨는지 알면 나한테 알려줬어야죠. 확 죽여버리게요."

"그럴까봐 안 가르쳐준 거야."

"가만 보면 모르는 게 없어. 어떻게 알아낸 건데요?"

"내가 그 질문에 대답하면 너도 내 질문에 대답할래?"

정 원장이 물었다.

"좋아요. "

"자주 오는 단골 할아버지. 내 첫사랑이 아니라, 내 정보원이야. 그 사람은 발이 넓어. 전국의 숙박업소는 그 사람 손안닿는 곳이 없지. 박수철이 묵은 곳은 3일 만에 알아냈어. 다음은 내가 질문할 차례. 노 탐정, 너 거기 이자카야는 왜 가는 거니?"

찬서의 말문이 막혔다.

"모르겠어요. 답을 알게 되면 말씀드릴게요."

"좀 치사하지만, 답은 됐다."

정 원장은 고개를 끄덕였다.

"세린. 정 원장에 대해 잘알아?"

"정 원장님을 만난 게 5년 전이었어요. 2018년, 그때 남자한테 맞고 있는데 정 원장님이 구해줬어요."

세린은 파리를 잡는 데 열중하며 점심 메뉴라도 이야기하는 것처럼 말했다.

그런 세린이 왜 교도소에 들어갔을까? 이 시골 탐정소에서 월급은 받는 걸까? 탐정사무소의 수임료는 일정치 않고, 게다가 미용실의 수입으로는 더더욱 유지하기 어려울 것이다.

정 원장은 이 허름하고 돈벌이가 안 되는 일을 하면서 어떻게 이 건물을 샀을까? 미소재단과는 어떻게 아는 걸까? 한 달에 두 번 오는 정보원 할아버지와는 어떻게 알게 된 사이일까.

이곳에서 지내는 날이 늘어날수록 궁금증도 많아졌지만 해결된 건 아무것도 없었다.

손님이 없던 오전이었다. 밖에는 연이어 또 비가 내렸다. 창문 너머로 멀리 세린이 우산도 쓰지 않고 걸어갔다.

"재는 왜 우산을 안 쓰고 다녀요?"

언젠가 정 원장에게 찬서가 물었다.

"그냥 비가 그쳤을 때 우산을 들고 다니는 게 귀찮대."

그러나 정 원장의 목소리에서는 '그냥'이 아닌, 안타까움을 느꼈다. 찬서는 그 뒤로 묻지 않고 세린의 취향을 존중하기로 했다. 그러나 오늘은 취향 존중을 넘어 퍼붓는 비였다.

찬서는 우산을 들고 나갔다. 세린은 어느 벤치에 앉아 있었다. 그녀는 찬서를 보고 눈이 동그래졌다. 찬서는 우산을 내밀었다.

"쓰다가 그냥 버려. 이거 살 망가진 우산이니까."

우산을 보던 세린의 시선이 바닥으로 향했다. 아, 우산이 문제가 아니구나.

찬서는 세린의 옆에 앉았다. 말없이 내리는 비만 바라보았다. 고인 물웅덩이를 타고 비가 흘렀다. 그렇게 비가 흐르듯 시간이 흘렀다. 어차피 할 일도, 약속도 없다. 비가 그칠 때까지 기다리는 것은 찬서에게 어려운 일이 아니다. 기다림은 그녀의 특기니까.

"나는요, 우산이 끔찍해요."

세린이 입을 열었다. 찬서는 그녀의 옆얼굴로 시선을 돌렸다.

세린은 아직도 8년 전 그 사건을 떠올리면 구역질이 일었다.

2015년 여름이었다. 세린의 스무 살 생일이 막 지났을 때였다. 단란한 가족이었고, 행복했다. 엄마는 배우 출신 변호사로 아름답고 현명했다. 아빠는 멘토라고 불리는 교수였으며, 잘생긴 외모와 더불어 뇌섹남으로도 방송에 자주 출연했다. 그 유전자를 반반씩 물려받은 세린은 언제나 자신감이 차 있었다. 그녀의 오빠 또한 의대를 수석 입학한 인재였다. 네 식구가 함께 다닐 때는 잡지에 나온 가족처럼 누구나 부러운 시선으로 바라보았다. 불행은 달나라보다 먼 곳의 이야기 같았다. 그 사건이 터지기 전까지는 그랬다.

비가 많이 내리던 여름밤, 세린의 오빠에게 전화가 걸려 왔다. 식구들이 모여서 티타임을 끝낼 때쯤이었다.

"지금 병원이야. 여자친구가 좀 다쳤어."

오빠의 여자친구는 세린보다 두 살 많았고, 오빠와는 세 살 차이였다. 그녀는 강아지를 좋아하고 맛집 탐방을 다니는 평범한 여대생이었다. 간호학과를 다녔고, 언젠간 어려운 사람들을 돕는 좋은 간호사가 되는 게 꿈이라고 했다. 똑똑하고, 잘 웃고, 상대방을 배려하는 게 몸에 뱄던 언니였다. 오빠를 통해 세린에게 귀여운 열쇠고리를 보내주기도 했고, 인스타 DM으로 맛집을 교환하기도 했다. 썩 친하다거나 그러지는 않았지만 언니가 없던 세린에게 그녀는 반가운 존재였다.

그런 언니와 오빠가 다툼이 있었고, 오빠가 우산을 집어던졌다고 한다. 끝이 뾰족한 장우산은 그녀의 좌측 안구를 관통했다. 뇌까지 손상을 입었고, 두 차례에 걸친 대수술을 했지만 보름 만에 사망했다. 오빠 말처럼 언니는 조금 다친 게 아니었다. 오빠는 경찰서에서 일관되게 진술했다. 화가 나서 우발적으로 우산을 던졌다고.

세린조차 믿을 수 없었다. 똑똑한 오빠가 정말 몰랐을까? 우산을 던질 때 벌어질 끔찍할 일을….

"오빠, 정말 몰랐어?"

세린이 묻자 한 번도 보지 못했던 오빠의 차가운 얼굴이 드러났다. 오빠는 세린을 노려보더니 아무 말도 하지 않았다.

세린은 자신이 공격당한 것도 아닌데, 끔찍한 공포를 느꼈다.

부모님은 유족에게 큰 합의금을 제시했다. 죽은 언니는 딸 둘, 아들 하나가 있는 넉넉지 못한 집안의 장녀였다. 오빠는 촉망받는 의대생으로 반성하고 합의해서 집행유예를 받았다. 모두 만족할 결과를 얻었는지, 안도를 넘어 서로 축하했다. 엄마의 어깨를 쓰다듬는 아빠, 오빠의 손을 잡는 엄마, 가족들에게 둘러싸여 미소를 짓는 오빠. 그 모습을 본 세린의 목구멍에서 비명이 흘러나왔다.

오빠가 잘못한 게 맞지 않냐고, 우산을 던져 언니를 죽였다고, 살인이라고….

잘못했으면 벌을 받아야 하는데, 축하를 받는 건 잘못된 거라고 세린의 입에서 고함이 튀어나왔다. 부모님은 굳은 얼굴로 세린을 노려보았다.

엄마는 세린의 팔을 꼬집으며 사람들 눈치를 보았고, 아빠는 그 언니가 운이 나빴을 뿐 오빠는 잘못이 없다고 했다. 그러나 모두 알았다. 오빠가 고의로 우산을 던졌음을. 오빠의 인생에 실수란 단 한 번도 없었다. 모든 일에 계획이 있었다. 계획된 학교에 들어갔고, 계획된 친구들을 만났으며, 계획된 미래를 향해 계획대로 나아가고 있던 사람이었다. 심지어 아침에 일어나면 그날의 일도, 휴식도 계획적으로 하는 사람이다. '실수' '생각없이' '우발적'이란 단어는 오빠와 어울리지 않는 단어였다. 그녀는 그런 오빠가 멋있었다. 바보같이.

세린은 만약 자기가 그런 일을 당한다면 어떻게 하겠냐고 했다. 그러자 걔는 운이 없었을 뿐이고, 너는 절대로 당하지 않는다고 했다. 구역질이 일었다.

오빠와 부모님에 대한 배신감은 세상에 대한 배신감처럼 다가왔다. 세상을 보는 눈에 씌워진 렌즈가 떨어져 나간 기분이었다.

세린의 부모님은 모르는 게 있으면 짜증 한 번 없이 대답해주었고, 늘 균형 잡힌 식사와 운동, 여가 생활을 했으며 정기적으로 봉사활동도 했다. 사회적 약자를 위해 나서기도 했으며, 불의를 보면 참지 않았다. 엄마는 약자를 위한 무료 변호도 자주 했다.

세린은 가장 존경하는 사람이 아빠였고, 엄마처럼 되어, 오빠 같은 사람과 결혼하고 싶었다. 오빠는 잘생겼고 공부도 잘해서 늘 인기가 많았다. 오빠의 여동생이란 이유로 여자 선후배들이 잘해줬다.

그 사건 이후 모든 것이 달라졌다. 사랑하는 사람들의 추악한

민낯, 가족 이기주의를 넘어선 심각한 만행이었다. 세린은 가족이란 울타리 안에서 행복했었는데, 하루아침에 불행해졌다. 그들은 엄마 아빠라는 가면을 쓰고 종이 집에 사는 사람들 같았다.

세린은 꿈에서 깨버린 아이처럼 어쩔 줄을 몰랐다. 다시 꿈으로 되돌아가는 법을 몰랐다. 세린을 제외한 식구들은 다시 일상을 되찾았다.

집과 어울리지 않는 세린은 겨울이 되기 전 집을 나왔다. 가족과 연락을 끊고 편의점, 청소, 분식집 등 닥치는 대로 알바하면서 돈을 벌었다. 그리고 운이 나빠서가 아니라 누구라도 그런 일을 당할 수 있다는 것을 증명하듯 남자들을 만났다. 남자들을 매번 시험하고 나쁜 남자들에겐 응징을 가했다. 누군가는 세린을 꽃뱀이라고 불렀다. 물론 남자들 중에는 착한 사람들도 있었지만, 그렇지 못한 사람들도 있었다.

정 원장을 만난 날도 그랬다. 세린이 발차기를 맞고 뻗어버린 날이었다. 보름 정도 사귀던 남자였다. 세린이 다른 남자와 연락한 게 잘못이라면서, 주먹을 날렸다.

"적어도 자신은 지킬 줄 알아야지."

쓰러진 그녀를 옮기며 내뱉는 정 원장의 말이 심장에 박혔다.

그 후 정 원장의 소개로 미소재단의 쉼터를 알게 되었고, 그곳에서 지냈다. 쉼터에는 여러 사연을 가진 여자들이 모였다. 그중 상습적으로 사귀던 남자에게 맞는 언니가 있었다. 언니가 도망쳐도 그 악마는 찾아냈다. 세린은 그에게 일부러 접근했고, 전 재산을 날려버렸다. 그리고 그일 때문에 세린은 교도소에 들어가게 되었다.

"정 원장님한테는 갚을 빚이 많아요."

이야기를 마친 세린의 입가는 미소가 번져 있었고 눈에는 눈물이 고여 있었다.

찬서는 머리를 한 대 맞은 기분이었다. 그녀의 행동을 볼 때 범죄의 피해자이거나 피해자의 가족이라 생각했기 때문이다.

'가해자 가족 또한 이런 고통을 받을 수 있구나.'

세린은 탄탄한 미래를 버리고 구정물에 스스로 빠졌다. 부끄러움을 알고, 창피함을 아는 사람이다. 복수만으로 버텨온 찬서와는 또 다른 결심이었다.

그래서 세린의 얼굴에서 빛이 났구나.

그래서 우산이 싫었구나.

힘든 이야기를 쉽게도 했다. 오늘처럼, 세린은 그런 재주가 있는 사람이었다.

세린은 자신과 다르게 감정을 알 수 없는 찬서가 강인해 보여 마음에 들었다. 슬픔을 드러내지 않고 암흑 같은 그 길을 반짝이며 홀로 걸어가는 찬서를 옆에서 응원해주고 싶었다.

"정 원장은 뭐하던 사람인데?"

"과거는 잘 몰라요. 그렇지만 힘 없는 사람을 돕는 힘 있는 사람은 맞아요."

찬서는 세린이 하는 말을 되뇌었다. 멋진 어른이란 말이었다. 고개를 들어보니 어느새 비가 그쳤다.

"돌아가자."

세린은 찬서의 말에 벌떡 일어섰다.

사무실은 더웠다. 에어컨은 없었고 선풍기 한 대가 쉼 없이 돌아갔다. 여관방을 나와 이곳 옥탑방에서 생활한 지 3일째가 되었다. 더웠지만 바람이 불어서 여관방보다는 답답하지 않았다. 찬서는 동네 당근마켓에서 중고 커피머신과 얼음 기계를 사서 아이스커피를 내려 마셨다. 찬서가 아이스커피를 마시는 것을 보고 세린도, 정 원장도 내려달라고 한다.

커피 심부름까지 하다니. 찬서는 투덜거리면서도 최대한 시원하게, 맛있게 만들려고 노력한다. 그러다 문득 거울에 비친 자신이 보였다. 입가에 미소를 짓고 있었다. 바로 입가를 내리고 커피를 저었다.

잊지 말자, 이곳에 온 이유. 목표는 복수니까.

찬서가 커피를 가지고 내려가자, 계단에서 한 여자가 올라오고 있었다. 검은색 긴 머리에 체구가 자그마한 여자였다. 찬서를 보고 고개인사를 했다. 세린이 기척을 알아채고 문을 열었다.

"보라 씨, 여기예요! 잘 왔어요!"

여자는 눈동자가 흔들렸으나 세린이 손을 흔드는 것을 보고 입꼬리가 올라가며 반가운 기색을 비쳤다.

찬서는 소파에 앉으라고 안내했고, 만든 아이스커피를 테이블 위에 올려놓았다. 세린이 잔을 들어 여자 앞에 놓았다. 자신의 이름을 구보라라고 밝힌 여자는 스물여덟 살이었다. 자세히 보니 동그란 눈이 겁이 많아 보였고, 입술은 벌리고 있어서 허약해 보였다. 세린과 동네 공원에서 우연히 만났고, 세린이 탐정소의 명함을 건네서 찾아오게 되었다고 한다.

"핸드폰을 찾고 싶어요. 제 건 아니고요."

보라는 기어들어 가는 목소리를 냈다. 의뢰 내용은 얼마 전 죽은 남자의 핸드폰을 찾아달라는 것이었다.

죽은 남자의 핸드폰이라….

찬서는 혼잣말처럼 읊조렸다.

"그 핸드폰 안에 동영상이 있는데요. 그걸 지워야 해요."

"그 사람 핸드폰이 있어야 그 안에 있는 영상을 지우는 게 가능할 거고, 고소하더라도 폰이 있어야 디지털포렌식을 하는데, 죽어버렸으니 고소도 불가능하겠죠."

찬서의 말을 들은 보라의 입술이 파르르 떨렸다.

"네, 디지털 장의사에게 찾아가서 물어봤더니, 온라인상에 업로드되는 자료만 삭제할 수 있대요."

죽은 남자의 이름은 홍기영. 29세. 기사를 뒤져보니 일주일 전인 8월 20일, 칼에 찔린 시체가 Y동 야산에서 발견됐다는 기사가 나왔다. 아직 범인도 잡히지 않았고, 수사 중인 사건이었다.

"형사들이 사건 조사한다고 찾아왔었어요. 핸드폰에 대해 물어보니까 그 사람의 핸드폰은 발견하지 못했다고 했어요."

잃어버린 걸까. 아니면 일부러 숨긴 걸까. 그렇다면 그는 죽음을 예상했을까?

"제발 핸드폰을 찾아주세요. 지우지 않으면 그건 언제까지나 존재할 거니까요. 저는 불안해서 제대로 살 수 없을 거 같아요."

"죽은 홍기영과는 무슨 일이 있던 겁니까?"

보라는 손톱으로 입술의 각질을 뜯어내기 시작했다.

그녀는 남자에게 SNS로 DM을 받았다. 처음에는 모델 알바를 소개해주겠다는 명목으로 사진을 요구했다. 점차 수위는 높아졌고 나중에는 그것으로 협박을 일삼았다. 그가 만나자고 강요해서 나가니 사귀자고 했고, 그녀가 거절하자 사진을 보여주며 협박했다. 그의 협박에 사귀기 시작했고, 동의 없는 몰카를 찍었다. 그녀가 찍힌 동영상을 멋대로 사이트에 올렸다. 친구들과 카톡으로 공유하면서 보기도 했다.

홍기영은 동영상을 미끼로 그녀를 통제하려 했다. 짧은 치마를 입지 말라는 것부터 원치 않는 스킨십까지…. 홍기영은 그녀를 소유물로 인식하고 자기가 원하는 대로 행동을 제약했다.

보라는 모두가 자신을 욕하는 것 같고, 지나가는 사람들이 자기의 벗은 몸을 본 것 같아서 외출도 하지 않았다. 누구에게도 그 말을 할 수 없었다. 자책도 죄책감도 끝나지 않을 거 같았다.

그렇게 시달리기를 6개월. 모든 것을 포기하고 죽으려했을 때 경찰이 찾아왔다. 그리고 그가 죽었다는 사실을 알게 되었다.

"부탁드려요, 제발."

보라의 눈동자에 눈물이 고였다.

죽은 남자의 핸드폰이라니, 쉽지 않은 일이 될 것 같았다.

"찾아보겠습니다."

찬서는 쉽지 않다는 말은 덧붙이지 않았다.

"제가 책임지고 도울게요, 보라 씨. 너무 걱정하지 말아요."

세린이 보라의 손을 잡았다.

보라는 작은 주먹으로 눈물을 닦아내고 고개를 끄덕였다. 그녀가 홍기영에 대해 아는 정보는 별로 없었지만 다행히 그의 집은 알고 있었다. 한번은 집에서 뭘 가져오겠다고, 기다리라고 한 적이 있다고 한다. 그곳을 기억했던 보라는 찬서에게 주소를 알려줬다.

보라가 나간 후 찬서는 홍기영의 인스타그램을 뒤졌다. 그가 마지막으로 인스타그램에 올린 사진은 죽기 2일 전으로 헬스장에서 찍은 사진이었다. 그의 인스타그램은 자주 업로드되지 않았다. 풍경사진 몇 장, 먹스타그램 몇 장, 헬스장, 카페, 피규어, 당구 사진들을 다 합쳐도 50장도 되지 않았다.

찬서는 세린과 함께 일단 보라가 가르쳐 준 홍기영의 집으로 갔다.

"경찰이 와서 다 뒤지고 갔을 텐데요."

"뭔가 놓친 게 있는지 찾아봐야지."

보라가 말한 홍기영의 핸드폰은 아이폰12. 케이스는 흑백 체커보드 무늬다. 배경 화면은 자신의 사진, 이제 눈을 크게 뜨고 그 핸드폰을 찾아야 한다.

홍기영의 집은 시내의 오래된 주택이었다. 문을 두드리자 안에서 인기척이 나왔다. 나이가 지긋한 여성이 나왔는데 거동이 불편해보였다.

"누구세요?"

"아, 안녕하세요. 저는 S 보험회사 직원입니다. 경황이 없으시겠지만, 홍기영 씨 사망 관련 보험금 지급 때문에 찾아왔습니다."

찬서보다 세린이 먼저 말문을 열었다. 자연스러웠다.

"홍기영 씨의 사망에 애도를 표합니다. 죽기 전에 보험을 들어놓으셨는데 보험금을 지급하기 전에 몇 가지 여쭤보려고 합니다."

세린이 청산유수로 말하는 것을 보고 찬서는 한발 물러섰다.

중년 여성은 잠시 머뭇거리는 기색을 보였지만 어쩔 수 없이 문을 열었다. 방 안은 낡은 가구로 채워져 있었다. 오랫동안 청소나 정리를 제대로 하지 않은 듯 보였다. 그녀는 절뚝거리면서 거실로 안내했다. 찬서가 주변을 둘러보니 야구 글러브부터 낚싯대까지 오래된 살림살이가 많았다. 홍기영은 독립하지 않고 이곳에서 살았던 모양이다.

"우리 아들이 그렇게 가다니, 믿기지 않아요."

그녀는 힘겹게 의자에 앉아 중얼거렸다.

"홍기영 씨가 최근에 무슨 일을 하셨는지 혹시 알고 계세요?"

세린은 맞은편 의자에 앉아서 질문했다. 찬서도 옆에 앉아 슬쩍 집 안을 살폈다. 다른 가족은 없는 듯 조용했다.

"글쎄요. 집에 자주 안 들어왔어요. 계속 일을 안 하는 것 같다가 최근에는 바빠질 거라고 하더라고요. 무슨 일 한다고 말을 안 하죠, 저한테는."

"마지막으로 아드님이 집에 온 날이 언젠가요?"

"보름 전이었어요."

"혹시 아드님 핸드폰 보셨나요? 경찰에서는 발견 못 했다고 하던데."

"아니요. 못 봤어요."

"저기, 화장실이 어디죠?"

찬서가 물었다. 중년 여성은 복도 끝 오른쪽이라고 했다. 찬서는 가볍게 목례하고 일어섰고, 세린은 능숙하게 홍기영의 엄마에게 이것저것 말을 시켰다.

찬서는 일어나 화장실 쪽으로 향하는 척 복도를 걸었다. 양쪽 옆으로 방문이 보였다. 슬쩍 뒤돌아보니 거실은 이곳에서 보이지 않는다. 오른쪽 방문을 열었다. 안에는 쓰지 않는 물건들과 박스들이 쌓여있었다. 오른쪽 방문을 닫고 왼쪽 방문을 열었더니 책상과 침대가 보였다. 남성용 후드티와 점퍼가 벽에 걸려있는 것을 보아 홍기영이 쓰던 방인 것 같았다. 방 한쪽에는 피규어가 가득 있었다. 상자째 쌓인 것도 있고 진열된 것도 있었는데, 그의 SNS에서 보던 피규어도 보였다.

찬서는 재빨리 방 안을 뒤졌다. 매트리스 밑, 책상 서랍까지 하나하나 뒤졌지만 핸드폰은 없었다. 책상 위 데스크톱에 모니터가 보였다. 만약 핸드폰과 클라우드가 연결되어 있다면 컴퓨터에서도 영상과 사진을 삭제할 수 있을지도 모른다. 전원은 켜져 있었다. 다행히 비번은 잠겨 있지 않았다. 찬서는 서둘러 컴퓨터 파일과 폴더를 뒤졌다. 하지만 폴더 안에는 아무것도 없었다. 클라우드도 텅 비어 있었다. 연동을 해놓지 않았던 걸까.

찬서는 이번엔 인터넷창을 열고 기영이 전에 검색한 단어를 살펴보았다. 별다른 게 없었다. 창을 닫으려는데, 메일함이 보였다. 로그인을 누르자 자동 로그인이 설정되었는지 들어갈 수 있었다. 그러나 메일함은 전부 비어 있었다. 혹시나 하는 마음에 휴지통 안을 클릭했다. 다행히 그곳에는 아직 비워지지 않은 메일들이 들어 있었다. 스팸메일들 사이로 한 통의 메일이 찬서의 눈에 들어왔다.

"당첨되었습니다! 한정 피규어. 상품을 수령하기 위해 방문해주세요"라는 제목이 보였다. 메일을 눌러보니, 상품 수령 장소가 Y동 광현빌딩으로 쓰여 있었다.

그때 찬서의 핸드폰으로 문자 메시지가 왔다.

– 얼른 돌아오세요.

세린이었다.

복도에서 절뚝이는 소리가 들렸다.

찬서는 얼른 메일 사진을 찍은 후 핸드폰을 주머니에 넣고 방에서 나와 화장실로 들어갔다. 재빨리 문을 닫고 변기 물을 내렸다. 밖에서 똑똑 소리가 들렸다.

"화장실이 좀 자주 막혀서요. 괜찮으세요?"

찬서가 "네! 괜찮습니다."라고 소리치자, 여자가 다시 절뚝이며 멀어져 가는 소리가 들렸다. 찬서는 손을 씻고 거실로 돌아왔다.

"그럼, 보험사에서 내부적으로 검토하고 연락드리겠습니다."

마침 세린이 인사하며 조의금이라며 흰 봉투를 건넸다. 여자는 세린의 두 손을 잡았다.

"고맙습니다. 우리 기영이 장례식 날에도 아무도 찾아오지 않더라고요. 다 잘못 키운 제 잘못인가 했는데… 이렇게라도 찾아와 주셔서 고맙습니다."

그녀는 눈물을 글썽였다.

찬서와 세린은 밖으로 나왔다. 해는 어둑해져 있었다.

"핸드폰은 집에 없었어. 어쩌면 핸드폰이 발견되면 곤란해지니 스스로 없앴거나 다른 곳에 보관했을지도 몰라."

"보관했다면 어딜까요? 친구 집? 지하철 보관함?"

"그쪽은 뭐래?"

"홍기영이 예전에 말썽 좀 피웠나 봐요. 맨날 핸드폰만 붙들고 있고 일도 제대로 안 하고 그랬대요. 언제까지 이러고 살 거냐고, 제대로 살라고 하니까 곧 멋지게 살 수 있을 거라고 했다는데… 아들이 뭔가 또 사고치진 않을까 마음 졸였답니다. 그 밖에는 착했다느니, 어렸을 땐 예뻤다느니, 그런 말들만 했고요. 핸드폰은 절대 못 보게 하고 화장실 갈 때도 들고 다녔대요."

곧 멋지게 살 수 있다? 무엇으로 돈을 벌 생각이었을까?

"컴퓨터는 깨끗하고 핸드폰하고 연동도 되어 있지 않았어. 근데 휴지통 메일함에 이런 메일이 들어 있었어."

메일 본문 끝에는 Y동 광현빌딩이란 주소와 약도가 적힌 장소가 나와 있었다. 상품 수령 날짜는 8월 19일. 사망하기 하루 전이었다.

"그렇네요. 하필이면 죽기 전날이 상품 수령하는 날짜네요."

세린이 상품 주령 주소를 검색해보니 홍기영이 사망한 장소와 멀지 않은 곳이었다.

"여기 상품 수령 주최측을 검색해보니까 존재하지 않는 회사야."

"가짜라는 거네요. 뭔가 이상하긴 하네요."

"이 메일을 보낸 사람이 홍기영의 죽음과 연관이 있을 수도 있어. 그렇다면 그 사람이 핸드폰을 가져갔을 수도 있고. 그 장소에 한번 가볼게."

"그럼 저는 메일 보낸 사람을 한번 찾아볼게요."

세린은 미용실로 돌아가 메일 주소 kio2498@kirty.com에 대해 살펴보기로 했다.

광현빌딩은 큰 사거리에 자리 잡고 있었다.

누군가 홍기영을 불러내기 위해 미끼로 이 장소를 정했다면 왜 이런 곳을 정했을까. CCTV도 보였고, 건너편에 큰 카페도 있었다. 너무 눈에 띄는 장소였다.

찬서는 광현빌딩 건물의 관리자를 찾아갔다.

"혹시 8월 19일 저쪽 입구 CCTV를 볼 수 있을까요."

"아, 예. 혹시 아까 전화했던 경찰분이신가요? 아까는 남자분이였는데."

경찰?

찬서는 고개를 갸웃했다.

"선배님, 여긴 웬일이세요?"

뒤돌아보니 이 형사가 서 있었다. 찬서와 함께 근무했다가 강력

계로 옮긴 후배 형사다.

"아… 이 동네 커피가 맛있다고 해서. 너는 여기까지 웬일이야."

찬서는 커다래진 눈을 한 이 형사를 지나 옆에 서 있는 남자에게 시선이 향했다. 이 형사는 시선을 느낀 듯 옆에 선 남자를 소개했다.

"여긴 예전에 J서에서 함께 일했던 노찬서 경위님. 여긴 강력계 박 형사님. 전설의 용광로, 소문 들어 아시죠?"

찬서는 고개를 숙여 인사했다. 박 형사의 나이는 50대 초반으로 보였다. M자 탈모가 진행되고 배가 나온 아저씨 같은 외모였지만 번뜩이는 눈매가 날카로웠다.

"저희가 수사하는 사건하고 얼마 전 Y동에서 발견된 시체하고 연관이 있는 거 같아서요."

찬서는 이 형사가 근무하는 경찰서가 H서임을 떠올렸다. 지역과 관할이 다른데 이 지역까지 왔다는 건 이곳에 연고가 있는 사건을 조사한다는 뜻이었다.

"Y동 야산에서 발견된 시체면 혹시 홍기영 사건 조사 중이야?"

"어떻게 알았어요? 불법 동영상을 전문적으로 매매하는 조직을 터는 중인데, 거기 중요한 참고인 중 하나가 홍기영이었거든요."

"홍기영 핸드폰 아직 못찾은거야? "

어쩔 땐 패를 빨리 까는 게 좋기도 하다.

"아직이요. 선배 대체 뭐하고 다니는 거예요?"

"홍기영 핸드폰 찾으면 알려줘. 내가 의뢰받은 사건이야."

찬서가 로라탐정소의 명함을 건넸다.

"선배가? 탐정을? 킬러과지, 탐정과는 아닌데."

"혹시 홍기영 유가족 찾아갔습니까?"

박 형사가 물었다. 때때로 이쪽 일을 오래 하다 보면 괴물보다 더 괴물 같은 사람이 되기도 한다. 그게 박 형사였다. 눈치가 빠르다. 찬서는 자신도 모르게 침을 삼켰다. 그녀는 잠시 망설이다가 의뢰받은 핸드폰과 동영상에 대해 이야기했다.

박 형사가 담배 피우느라 조금 떨어져 서 있는 사이, 이 형사가 몰래 찬서에게 소곤거렸다.

"홍기영 마지막 위치가 여기예요. 여기서 핸드폰이 꺼졌어요."

이곳에 핸드폰은 없다는 이야기였다. 찬서는 홍기영의 핸드폰을 찾게 되면 연락을 달라고 했다. 찬서가 인사하고 돌아서는데, 박 형사가 자기도 명함을 한 장 달라고 했다. 찬서는 명함을 꺼내 주었다. 그는 한참을 들여다보았다.

찬서는 홍기영이 다니던 헬스장으로 발걸음을 옮겼다.

"홍기영 씨 마지막 방문 날이 언젭니까?"

헬스장 카운터에 선 직원은 찬서의 명함을 훑어보았다. 가르쳐줘야 하나 말아야 하나 하는 표정이었다.

"홍기영 씨 일주일 전에 사망했어요."

사망이란 단어가 프리패스권처럼 작용해 닫혔던 그의 입이 열렸다.

"사물함 정리하셔야 할 거예요. 몇 번이에요?"

직원은 사색이 된 표정으로 말했다.

"21번이요."

찬서가 남자 탈의실로 들어가려 하자 직원이 막아섰다.

"잠시만요."

남자 탈의실에 아무도 없는 것을 확인하고 직원과 찬서가 함께 들어갔다.

21번 사물함을 열었다. 안에는 운동화와 현금 그리고 핸드폰 기계 10대가 있었다.

찬서의 예상보다 큰 수확이었다. 핸드폰 하나를 켰다. 안에는 수많은 영상과 사진이 있었다. 인스타 앱을 열자, DM이 21통 와 있었다. 들어가 보니 가계정이었다. 프로필 사진은 여자였고, 사진 1장당 1만 원부터 영상까지 노출과 수위에 따라 판매하고 있었다. 마지막 판매는 일주일 전으로 게시물을 구매해간 계정의 아이디는 kio24980이었다. 상품이 당첨되었다고 메일을 보낸 아이디와 0 하나 빼고는 같았다. 계정으로 들어가니 30대 남자인 것만 알 수 있었고 게시물이 없었다.

나머지 핸드폰도 사정은 마찬가지였다. 사진과 영상이 확인할 수 없을 만큼 상당한 양이었다. 그러나 그 핸드폰 중 아이폰12는 없었다.

찬서는 이 형사에게 헬스장 사물함 사진을 찍어 전송했다.

"곧 경찰이 올 겁니다. 이거 증거품이니 건드리지 마세요."

헬스장에서 나오는데 한 남자와 눈이 마주쳤다. 그 남자는 얼굴을 돌렸다. 남자 탈의실에서 나오는 여자이니 시선이 갈 수밖에 없을 것이다.

미용실로 돌아오니 정 원장은 1층에서 전화로 누군가와 이야기 중이었다. 납골당을 왜 마음대로 없애냐는 소리가 들려왔다.

평소와 다르게 심각한 얼굴이었다. 주름진 눈꺼풀 밑에 평소처럼 번뜩이던 눈매는 사라졌다. 코끝이 빨갰다. 잠시 찬서와 눈이 마주쳤다. 사무실에선 세린이 열심히 아이디를 검색했다. 구글에서 그 아이디로 인스타그램을 찾아냈고 한 남자를 특정할 수 있었다. 그 남자는 찬서가 발견한 계정과 0 하나 빼고 일치했다. kio2498.

"그럼, 이 계정의 주인이 사진을 사갔고, 가짜 경품 당첨 이메일을 통해 홍기영을 유인하려고 한 걸까요?"

찬서는 고개를 끄덕였다. 어떤 목적이 있을 것이다. 사진이 마음에 안 들었거나, 다른 볼일이 있었거나.

홍기영의 메일 주소를 알아내고 일부러 속여서 불러낸 이유는 뭘까?

"근데 광명빌딩은 CCTV도 있고 뭔가 범행을 저지르기에는 적당하지 않은 장소였어."

세린은 아이디 kio2498의 SNS 게시물을 하나하나 살폈다.

사진 속 남자는 20대 후반으로 주로 러닝복을 입고 찍은 사진이 많았다. 건장한 체격에 각진 턱, 스포츠머리를 했다. 남자의 이름은 강인범. 그는 평범한 회사원처럼 보였는데 어느 회사인지 특정할 만한 배경 없이 컴퓨터 앞에서 찍거나 키보드를 비추고 있는 사진뿐이었다. 주로 운동장, 헬스장, 카페 등의 사진이 올라가 있었다.

홍기영이 죽은 날짜는 8월 20일, 세린은 강인범의 인스타에서 8월 20일, 19일, 21일 게시물을 살펴보았다. 홍기영이 메일로 받은 상품 수령일 날짜인 8월 19일에 강인범은 카페에서 찍은 사진을 올렸다.

이 남자가 홍기영에게 메일을 보낸 장본인인지, 확인이 필요했다. 장소를 특정할 수 있는 사진을 찾아보았지만 헬스장도 로고나 배경이 보이지 않았고, 카페도 마찬가지로 브랜드 하나 찍혀 있지 않았다. 대신 자주 올라오는 사진 중 운동장이 있었는데 배경으로 Y 학교의 간판이 보였다. Y 학교는 광명빌딩과 10분 거리였다.

세린과 찬서는 학교 앞에 차를 세우고 강인범이 나타나기만을 기다렸다. 하루 이틀, 그가 언제 나타날지 몰랐다.

세린은 싸우기 위해서는 몸을 챙겨야 한다고 하면서 빵 포장지를 벗겨 찬서에게 건넸다. 이런 거 먹으면 화장실 가야 한다고 말하려다가 생각해보니 강인범은 어차피 세린과 찬서의 얼굴을 모른다. 게다가 그녀들은 경찰도 아니어서, 강인범이 피할 이유도 없다. 찬서는 입맛이 없다고 사양했고, 세린은 몸 상하면 큰일 난다고 들이밀었다. 이런 사소한 일로 실랑이할 줄은 몰랐다.

"저기, 그 남자예요. 강인범."

Y 학교 근처에서 강인범을 기다린 지 5일째 되는 날, 세린이 찬서를 쿡 찔렀다. 세린의 시선 끝에 남자가 몸을 풀고 있었다.

찬서의 눈에도 그가 보였다. 170센티미터 정도의 키에 건장한 체격, 썬글라스를 끼고 캡 모자를 썼다. 특히 반팔 티셔츠와 팬츠는 그전 게시물에 올린 사진 속의 옷과 비슷했다.

'어?'

실제로 보니 어딘가 낯익은 얼굴이었다. 얼마 전 홍기영이 다녔던 헬스장에서 본 남자였다. 우연일까?

"제가 접근해볼까요?"

"저놈이 원하는 게 아직 뭔지 모르겠어. 괜히 뭔가 눈치채고 도망치면 끝이니까 일단 거처를 알아내는 게 우선이야."

세린은 빵 묻은 손을 털며 고개를 끄덕였다.

남자는 조깅을 마치고 골목으로 들어갔다. 그 뒤를 찬서와 세린이 뒤따랐다. 남자는 골목을 빠져나가 유흥가 뒷골목을 지나쳐 낡은 상가건물 지하로 들어갔다. 노래방과 푸드 업체 로고가 적힌 사무실이 보였다. 찬서가 뒤따라가자 가장 첫 번째 문으로 들어가는 뒷모습이 보였다. 남자가 들어간 문 앞에는 '데이터 클린'이라는 푯말이 붙어 있었다.

'데이터 클린?'

문은 닫혔고 안을 들여다볼 수 있는 창문 하나 없었다. 세린이 데이터 클린이란 회사를 검색해보니, 디지털 장의사였다.

"이상하네요. 디지털 장의사가 홍기영을 죽인 걸까요?"

가짜 메일을 보내서 유인했다면 그럴 만한 동기가 있어야 한다.

사무실로 돌아가 강인범에 대한 뒷조사를 했다. 그의 페이스북을 뒤졌는데 오랫동안 게시물을 올리지 않은 상태였다. 마지막 게시물은 2년 전인 21년 10월 12일이었고, 제목은 "제 여동생이 하늘나라로 떠났습니다"라는 글이었다. 댓글에는 "명복을 빕니다"가 수십 개 달려 있었다. 댓글과 대댓글을 보고 추론하면 여동생은 '쯔쯔'라는 이름의 BJ였고, 2년 전 자살한 거 같았다.

사람은 죽었지만 가상 공간에서는 살아 있었다. 한때 아이돌이었던 쯔쯔는 죽었지만, 게시물은 아직도 활발했다. 매번 기일에 친구들이나 지인들이 생각이 난다면서 게시물 태그를 하거나, 생일에는 축하한다는 메시지를 보냈다.

쯔쯔의 친구로 보이는 여자 이름을 타고 그녀의 게시물로 들어가 보았다. 21년 10월 12일 전후 게시글을 뒤졌다. 친구의 죽음에 대한 글, 지속적인 고통에 시달린 친구가 극단적 선택을 했다는 것이다. 친구의 사진 속에는 홍기영과 쯔쯔가 나란히 찍은 사진이 있었다.

"쯔쯔에 대한 기사 하나 찾았어요."

〈아이돌 출신 BJ 쯔쯔 성관계 동영상 유출 사건〉

유명 BJ 쯔쯔의 성관계 영상을 유포한 것은 다름 아닌 전남친 홍 모 씨. 전남친은 재판 내내 정신병을 주장했다. 영상은 서로 합의하여 찍었으며 유출의 고의성이 없었다는 것, 초범이며 반성한다는 것이 받아들여져 집행유예 2년이 선고되었다.

"이 전남친이 홍기영이라는 거네."

"쯔쯔는 강인범의 여동생이고요. 그럼 쯔쯔가 홍기영 때문에 죽은 거예요?"

세린이 얼굴을 찡그렸다.

"쯔쯔한테 썼던 수법을 보라 씨한테 썼겠지. DM을 보내서 연락하고 속이며 사귀자고 하고. 영상을 찍고 협박하고, 그 사진과 영상을 돈 받고 팔고."

"근데 쯔쯔 본명을 보세요."

'조희라'라고 쓰여 있었다. 강인범과 조희라. 둘은 성이 달랐다.

"둘이 무슨 사이일까요?"

세린의 물음에 찬서는 디지털 클린이 떠올랐다.

"아마 쯔쯔는 저 영상을 지우기 위해 디지털 장의사를 찾아갔을 거야."

"그게 강인범의 디지털 클린이다?"

찬서가 고개를 끄덕였다.

"근데 왜 여동생이라고 한거죠? 그만큼 친분이 있었다는 건가."

"감정이 크다는 거겠지. 만약 강인범이 홍기영을 죽였다면 복수를 한거니까."

"그럼, 홍기영 핸드폰은 저 강인범 집에 있을까요?"

"확인해봐야지."

강인범은 오후 7시경 디지털 클린에서 나왔다. 밤색 팬츠에 셔츠 차림으로 평범한 회사원처럼 보였다. 찬서와 세린은 강인범이 버스 정류장으로 향하는 것을 확인하고 차로 미행했다. 강인범을 태운 버스가 멈췄다 달렸다를 반복했다. 퇴근시간이라 사람이 많아서 인파 속에 강인범이 내리는지 잘 확인해야 했다. 30분 정도 지나자 버스 뒷문에서 강인범이 내렸다. 2미터 떨어진 곳에 차를 세운 세린과 찬서는 그를 주시했다. 주머니에 손을 넣고 한 손에는 핸드폰을 든 강인범이 골목으로 들어갔다.

"따라가자."

찬서의 말에 세린도 차에서 내렸다.

주택골목가는 가로등이 켜있었고 저녁을 먹으려는 사람들과 퇴근하는 사람들이 지나다녔다. 강인범은 오른쪽 골목으로 꺾어 빨간 벽돌집 앞에 섰다. 대문을 열고 들어가 2층으로 걸어 올라갔다.

"여기가 집인가 봐요."

세린이 2층을 올려다보자 창문에 불이 켜졌다.

찬서는 세린이 주위를 둘러보는 사이에 우편함 속을 뒤적거렸다. 2층, 강인범. 남자의 이름이 맞았다.

“10분 있다 안 나오면 경찰에 신고해.”

찬서는 세린에게 이 형사 전화번호를 넘겼다.

“들어가게요? 강인범, 사람 죽였을지도 모르잖아요. 경찰도 아니잖아요, 이제.”

“경찰이 아니니까 괜찮지.”

세린은 불안한 얼굴로 찬서를 보았다. 찬서는 담을 넘어 바로 2층 계단으로 올라가 강인범이 들어간 문을 두드렸다.

“누, 누구세요?”

문을 열고 강인범이 얼굴을 내밀었다. 여자라서 안심하는 눈치였다. 어쩌면 도를 아십니까나 교회 사람일지도 모른다고 생각했을 것이다.

“홍기영 알죠?”

강인범의 눈동자가 커지면서 이 상황을 어떻게 받아들여야 하는지, 머리를 굴렸다.

“홍기영의 핸드폰 어딨어요?”

찬서가 몸을 밀어 내부로 들어갔다.

“이, 이게 뭐 하는 짓입니까. 돌아가지 않으면….”

강인범이 찬서를 막아섰다.

"경찰에 신고라도 하려고요?"

강인범이 멈칫했다.

"핸드폰 넘겨줘요. 안 그러면 경찰에 신고하겠습니다."

자기보다 키가 작은 여자 혼자뿐인 것을 보고 위협을 느끼지 않는 듯했다.

"왜 여기 와서 그런 걸 찾아요? 당신 누구예요?"

찬서는 명함을 내밀었다.

"로라탐정소?"

"나는 홍기영 핸드폰이 필요합니다. 그뿐이에요. 당신이 뭘 했든 관심없어요."

강인범의 눈동자가 흔들렸다. 집 안은 여기저기 난장판이었다. 액자는 깨져 있고 책상이 움푹 들어가 있다. 벽에는 온통 쯔쯔의 사진으로 가득했다. 책장 위에는 쯔쯔의 사진이 놓여 있었고 그 앞에 향을 피운 듯한 흔적이 보였다.

"이곳이 범행 장소인가요? 상품 수령한다고 속이고, 광현빌딩으로 불러내 그자가 누군지 확인하고 같은 헬스장을 다니면서 접근한 거군요. 나 봤죠? 헬스장에서."

"아…!"

그는 그제야 찬서를 알아보았다.

"당신을 신고할 마음 없어요. 하지 않아도 경찰이 곧 찾아내겠지만."

“그 새끼는 죽어 마땅한 놈이야. 그 새끼는 나의 쯔쯔를….”

강인범의 얼굴이 고통으로 일그러졌다.

“제발 쯔쯔 사진은 건드리지 마세요.”

찬서가 쯔쯔의 사진에서 손을 뗐다.

“그녀는 당신의 고객이었죠? 2년 전 쯔쯔가 홍기영에게 몹쓸 일을 겪고 디지털 장의사를 찾아갔어요. 그게 당신이에요. 당신은 아이돌 때부터 그녀의 팬이었어요. 쯔쯔의 의뢰를 받았고, 영상을 다 지웠어요. 그런데도 홍기영은 올리고 또 올렸죠. 초범이네, 정신이상이네, 그러면서 집행유예 받고 나왔어요. 결국 쯔쯔는 죽었지만 영상은 계속 업데이트됐어요. 그놈을 죽이는 것만이 그녀의 부탁을 들어줄 수 있는 방법이었던 거죠.”

찬서의 말에 강인범은 바닥에 주저앉았다.

“주, 죽일 생각은 없었어요. 처음엔 그냥 그놈의 핸드폰만 찾을 계획이었어요. 그래서 최근에 그놈이 다니는 헬스장도 찾아내서 다녔죠.”

헬스장에서 그는 핸드폰을 훔치기 위해 기회를 엿보았지만 좀처럼 기회는 생기지 않았다.

“그녀와 약속했어요. 꼭 다 지우겠다고. 그런데 그 새끼는 계속 올렸어요. 자기 때문에 쯔쯔가 죽었는데도요!”

“그래서 죽이겠다고 다짐했나요?”

강인범은 말이 없었다.

"난 경찰이 아니에요. 솔직하게 이야기하면 신고는 안 할 겁니다."

찬서가 묻자 그가 신음처럼 내뱉었다.

"그게 가장 확실하니까요."

"홍기영이 쓰던 핸드폰은요? 아이폰12."

"버렸어요."

찬서가 강인범의 눈을 보았다.

"저, 정말이에요. 그 핸드폰 안에 쯔쯔 영상은 없었으니까."

거짓말은 아닐 것이다.

"다른 사람 영상은 있었죠?"

강인범은 고개만 끄덕였다.

"어디에 버렸어요?"

"못 찾을 거예요."

"어디에 버렸냐고!"

"사, 사거리 재활용 센터에 던져버렸어요."

강인범의 두 눈이 벌게졌다.

"홍기영하고 뭐가 다르죠?"

찬서가 책상 위의 컴퓨터에 시선을 옮겼다. 그는 그쪽으로 가려는 찬서를 막아섰다.

"그쪽은 온라인에 돌아다니는 쯔쯔의 영상을 다 지웠어요. 근데 그 영상들 당신의 컴퓨터 안에 있죠?"

강인범이 놀란 표정을 짓다가 고개를 떨어뜨렸다.

"당신도 홍기영하고 똑같아."

흐느끼는 강인범을 뒤로하고 찬서는 밖으로 나왔다. 깊은 숨을 들이마셨다.

그는 쯔쯔에 관한 건 모두 모아놓고 있었다. 사용한 빨대부터 휴지, 옷, 브로마이드까지. 죽었지만 사진 한 장 버리지 못했다. 그런 자가 그녀의 동영상을 없앴을 리 없었다.

대한상사라고 쓰인 재활용센터 안은 거대한 소음과 먼지가 피어올랐다. 포크레인 같은 것으로 연신 물건을 들어서 1톤 트럭에 실으면 트럭은 물건을 싣고 어디론가 이동했다. 중장비가 우르릉 소리를 내며 지나갔다. 소음 때문에 목소리를 높이는 인부들. 짓눌려 우그러지는 플라스틱과 흙먼지가 일었다. 찬서와 세린이 울퉁불퉁한 땅을 밟고 들어가자, 바짓가랑이에 먼지덩어리가 달라붙었다. 한 남자가 리어커를 끌고 왔는데 안에는 여러 구리 선이며 쇠뚜껑 같은 물건들이 들어 있었다. 사장은 물건을 체크하고 돈을 내어주었다. 쨍쨍 내리쬐는 햇빛 아래 세린과 찬서는 꼭 찾아야 할 물건이 있다고 사장에게 부탁했다.

사장은 50대 남자로 작업을 멈춰야 하니 손해가 이만저만 아니라고 하면서 얼굴을 찌푸렸다. 한마디로 대가를 지불하란 소리였다. 찬서는 5만 원짜리 지폐 4장을 건넸다. 사장은 손가락 4개를 더 들어 보였다. 새끼손가락 한 개는 없었다.

"요즘 바쁜 시기예요. 이거 가지고는 사람들 일당도 못 맞춰요. 일하러 온 사람들 빈손으로 돌려보낼 수는 없잖아."

사장은 반말과 존대를 섞어 썼다. 찬서는 세린에게 눈빛을 보냈다. 그녀는 카드를 가지고 현금을 찾아왔다.

"딱 3시간이요. 우린 밥 먹고 올 테니 그 안에 찾으슈."

사장은 인부들과 밖으로 나갔다.

세린과 찬서는 허리를 숙여 핸드폰을 찾기 시작했다.

아이폰12, 블랙 체커보드 케이스. 배경화면은 홍기영 얼굴. 세린과 찬서는 장갑을 끼고 재활용 더미를 뒤졌다. 옷부터 책, 종이가 산더미처럼 쌓여 있었다. 그러나 아무리 눈을 크게 떠도 아이폰을 찾는 것은 거의 불가능해 보였다. 아무렇게나 쌓아둔 물건 위를 코를 박고 걸었다. 발이 푹푹 빠졌다. 옷이 얽히고 자빠지기 일쑤였다. 등짝에는 땀이 흥건했다.

운 좋게 핸드폰을 찾으면 찬서가 아이폰만 분리했다. 그러면 세린이 충전해서 전원을 켰다. 몇 개는 아예 액정이 나가거나 전원이 들어오지 않는 것도 있었다. 그것도 따로 분리했다. 눈으로는 아이폰11인지, 12인지 바로바로 알아보기 힘들었다. 그 후에도 몇 개의 핸드폰을 찾아 충전기를 연결하고 켜보았지만 모두 홍기영 핸드폰이 아니었다.

허리가 아프고 다리가 후들거렸다. 해가 지고 있었다. 어딘가의 고기 냄새가 바람을 타고 왔다. 3시간이 순식간에 지나버리고 사장과 인부들이 돌아오고 있었다.

사장이 돌아와 담배를 입에 물었다.

"아직이야?"

어느새 완벽한 반말이 되어 있었다.

"네. 조금만 더요."

"아휴, 그만 가라니까."

"딱 30분만요."

"안 가? 얼른 가! 우리 여기 이제 문 닫고 퇴근해야 한다고. 아이씨."

사장의 표정이 험악해졌다.

"아가씨들! 좋은 말로 할 때 가."

"조금만요. 부탁드릴게요."

세린이 고개를 숙이면서 부탁했다.

찬서는 누구에게 저런 자세로 부탁을 한 적이 없다. 세린은 가해자 가족임에도 불구하고 누구보다 이 일에 진심이다. 보라와의 약속 때문이다. 꼭, 핸드폰을 찾아주겠다고 약속했고 그것을 지키려고 한다.

"좋아 그럼, 아가씨 춤 한번 춰볼래? 아니면 나랑 데이트 한번 할까."

"좋은 말로 할 때 그만하시죠?"

찬서는 세린을 막아서며 말했다. 세린이 찬서의 옆구리를 찔렀다. 사장은 누런 이를 드러내며 비웃더니, 눈을 부라렸다.

"웃기는 년일세. 그만 안 하면 어쩔 건데?"

"장물죄 및 장물알선죄. 7년 이하의 징역, 1500만 원 이하 벌금입니다. 아까도 돈 주고 사던 이 전선 구리 이거 출처 확인, 신분증 확인, 모두 절차에 따라 진행했습니까?"

"허, 웃긴 게 아니라 완전 미친년들이네."

"어디 한번 경찰 불러 미친 듯이 따져볼까요?"

찬서의 말에 사장은 얼굴이 붉으락푸르락해지더니 욕을 하며 밖으로 나가버렸다.

세린의 윙크를 무시하고 찬서는 다시 핸드폰을 찾기 시작했다.

두 사람이 얼굴을 파묻은 지 몇 시간이 지났을까. 허리가 아프고 눈은 빠질 거 같고, 무릎이 후들거리고 어깨가 쑤셔왔다. 온몸에 쓰레기 냄새가 났다. 멀리서 동이 터오는 게 보였다. 배에서는 꼬르륵 소리가 났고, 금방이라도 주저앉고 싶었다.

"어흐… 다리 아파. 강인범이 거짓말한 거 아녜요?"

"딱 10분만 더 찾아보자."

세린과 찬서는 마지막이라는 생각으로 온 힘을 짜냈다.

"이거요!"

세린이 아이폰을 한 대 찾았다. 깨진 액정, 체커보드 케이스의 아이폰12!

찬서가 충전하고 전원을 눌렀다. 깨진 액정 위에 바탕화면이 켜졌다. 홍기영 얼굴이 떴다. 찾았다! 세린이 미소 지으며 찬서를 껴안았다. 찬서는 어색하게 서 있었지만 좋아하는 세린의 얼굴을 보니 미소가 번졌다.

세린은 돌아오는 길에 보라에게 연락했다. 핸드폰을 찾았다고.

수화기 건너편 보라는 울고 있었다.

"고맙습니다. 고맙습니다."

이제 그녀의 아픈 기억은 그의 핸드폰에서도, 세상에서도 지워질 것이다. 그랬으면 좋겠다.

찬서가 미용실에 도착하자 정 원장은 막 마지막 손님의 머리를 말려주고 있었다. 남자 손님이었다. 로라미용실에 남자 손님은 귀하다. 자세히 보니 며칠 전에 본 용광로 박 형사였다. 찬서는 고개 인사를 했다.

"여기 어쩐 일로 오신 겁니까?"

"홍기영 사건 해결하는 데 도움 주셔서 인사차 왔습니다."

"범인이 잡혔나요?"

"자수했습니다, 강인범."

박 형사가 찬서의 눈동자를 살폈다.

"다행이네요."

"네, 그런데 마지막으로 홍기영이 쓰던 핸드폰은 아직 찾지 못했습니다."

정 원장이 수건으로 박 형사의 머리를 털었다.

"사실은 제가 쉬는 날마다 취미로 미해결 사건을 조사하고 있습니다. 45년 전 오미소라는 여자 얼굴에 불소를 뿌리고 사라진 남자가 있었습니다. 그 남자는 22년 후 사지가 묶인 채 바닷가에서 시체로 발견된 사건이 있었죠. 그의 얼굴과 온몸에는 불소로 추정되는 물질이 뿌려졌습니다. 물론 범인은 안 잡혔고요. 오미소가 일했던 곳이 45년 전, 여기 로라미용실이었거든요. 근데 이분이 이곳에 계실 줄은 몰랐네요."

찬서는 누구냐는 표정으로 정 원장을 바라보았다.

"경북경찰청 개청 이래 최초의 여성 경찰서장…. 하긴 퇴직한 지 20년이 넘으셨으니 그쪽은 모르실 수도 있죠."

박 형사는 의자에서 일어났다.

"전탁근이 나오지요? 25년 만에."

찬서는 움직일 수 없었다. 찬서는 답을 찾으려고 박 형사의 얼굴을 살폈지만 아무런 미동도 없다.

"아들이 여기 있으니 이곳으로 오겠지요?"

뭘 알고 싶은 걸까, 뭘 알고 있는 걸까? 찬서는 말을 아꼈다.

"머리 잘랐으면 가."

정 원장은 바닥을 쓸었다. 박 형사가 내부를 둘러보았다.

"재밌는 조합이네요. 미용실에 탐정소. 둘 다 전직 여경찰이라니, 앞으로도 많은 협조 좀 부탁드립니다."

"정식으로 의뢰하면 고민해보죠."

찬서는 간신히 내뱉었다.

"또 뵙죠. 그럼."

박 형사가 밖으로 나갔다. 정 원장이 허리를 펴고 박 형사의 뒷모습을 바라보았다.

"경찰서장이요? 생각보다 더 대단하신 분이었네."

"다 과거 일이야."

"45년 전 오미소 사건은 뭡니까. 여기 로라미용실에서 일했다는 말은 또 뭐고요."

정 원장의 얼굴이 굳었다. 처음으로 보인 낯선 얼굴이었다.

찬서는 궁금한 게 많았지만 정 원장이 마침 온 할머니 손님을 자리에 앉히고 로드를 말기 시작했다.

찬서는 옥탑방으로 올라갔다. 정 원장의 이름, 정희자. 낯설지 않은 이름이었다.

찬서는 정희자에 대해 검색하다 기억이 떠올랐다. 98년, 무산에서 벌어진 교제 살인사건을 담당했다. 바로 노찬서의 엄마 공미조 사건 담당 경찰이었다.

정 원장은 처음부터 알고 그녀에게 접근했을까? 왜?

여러 의문이 밀물처럼 밀려들었다. 찬서는 정희자와 오미소에 대해 검색하기 시작했다.

다음 날, 정 원장은 자리를 비운다는 문자만 남기고 미용실을 닫았다. 찬서가 이곳에 온 후 한 번도 닫은 적 없었으니 처음 있는 일이었다.

낮 12시. 찬서가 캔 맥주를 사러 내려 갔다. 늘 오던 할아버지가 회전 간판이 멈춘 미용실 앞에 서 있었다.

"정 원장님 지금 안 계시는데요?"

"나에 대해 아는가?"

노인이 웃었다.

"가끔 오셔서 이발과 면도를 하시는 건 알죠. 정 원장님과 각별한 사이라는 것도 알고요."

"자네 면도는 해봤나?"

"오늘 해보려구요. 제가 조심성이 많고 손재주는 좋습니다."

정 원장에 대해 물어볼 마땅한 사람이 있다면 이 노인일 것이다.

로라미용실 안에 사각, 사각, 면도하는 소리가 퍼져 나갔다.

"정 원장은 98년도에 저희 엄마사건을 담당했더라고요. 그때랑 이미지가 달라서 알아채지 못했지만요. 왜 그만뒀을까, 무슨 사건이 있지 않았을까 하고 뒤져봤어요. 정 원장이 운영하는 미소재단, 그 미소가 45년 전 이곳에서 일했던 오미소라면? 그래서 찾아보니 오미소가 2001년 사망했고, 당시 병원에서 사망했을 때 보호자가 할아버지 성함이던데요."

"뭘 알고 싶은 겐가?"

"정 원장님이 저에 대해 아는 만큼요."

면도한 자리를 손으로 만져본다.

"자, 면도비."

종이 위에 주소가 하나 적혀 있었다.

"거머리를 떼어줬으면 해. 과거에 붙어 사는 거머리. 서로 떼어줄 수 있지 않을까 해서. 희자는 자네랑 닮았어. 서로를 멈출 수 있는 건 서로밖에 없는 거 같으니 부탁 좀 하지."

찬서는 주소가 적힌 종이를 받아들었다. 그 주소로 찾아가니 납골당이 있었다. 청색 하늘 아래 죽은 사람들이 묻혀 있는 풍광이 눈에 들어왔다. 그 넓은 곳에 정 원장이 비석처럼 앉아 있었다.

평소 그녀의 풍채가 크다고 생각했는데 잔디 위에 앉아 있는 그녀는 유난히 작아 보였다.

"나이 들면 입이 가벼워진다더니, 그 노인네 나 없는 거 알고 찾아온 거야."

정 원장이 돌아보지 않고 말했다.

잔디 위에 비석이 보였다. 회색 비석 앞에는 오미소란 이름과 사진이 한 장 있었다.

젊은 정 원장과 그 또래의 미소 사진이었다. 밝고 빛나는 두 사람이었다. 오래된 로라미용실이 배경이었다. 1978년 배경으로 오래된 필름 사진처럼 보였다.

"낯설다. 이거 원장님이에요?"

세린이 사진의 왼쪽 여자를 가리켰다.

"나는 뭐 옛날부터 늙은 줄 알아?"

"그럼 이 사람이 오미소?"

사진 속 미소는 웃고 있었다.

"그 할아버지가 오미소 씨 가족인가요?"

"가족은 나였어. 우린 매일 붙어 다녔으니까."

찬서는 정 원장의 옆얼굴을 바라보았다.

오미소는 45년 전 불소 테러를 당했다.

정희자를 좋아하던 남자에게…

당시 미소는 로라미용실에서 시다를 하고 있었다. 미용실은 늘 북적였고, 미소의 마음도 꿈으로 복닥거렸다. 시골에서 배운 것도 없던 미소는 미용실을 여는 게 꿈이었다. 그녀는 희자의 집에 자주 놀러 왔다. 희자의 부모님은 전국을 돌아다니면서 장사를 해서 종종 집을 비웠다.

그날도 누군가 벨을 눌렀고 희자 대신 미소가 문을 열어주었다.

희자의 귀에 찢어지는 비명이 들렸다. 곧이어 살 타는 냄새가 났다. 희자가 뛰어나갔을 때 남자의 구겨진 얼굴도 보였다. 미소는 두 손으로 얼굴을 부여잡았다. 남자는 당황한 얼굴로 도망갔다. 희자에게 계속 만나자고 했던 남자였다. 남자는 희자에게 용액을 끼얹으려 했던 것인데, 미소가 나올 줄은 몰랐을 것이다.

희자는 구급차를 불렀다. 시골이라 병원도 멀었다.

미소는 병원으로 실려 갔으나 얼굴 전체에 화상을 입었다. 남자가 뿌린 것은 불소였다. 그는 세탁소 아들이었고, 불소는 세탁소에서 이물질을 제거할 때 사용하던 것이었다. 불소는 액체 상태에서 금속도 녹인다. 그녀는 여러 번의 수술을 받았지만 흉터로 얼룩진 그녀는 꿈도 접었다.

얼굴이 망가진 그녀는 우울증에 시달렸고 스스로를 망가뜨리듯 사창가로 빠졌다. 희자는 매번 찾아가서 그녀를 말리기도 하고 협박하기도 했지만 소용없었다.

그녀를 겁박하는 남자들에게서 구해주려다 다치기도 했고, 사창가 조폭들에게 큰일을 당할 뻔하기도 했다. 그녀는 범인을 제 손으로 잡기 위해 경찰이 되었다. 83년, 경찰 시험에 합격한 이후 비번 때마다 미소의 얼굴에 불소를 끼얹은 남자를 찾아다녔다.

희자는 경찰을 하면서 미소가 당한 것과 비슷한 사건들을 처리하기도 했다.

남녀 사이에 벌어지는 일은 목격자가 없었다. 죽거나 다쳐도 처벌받지 않았다. 언제나 둘이 있을 때 은밀하게 벌어지는 일이었고, 그 당시에는 CCTV도 없었기 때문에 가해자가 거짓으로 꾸며내도 반박할 증거가 없었다.

그럴 만한 짓을 했을 거야, 라던 시절이었다.

여자들의 눈가가 시퍼렇게 멍들면 계란을 돌리던 시절이었다.

미소가 있던 사창가는 낮과 밤이 다른 골목이었다. 밤에는 화려했지만 낮에는 쥐들이 떨어진 음식물을 먹고, 여자들은 그 거리를 목욕탕 바구니를 들고 왔다 갔다 했다. 희자는 그곳에서 살아내는 미소를 매번 보러 갔다. 그때마다 미소는 만나주지 않았다. 찬물을 끼얹기도 했다. 마치 분노의 대상이 정희자인 것처럼. 아무런 상처 없이 당당한 희자의 얼굴을 볼 때마다 더욱 자신이 초라해 보였다.

콧물도 얼어버리는 1월의 겨울. 희자는 온몸을 찬물로 뒤집어썼다. 미소가 뿌린 것이다. 살을 에는 추위보다 미소의 꽉 다문 입, 매서운 눈초리가 희자의 심장을 쑤셨다.

턱이 덜덜 떨리고 물 묻은 옷이 얼어서 딱딱하게 굳었다. 그때 누군가 희자의 얼굴에 담요를 집어 던졌다. 양쪽 귀가 뭉그러진 남자로 이곳에 올 때마다 마주쳤던 사람이었다. 모두 그를 하마라고 불렀다. 누구도 그의 본명을 몰랐다. 뭐든 하마처럼 삼켜서 없애버리는 사람이었다. 주로 뒤처리하는 청소부였는데, 모두의 약점을 알아서 누구도 함부로 할 수 없었다.

"지금의 너는 아무것도 할 수 없다. 그러니까 꺼져."

그렇게 말로 희자의 심장을 쑤셔놨던 사람이 하마였다.

그 남자의 말이 주문처럼 그녀를 깨웠다. 희자는 그다음부터 그곳에 갈 수 없었다.

그 후 15년간 경찰을 했다. 그 안에서 많은 미소들을 구하려고 했다. 그러다가 1998년, 그녀는 한 여인이 교제했던 남자에 의해 칼에 찔리고 불에 타 죽는 사건을 맞이한다. 공미조, 희자는 그녀를 구할 수 없었다. 현장에서 모든 것을 목격한 그녀의 딸 또한 도울 수 없었다. 그 딸의 이름이 노찬서였다.

희자가 사직서를 낸 그날 밤, 사창가 뒷골목에서 하마를 다시 만났다. 사창가는 정부에 의해 모두 사라진 상태였고, 미소의 행방도 몰랐다. 다시 찾아갔을 때 그곳은 술집으로 변해 있었다. 희자는 두리번거리며 옛 흔적을 찾았지만, 없었다.

술집에 들어가 소주를 시켰는데 하마, 그가 있었다.

"그만뒀어요, 경찰."

"이제 준비가 된 거 같다."

하마는 그렇게 말했고, 희자는 고개를 끄덕였다. 이 모든 게 자연스러웠다.

희자는 그 남자에게서 모든 일을 배웠다. 어두운 세계에 관한 일이었다. 자금 세탁, 시체 처리를 비롯한 모든 뒤처리. 그녀는 희자 대신 '로라'로 불렸다.

그리고 그의 정보원들을 통해 미소의 얼굴에 불소를 끼얹은 남자를 찾았다. 경찰이었을 때에는 하지 못했던 일이다.

그는 통영의 어느 마을에서 배를 타거나 술을 먹거나 여자를 때리면서 살고 있었다. 여자들한테는 말을 듣지 않으면 얼굴을 조지겠다고 큰소리쳤고, 내가 한다면 하는 인간이라고 으름장을 놓았다. 22년이 지났지만 그 남자는 변한 게 없었다. 희자는 그를 찾아 사지를 묶고 온몸에 불소를 부었다. 고통 속에 몸부림치는 그 남자를 처리하고는 바다에 버렸다.

모두가 밀레니엄 베이비를 축하하고, 김대중 대통령이 평양의 김정일 국방 위원장을 만나 역사적 남북정상회담이 이뤄진 그해, 정희자는 그녀의 과거와 미래도 그 바닷속에 던졌다.

희자는 복수했다는 소식을 가지고 미소를 찾아갔지만 그녀는 이미 온몸에 병이 퍼져 있었다. 그녀는 죽기 전 마지막으로 미용실에 가고 싶다고 했다. 그리고 로라미용실에서 머리를 잘랐다. 숱없고 가는 머리카락이 바닥에 떨어졌다.

"나… 그냥 이런 미용실을 하고 싶었는데."

미소가 꿈꾼 것은 큰 꿈이 아니었다. 그녀는 보름 후 잠들 듯 죽었다. 절규하는 희자 옆에는 하마가 함께 있어 주었다.

미소의 죽음 이후 하마는 로라가 된 희자에게 청혼했지만, 그녀는 거절했다.

그 무렵 하마는 술집으로 시작한 지역 사업을 늘려갔다. 정계와 친하고 경찰 간부들을 조종할 정도로 세력을 키워나갔다. 겉으로는 사업가였지만 속은 이익을 위해서는 뭐든 하는 차가운 사람이었다. 그러나 희자에 대한 마음만은 진실이었다. 그녀는 그 마음이 진실이라 받아줄 수 없었다.

희자는 미소가 죽고 나서 여자들을 위한 공간을 만들어야겠다고 생각했다. 억울한 사람들이 모여 위로하고 힘을 모으는 단체, 오미소의 이름을 딴 미소재단을 만들어 연대했다. 피해자를 모으고 법을 개정하려고 노력했지만 바뀌는 게 없었다. 법보다 빠른 게 불법이었다. 그녀는 예전의 특기를 다시 살렸다. 그래서 재단으로 들어온 사연이나 도움 중에 그녀가 직접 해결할 수 있는 것을 해결해주곤 했다. 물론 불법적인 방법으로….

희자는 그 후 가위질을 배웠다. 그리고 7년 전 로라미용실 건물을 샀다. 정 원장으로 불리게 되었다.

나이가 든 하마는 가끔 묻는다. 굳이 미용사 노릇은 하지 않아도 되지 않냐고. 정 원장은 솔직히 말하지 않았다. 사실은 사람들 머리 해줄 때가 행복하다고.

그렇게 희자는 무산에서 정 원장이 되어 뿌리를 내렸고, 관절염에 시달릴 무렵, 정 원장의 손님이었던 여자가 눌러앉았다. 눈썰미가 빠른 여자였고 전직 보험조사관이었다. 그녀가 탐정이 되었고 1년 정도 지냈다. 필리핀으로 가는 항공권을 예매해두었던 그녀는 어느 날 사라졌고, 정 원장은 찬서를 만났다.

무산에 새로운 얼굴이 오면 티가 난다. 찬서도 그랬다. 껑충하게 자른 단발머리, 화장기 없는 얼굴, 밥 대신 술을 마시면서 동네 식당을 전전하는 30대 여자. 미용실의 할머니, 아주머니들이 먼저 알게 되고 이야기를 나누는 것을 듣게 되었다. 손님들은 식당 주인, 슈퍼 직원 등 다양하기 때문이다.

정 원장은 마른 어깨에 파리한 안색, 따뜻함이라고는 없는 빙하 같은 눈빛, 스스로를 지키기 위해 날을 세운 그녀가 칼을 사는 것을 보았다. 그리고 자신이 구하지 못했던 피해자 유가족인 노찬서임을 단번에 알아보았다. 찬서는 정 원장을 알아보지 못했지만.

찬서는 젊었을 적 정 원장을 닮았다.

경찰이 되면 뭐라도 될 줄 알았던 삶, 복수를 위해 모든 것을 던졌던 때, 거머리처럼 과거를 빨아먹고 겨우 살아가는 삶까지 똑같았다.

칼 하나 사고 그 사람을 죽이는 복수를 한다 해도 구원받을 수 있을까? 그저 그녀의 삶도 끝날 뿐이다.

비슷한 처지인 사람들을 돕고 구원하면서 스스로가 구원받을 수 있다고 생각했다.

정 원장은 찬서를 보면서 그녀가 행복해졌으면 좋겠다고 생각했다. 정 원장이 머리를 만질 때만큼은 행복하다고 느끼듯이….

"이 일을 하게 된 건 오미소 씨 때문이죠? 그녀가 원장님 대신 그런 불행을 당해서."

"왜 그렇게 생각해?"

"오미소 씨는 사실 몰래 그 남자를 좋아했고, 그래서 그날 자기가 먼저 문을 열고 마중 나갔던 거라면요?"

"하마가 그래?"

"알았어요? 오미소 씨가 그 남자한테 줬던 편지들도 다?"

"첨엔 몰랐는데 그 새끼한테 복수할 때 알았지. 근데 그게 무슨 소용이야. 미소는 고통을 겪다가 죽었어. 그게 내가 될 수도 있었지."

"근데 왜 경찰 그만뒀어요?"

"마음이 좀 편해지는 건가, 그걸 알게 되면?"

"일단 들어보고요."

"노 탐정 알기 전 공미조를 먼저 알았지. 경찰에 신고해서 출동하니까 괜찮다고, 해결됐다고 그러더라고. 그리고 3일 후 그녀가 죽었어. 나는 순찰을 돌다가 아이가 혼자 걸어가는 것을 봤지. 그리고 그 아이를 따라갔어. 주차장에서 불이 피어올랐고, 내가 갔을 때는 그렇게 되어 있었어. 네 엄마."

찬서의 기억 속에 경찰복을 입은 여자가 떠올랐다.

"경찰을 그만둔 건 미소 때문이 아니라 네 엄마 때문이었어. 같은 실수를 계속하는 내 자신을 용서하기가 힘들었어. 노 탐정은 그 복수 계속할 거야? 나처럼 된다고 해도?"

정 원장은 찬서의 복수 계획을 알고 있었다. 마음 한쪽이 묵직해 왔다.

"정 원장님은 했잖아요."

찬서는 정 원장의 옆모습을 빤히 응시했다.

"했으니 하는 말이야. 뒷맛이 씁쓸하거든. 마음이 어지러워. 노탐정, 복수 따윈 접어두고 그냥 이대로 로라탐정소에서 지내는 건 어때."

"우리는 그게 안 되는 사람들이잖아요. 정 원장님도 그래서 로라로 살았던 거고요."

"너 죽을까봐 그러지. 나도 그럴 뻔했거든. 마음이 악의로 가득 차면 가장 먼저 죽이고 싶은 건 자기 자신이야. 난 저 사람 때문에 간신히 살았지만."

멀리서 하마가 도착했고, 정 원장은 조용히 그의 곁을 지나쳐 갔다.

"첫사랑 맞네."

찬서는 덩치 큰 늙은 사내를 보면서 그의 눈빛이 정 원장에게 꽂히는 걸 알았다. 그녀는 아무 말 없이 그에게 목례했다. 그도 찬서에게 목례했다.

"술이나 마시러 가자."

찬서는 고르게 호흡하고 그녀의 뒤를 따랐다. 숨을 깊게 들이마셨다. 바람이 불었고, 향긋한 소나무 향이 날아왔다.

찬서는 전재호를 떠올렸다. 그도 나를 살릴 수 있을까?

고시원 엘리트

"205호 살죠?"

오후 2시, 그는 볶음밥을 입속으로 밀어넣었다. 옆 테이블에 앉은 여자가 불쑥 말을 걸었다. 볶음밥의 쌀이 입 안에서 겉돌면서 꺼끌거렸다. 여자는 떡라면을 주문했다. 20대로 보였고, 긴 속눈썹에 동그란 눈, 갈색 머리가 모자 밑에서 꼬불거렸다. 요 며칠 고시원 공용 부엌과 세탁실에서 몇 번 부딪쳐서 인사를 나눈 적 있다. 바로 옆방에 새로 온 여자다.

"아, 네."

"반가워요. 제 이름은 이사예요. 리사가 아니고 이사. 이 사람을 사랑하라는 뜻이래요."

여자가 깔깔거리면서 웃었다. 그는 적당히 보기 좋은 웃음에, 보기 좋은 몸매라고 생각했다.

"좋은 이름이네요."

"그쪽은요? 이름이?"

별로 말하고 싶지 않았지만, 대답하지 않을 이유도 찾지 못했다.

"유민호입니다."

여자는 주문한 떡라면이 나오자마자 젓가락으로 건져 오물거리면서 목구멍으로 넘겼다.

"연구원이라고 하던데요? 고시원 주인 아주머니가 깔끔하고 열심히 일하는 청년이라고 그쪽 칭찬이 자자해요. 무슨 사정이 있어서 고시원에서 지내는지는 모르겠지만 고시원에서 가장 엘리트라고요."

"주인 아주머니가 저를 좋게 봤네요. 엘리트는 아니고요. 그냥 연구소에서 일합니다."

"그게 그거거든요. 근데 어떤 연구소예요?"

여자가 말하면 알까, 하는 생각이 들었지만 무시하는 인상은 주고 싶지 않았다.

"이 근처 석유 화학 연구소예요. 생산과 품질관리를 하는 공장이라고 보시면 됩니다."

"우와, 오다가다 본 거 같아요. 여기서 10분 정도 거리에 있는 K

연구소 말이죠? 집채만 한 물탱크들이 있잖아요. 거기 사람이 빠져 죽어도 모르겠어요. 너무 커서."

민호는 순간 볶음밥을 뿜을 뻔했다. 그리고 연이어 표정이 굳었을까, 걱정되었다.

"호호호. 농담이에요."

여자가 입을 크게 벌리고 손뼉을 치며 웃었다.

"그럼 저는 이만, 맛있게 드시고 오세요."

민호는 냅킨을 뽑아 입을 닦고 의자를 뒤로 뺐다. 여자도 젓가락을 내려놨다.

"저도 그만 먹을래요. 같이 일어나요."

민호는 순간 선을 넘었다는 생각이 들었지만 굳이 옆방 여자에게 나쁜 인상을 남기고 싶지 않았다.

"그러시죠."

밥집을 나온 민호는 고시원 방향으로 걸었다. 가는 길에 그가 매번 들르는 카페가 있다. 그는 주로 거기서 아메리카노를 산다.

"카페 가죠? 매번 가는 거 같던데. 저기 밑에 홈 카페."

이사는 발을 튕기면서 걸었다. 뭔가 신나 하는 어린아이같이 보였다. 민호는 순간 이 여자에게 강렬한 불쾌감을 느꼈다.

어디까지 알고 있는 걸까. 이 여자, 평소에 나를 관찰한 걸까?

"아메리카노죠? 저는 라떼요."

민호가 커피를 사야 하나 말아야 하나 고민하는데 여자가 돈을 지불했다.

“오늘은 제가 사드릴게요.”

달갑지 않은 친절이다.

“고맙습니다.”

“주말에 뭐 하세요?”

“저는 주말에도 일합니다.”

“에이, 거짓말~. 주말에는 매번 렌터카를 타고 어디 간다던데요? 맛있는 것도 잔뜩 사서요. 201호 언니가 H 마트서 일하는데 그쪽 매주 본대요. 어디 캠핑 가는 거예요? 저도 캠핑 좋아하는데….”

순간 뜨끔했다. 그의 행동에 실수는 없었는지 머릿속으로 훑었다.

“그건 아니고요. 고향에 내려갑니다. 부모님 좋아하시는 것들 사서 가기도 하거든요.”

여자의 입을 틀어막고 싶었지만 대답으로는 이 정도가 적당할 거 같았다.

“고향이 어디예요?”

여자의 입은 멈출 줄을 몰랐다.

“대구요.”

“경상도 남자! 난 경상도 남자 억양 너무 좋아해요. 근데 사투리를 안 쓰시네요.”

민호는 이 여자와의 대화에서 벗어나고 싶었지만, 여자는 빈틈을 주지 않았다.

"저는 노래를 해요. 작사 작곡도 하고요. 고시원에서 금방 나갈 거예요. 지금 집을 알아보고 있거든요. 작업실이 붙은 괜찮은 공간에 화분도 놓고 바람도 잘 통하면 좋겠죠. 아! 햇빛, 햇빛이 잘 들어야 해요. 옥상이 있으면 평상 하나 두고 삼겹살도 구워 먹으면 금상첨화죠. 말은 나 혼자 다 했네요. 그쪽은 I죠? 극 I야. 저는 E라고 생각하겠지만 아니에요. 낯가리는 성격인데요. 그쪽한테는 말을 많이 하게 되네요. 편한가 봐요."

여자가 옆에서 걷는다. 조잘거린다. 저 입을 막아버리고 싶지만 그녀는 활발함이 무기라도 되는 양 수다를 떨었다. 이사의 귀걸이가 반짝였다. 손으로 민호의 어깨를 살짝 치기도 했는데 어서 이 여자에게서 도망치고 싶었다.

"솔직히 말해서, 말 없는 남자가 제 타입이에요."

"아, 네."

민호의 시선 앞에 고시원이 들어왔다.

5미터만 가면 안전한 방으로 들어가 이 여자와 헤어질 수 있다. 앞으로는 절대로 마주치지 말아야겠다고 생각했다.

"근데 207호 아저씨 좀 이상하지 않아요?"

"글쎄요."

"210호 아주머니는 어디 아픈 거 같고, 203호 언니는 빨래할 때

보니까 남자 속옷을 빨더라고요."

여자는 고시원에 들어온 지 얼마 안 되었지만, 사람들을 다 파악하고 있었다. 머리가 쭈뼛 섰다. 그녀의 초롱초롱한 눈동자가 먹잇감을 찾는 짐승처럼 느껴졌다.

"커피 잘 마셨습니다."

그는 고시원 계단을 올라가 205호로 들어갔다. 뒤따라 그녀가 옆방인 204호로 들어가는 소리가 들렸다.

하아….

문을 닫자 익숙한 공기가 코로 들어왔다. 침대에 털썩 앉아서 옆방의 벽에 귀를 대보았다. 가수라더니, 음악 소리 하나 들리지 않는다.

남의 일에 호기심 많은 여자가 옆방이라니….

명치에서 뜨거운 게 훅 올라왔다.

민호는 컴퓨터를 켜고 희연의 사진을 띄웠다. 갈색 눈동자에 여린 입매, 빛나고 고요한 눈동자, 굴곡이 매력적인 턱선. 분노가 사라지고 기쁨이 충족되었다.

정희연.

그녀는 민호의 모든 것이다. 이 고시원에서 사는 것도 그녀 때문이다. 민호와 그녀는 인생 내내 친구였고, 연인이었다. 하지만 그녀는 10년 전, 다른 남자와 결혼했고 아이도 낳았다. 그 생각을 하니 슬픔이 밀려들었다.

컴퓨터 안에는 그녀의 사진이 가득하다. 그와 함께 웃는 그녀. 둘이 함께 전국을 여행했던 일.

민호는 그녀와의 이별을 받아들이지 못했다. 결국 그녀의 남편과 시비가 붙었고, 민호는 그에게 주먹을 휘둘렀다. 절대 합의는 없다는 그녀의 남편 때문에 교도소에서 1년 복역하고 얼마 전에 나왔다. 전과기록을 얻었지만 그는 연구 업적이 좋기도 하고, 연구소장이 그의 능력을 믿어주어 적극적으로 취업을 도왔다. 그는 남자가 사랑에 목숨 걸면 그럴 수도 있다고, 민호의 편을 들어주었다.

사진 속 그녀는 누구보다 행복해 보였다. 하지만 그녀는 지금 아이를 키우며 남편 옆에서 힘든 삶을 이어갈 것이다. 그녀의 남편은 사업을 한다고 하지만, 단칸방에 사는 것을 보면 실력이 없는 게 분명하다.

민호는 그녀가 살고 싶다고 했던 집과 비슷한 집을 샀다. 그리고 내부를 함께 지낼 공간으로 꾸몄다. 집을 두고 그가 고시원에서 생활하는 이유는 돈을 다 그 집에 투자했기 때문이지만, 직장이 일단 이곳과 가깝고, 사람들을 밀어내기 위해서다.

그리고 가장 중요한 이유는 그녀와 함께 지낼 곳을 더럽히고 싶지 않아서다. 그 집은 그녀 말고는 아무도 들어와서는 안 된다.

그는 주말마다 가서 쌓인 먼지를 닦고 침대를 정리한다. 날파리 한 마리, 먼지 한 톨조차 침범할 수 없는 공간이다.

그의 대학 친구이자 연구소 동료인 영찬이는 그에게 매번 여자를 소개해주겠다고 한다. 그의 월급을 알고는 왜 고시원에 사냐며 잔소리를 해댄다. 희연과의 과거사를 알고 있기에 세상에 널린 게 여자라며, 잊으라고 한다. 영찬이에겐 이미 잊었다고 거짓말했다. 그래야 귀찮게 하지 않기 때문이다. 그는 생각한다. '평범한 사람들은 이해하지 못한다. 내 사랑은 그렇게 가볍지 않다.'

주말, 민호는 렌터카를 빌려 보금자리로 향했다. 그가 다니는 대전 연구소와 차로 1시간 좀 넘는 거리로 무산에 위치한 전원주택단지다. 그녀의 고향인 대구와도 30분 정도밖에 걸리지 않는다. 하늘 아래 비슷하게 생긴 주택들이 옹기종기 모여 있다. 그중 그의 집은 정원이 딸린 2층집으로 작은 마당에는 잔디가 깔려 있고, 데크 위에는 의자와 테이블이 있어 햇빛을 쬐며 차 한잔 마시기 좋다. 안으로 들어가면 탁 트인 현관과 넓은 주방이 보이는 거실이 있고, 희연의 사진이 중앙에 있다. 민호는 화병의 물을 갈고, 그녀가 좋아했던 프리지어를 꽂는다.

1층엔 침실이 있고, 낮은 나무 계단을 올라가면 2층엔 서재와 베란다가 있다. 희연은 늘 말했다. 우리가 결혼하면 이런 집이 좋겠다고….

민호는 희연과 20대 때 만나 5년을 연애했다. 둘 다 첫사랑이었다. 민호는 당연히 희연과의 결혼을 꿈꿨다. 20대의 모든 것이었고, 모든 장소에 추억이 있었다. 희연은 마음이 약했고, 감상적이었다. 그러다가 갑자기 민호가 서울에 가게 된 후 희연과 멀어지게 되었다. 희연은 대구에 남아 부모님의 식당을 도왔다. 그즈음 희연의 어머니가 많이 아팠고, 장녀인 그녀는 집안 살림에, 식당에 눈코 뜰 새 없이 바빴다. 민호는 그런 희연이 안타까워 어서 기반을 마련하고 싶었다. 희연의 가족들 모두 희연의 희생만 강요하는 집단처럼 보였다.

"우리 그만 헤어지자."

희연이 갑자기 이별을 고했다. 그것도 문자로. 대구에서 식당 손님으로 온 인테리어 업자를 만났고, 그와 결혼하게 될 거 같다는 것이다. 민호는 그날 당장 희연을 찾아갔다. 희연은 정말 미안하다면서 자신도 어쩔 수 없다고 했다.

희연은 구질구질한 놈과 결혼했다. 멍청한 얼굴을 한, 배가 불룩 나온 놈이었다. 이해가 가지 않았다. 왜, 대체 왜….

결혼 후에도 그녀는 전혀 행복해 보이지 않았다. 자신과 있었다면 행복했을 텐데.

그녀를 다시 찾아야겠다는 생각이 그의 머릿속에 박혔다. 사람은 실수할 수 있다. 인정하고 좋은 방향으로 바꿔야 한다. 희연이 벼랑으로 떨어지는 것을 두고 볼 수 없었다. 그녀를 구해야 했다. 그렇게 매번 연락했다. 남편이 희연 대신 답장을 보내거나 전화를 받아서 욕을 하기도 했다. 희연은 더 이상 연락하지 말라고 부탁했다. 옛 추억은 추억이지만 이미 결혼했다고, 남편이 싫어한다고.

그는 화가 났다. 고생시키는 주제에 왜 화를 내는지….

그러던 어느 날 남편이 그녀를 미행했는지 달려들어 민호에게 시비를 걸었고, 싸움이 났던 것이다. 이 일로 그는 징역을 살게 되었다.

생각만 해도 끔찍하다. 그런 놈과 희연은 어떻게 애까지 낳고 사는지. 어떨 때는 아이도 미웠다. 빽빽 울면서 그녀를 힘들게 하니까.

희연은 제발 찾아오지 말라고 했다. 화를 내고 울기도 했다. 그런 그녀를 보면서 안쓰러워서 더욱 행복하게 해주고 싶었다. 출소 후에는 그 마음이 더 강해졌다.

민호는 미치도록 희연이 보고 싶었다.

이번 주에는 백화점에 가서 머리핀을 사서, 바로 희연의 집으로 배달시켰다. 검은 모발의 희연이 하면 잘 어울릴 것 같은 명품 머리핀이었다. 머리핀을 보냈다고 메일을 썼지만 희연은 아직도 메일을 확인하지 않았다.

이곳에서 함께 산다면 얼마나 좋을까, 그는 바스락거리는 침구를 끌어안았다.

그녀가 살고 있는 곳은 대구의 오래된 주택가다. 희연은 결혼 후 이사를 두 번이나 했지만, 금방 찾아냈다. 그녀의 친구들이 아직 그의 친구들과 겹치기 때문이다. 조금만 물어보거나 그들의 SNS만 뒤져도 알 수 있다.

민호는 오전 내내 뒹굴뒹굴하다가 그녀의 집으로 향했다. 매번 가서 보는 것은 마음이 아파서 그럴 수가 없었다. 참고 참다가 겨우 찾아가는 것이다. 그녀는 이번에도 문자 메시지에 답이 없다. 메일을 확인하지 않은 지도 일주일이 넘었다. 머리핀은 잘 받았는지, 마음에 드는지, 제발 연락 달라면서 한 번 더 메일을 보냈다. 그녀의 SNS를 뒤져봤지만 차단 당한 상태인지, 여전히 아무것도 보이지 않았다.

낡은 지하 방 창문에서 불빛이 흘러나온다. 아기 우는 소리가 들린다. 남편은 여전히 키가 작고 불만 가득한 얼굴을 하고 있다. 희연은 그 안에서 혼자 빛난다. 요리하고 우는 아이를 달래는 그녀의 고운 얼굴이 주황 형광등에 드리워 어둡다.

당장이라도 뛰어 들어가 그녀의 손목을 낚아채고 데리고 나오고 싶었다. 민호는 밖에서 담배를 두 대 정도 피운 후 몸을 돌렸다. 머지않아 남편을 죽여버릴 것이다.

그럼, 희연도 그의 곁으로 돌아올 것이다.

민호가 다시 고시원으로 돌아왔을 때 이사가 방에서 뛰어나왔다. 장난스럽게 킁킁 냄새를 맡는 척했다.

"여자 만나고 왔죠?"

"네? 그게 무슨?"

민호는 순간 깜짝 놀랐다.

"농담이에요. 고향 다녀오셨나 봐요."

여자가 깔깔거리면서 웃었다. 민호는 순간 팔에 소름이 돋았다.

'너무 놀란 것처럼 보였을까.'

그는 걱정이 됐다.

"저녁에 뭐 하세요?"

"죄송한데 제가 좀 바빠서요."

민호는 재빨리 방 안으로 들어왔다. 이마 위로 식은땀이 솟았다.

저 여자는 할 일이 없나?

침대에 누워 숨을 골랐다. 계획을 앞당겨야 했다. 희연을 생각하면서 겨우 잠이 들었다.

똑똑-. 노크 소리가 들렸다. 분명히 그 여자일 것이다. 돌아버릴 지경이었다. 어쩔 수 없이 문을 열었다. 이사가 환한 얼굴로 서 있었다.

"제가 요리를 좀 했어요. 같이 먹어요. 양이 너무 많아요. 주방으로 오세요."

민호는 밥 생각이 없었다.

이사는 수줍어하는 남자에게 인심 쓰듯 그의 팔꿈치를 잡아끌었다. 그녀는 스스로 매력적이라 여기는 거 같았다. 그는 팔꿈치로 그녀를 내려치고 싶은 것을 간신히 참았다.

초라한 고시원 공용 주방에 영찬이가 기다리고 있었다. 이사와 영찬이가 언제 알게 되었는지는 둘째 치고 영찬이는 이사와 민호를 번갈아보면서 윙크를 날렸다.

"영찬아, 넌 왜 여깄어?"

영찬이는 이 모든 게 재밌다는 듯 히죽히죽 웃었다.

"너 보러 왔지. 오늘 네 생일이잖아. 이분이 서프라이즈 생파 같이 하자고 해서."

그녀는 생일 케이크랍시고 초코파이를 몇 개 쌓아놓고 초를 켜고, 불었다.

"너 고시원에서 산다고 해서 걱정했는데, 정이 넘치고 좋네, 여기."

쓸데없는 오지랖을 가진 둘이 만났다. 영찬과 이사. 저 여자는 스토커인가? 똘아인가?

둘은 생일 축하 노래를 부르더니 잡담을 나누면서 즐거워했다.

민호는 이 자리를 어떻게 떠야 할지 계속 고민했다. 희연이 없는 모든 자리는 무의미했다.

그 후 민호의 악몽이 시작되었다. 이사는 가는 곳마다 들러붙었다. 먼지보다 소리 없이, 새보다 빨리, 쥐보다 밤눈도 밝은 거 같았다. 거기다가 영찬이를 어떻게 구워삶았는지 회사에서도 영찬이가 내내 204호 이사 이야기를 했다.

"괜찮은 여자 같던데? 그 여자가 완전 너한테 꽂혔어. 너 아님

내가 들이댄다?"

"그 여자 완전 스토커야."

"희연이 때문에 그래? 너 이제 절대 만나면 안 돼. 유부녀야."

"안 만나."

민호의 대답에 영찬은 이사를 떠올리는지 피식피식 웃기만 했다.

"사람 일은 모르지 뭐! 너랑 이사 씨랑 잘될지!"

영찬이가 이런 말을 지껄이는 바람에 민호는 회사에서 큰 실수를 해버렸다. 민호는 이사가 떠올랐다. 그녀는 거머리 같았다. 어쩌면 희연과 그의 사이를 망쳐버릴 수도 있다. 절대로 그렇게 두지 않을 것이다. 둘 사이의 방해물은 모조리 처리할 것이다.

일단 희연의 남편을 먼저 처리해야 한다. 그리고 연구소로 옮긴다. 연구소 안에는 물탱크만 한 화학용품 배합통이 여럿 있다. 그 안에 넣고 버튼을 누른다면 누구의 시체든 살점 하나 남기지 않고 사라질 것이다. 기분이 좋아졌다.

주말 밤, 민호는 차를 타고 아지트로 향했다. 음악을 틀고 액셀을 밟으니 자유가 된 것만 같아 노래가 절로 나왔다. 그만의 보금자리의 비밀번호를 눌렀다. 그리고 안으로 들어가는 순간, 뒤에서 누군가 어깨를 탁쳤다.

"이 새끼! 딱 걸렸어."

영찬이었다. 민호의 얼굴은 시멘트처럼 굳었다.

"거 봐요. 뭔가 있다니까! 내가 그랬잖아요."

톤이 높은 목소리, 이사였다.

"맞네. 이놈 멀쩡한 집 있으면서 고시원 생활을 하냐? 엉큼한 새끼. 나한테는 말했어야지."

영찬이는 주먹으로 장난스럽게 민호의 어깨를 툭툭 쳤다.

"너 나 미행한 거냐?"

"야, 이거 몇 평이냐?"

민호가 울어야 할지, 웃어야 할지, 화를 내야 할지 판단하는 사이, 이사가 어깨를 밀치고 안으로 들어갔다.

"어머~ 이것 봐요. 집 진짜 이쁘다."

"이사 씨가 네가 주말마다 여자를 만나러 가는 거 같다고. 한번 따라가 보자고 해서 드라이브 삼아 왔지. 이사 씨 확실히 너한테 관심 있나봐."

영찬이는 구겨진 그의 표정을 무시하며 이사를 따라 안으로 들어갔다.

대리석 바닥에 발바닥 자국이 찍히기 시작했다. 하얀 벽, 유리창에 손을 대자 지문이 찍혔다. 민호는 그들이 이 집을 더럽히고 만지는 것을 참을 수가 없었다.

"나가. 나가라고요!"

분노를 조절해야겠다고 생각했지만 고함을 지르고 말았다.

"어머, 민호 씨 화났어요?"

이사는 미안하다는 얼굴로 눈을 위로 치켜뜨며 몸을 비비 꼬았다. 영찬은 민호가 보통 화난 게 아니라는 눈치를 챘는지 이사에게 나가자고 했다.

"여자가 있죠?"

"아니에요. 그냥 좀 여기 누가 들어오는 게 싫어서요."

"저 여자 때문이잖아요. 저기 사진 속 여자."

이사는 희연의 사진을 가리켰다. 영찬이가 사진 속 얼굴을 보고 놀랐다.

"민호야. 너 아직 희연 씨 못 잊은 거야? 이 자식아. 너 진짜 그건 아니야."

"희연이가 누군데요?"

민호는 이사의 입을 주먹으로 때리고 싶었지만 참았다. 아무도 이해할 수 없다. 그래서 아무에게도 말하지 않는 것이다.

"그만 가줘."

이 신성한 보금자리를 더럽히는 것만은 참을 수 없다.

"와인이다!"

이사가 멋대로 주방을 뒤지더니 와인셀러에서 와인을 꺼내 오프너를 찾았다. 희연이 이 집에 오면 축하하려고 사둔 와인이었다. 민호가 말리기도 전에 와인이 바닥에 흘렀다. 민호는 빛보다 빠르게 닦았지만 갈라진 틈 사이로 와인의 붉은빛 물이 들었다. 붉으락푸르락한 얼굴을 하자 영찬이 이사에게 그만 가자고 했다.

이사는 여전히 교태 섞인 목소리로 말했다.

"미안해요. 화났어요? 화나게 할 생각은 없었는데…."

"됐어요. 화 안 났으니까 나가요."

"화났네. 진짜 미안해요. 화 풀어요. 스미마셍. 쏘리, 플리즈~ 웃어요, 네?"

이사의 입가는 웃음을 참고 있었고, 눈빛은 반짝거리면서 민호의 얼굴에 턱을 들이댔다.

"화 안 났다니까요. 그보다 다신 마주치기 싫네요. 이건 예의가 아닙니다."

민호는 끝까지 굽히지 않는 이사를 밀쳐내면서 말했다.

"야! 갑자기 들이닥친 건 미안한데, 나도 서운하다. 우리 친구 맞냐?"

영찬은 눈을 흘기며 고개를 돌렸다. 민호는 피가 거꾸로 솟는 것을 겨우 참았다. 문을 닫고 거친 숨을 눌렀다. 그제야 적막이 흘러들었다. 두 무릎이 후들거렸다. 거실은 난장판이 되어 있었다.

떠나가는 영찬의 차를 바라보고 나서 그는 러그의 줄을 맞추고, 삐뚤어진 사진을 바로 하고, 바닥에 흘린 와인을 벅벅 닦았다.

"누구든 한 번만 더 이 집에 들어오면 죽여버리겠어."

민호는 바닥에 튄 와인을 문지르며 중얼거렸다.

이사는 그날 이후 눈치를 보면서 민호와 거리를 두는 것처럼 보였다. 그러나 언제 또 어떻게 돌발행동을 할지 모른다. 특히 걱정되는 것은 이사와 영찬이 그의 보금자리 위치를 안다는 것이었다.

민호는 달력의 날짜를 보았다. 곧 실전의 날이 다가오고 있었다. 내 사랑을 괴물로부터 구하는 것! 그러기 위해서는 참아내야 한다.

그러나 마음 한구석에는 불안감이 치솟았다.

혹시 문을 열 때 비밀번호를 본 것은 아닐까?

혹시 영찬이 희연을 찾아가서 이런 이야기를 하는 건 아닐까?

조금 더 계획을 앞당겨야겠다고 마음먹었다.

민호는 희연의 남편이 있는 곳으로 찾아갔다. 혼자 있는 시간을 노렸다. 동네 호프집에서 술을 마시고 나오는 그는 트림을 끅 내뱉고선 배를 두드렸다. 학원 앞에서 아이를 데리고 집으로 향했다. 터덜터덜 슬리퍼를 끄는 모습, 아이의 손을 잡고 웃겨주려 시시덕거리는 모습이 볼썽사나웠다.

주머니 안의 전기충격기를 만지작거렸다. 주택가에 지나가는 학생들이 민호를 흘낏 보았다. 보는 눈이 너무 많다. 그 사이 희연의 남편은 아이의 손을 잡고 집으로 들어갔다. 민호는 낡은 주택으로 다가갔다. 지하에 나 있는 작은 창문 틈으로 그녀가 보였다. 창틀 사이로 머리를 틀어올린 희연이 둘째 아이를 업고서 집 안을 청소하고 있었다. 아이가 자지러지게 울기 시작했고 민호는 아이의 울음소리가 듣기 싫어 멈추고 싶다는 생각을 했다. 희연은 첫째 아이를 맞이하며 직장 없는 남편이 벗어둔 양말을 정리한다. 저곳은 지옥이다.

돌아오면서 생각했다. 하루빨리 희연을 지옥에서 벗어나게 해야 한다고.

오늘은 실패했지만 괜찮았다. 실패에 익숙하고, 실패해도 또 도전하는 게 민호의 성격이었다. 어릴 적부터 한다고 하면 했다. 구매한 전기충격기를 꺼내서 공중에 지지지직 소리를 내보았다. 튀어오르는 불꽃을 보니 기분이 나아졌다.

그리고 희연에게 메일을 보냈다. 한 번만 집으로 와달라고, 집 주소를 쓰고 사진도 찍어 보냈다.

희연에게서 답장이 왔다. 남편이 봤다고, 주소도 알아냈다고 했다. 민호는 짜증이 나서 주먹으로 책상을 내리쳤다. 먹어도 입안이 꺼끌거렸고, 마셔도 목으로 넘어가지 않았다. 그리고 이사가 다시 그를 옥죄어 왔다. 고시원에서는 이사를 피해 다니기 바빴고, 회사에서는 영찬의 눈치까지 보아야 한다. 잠도 제대로 못 자서 눈이 충혈되고 다크서클이 볼까지 내려왔다. 이를 악물거나 화가 치밀어올라 주먹으로 벽을 때리곤 했다. 겨우 스스로를 토닥거렸다.

이사를 죽일까, 아니다. 나는 그런 살인자 따위가 아니다. 차라리 이사와 영찬이가 사귀어서 자기에게 관심을 끊었으면 좋겠다.

둘은 약속이나 한 듯 번갈아가면서 전화하고 따발총 같은 잔소리를 내뱉고선 끊었다. 그를 스트레스로 죽이러 편을 먹고 온 한 팀 같았다. 그 무렵 민호는 예민도가 극에 달해 운전하다 끼어드는 차량을 추월해서 욕을 하기도 했다.

어느 날 이사가 민호를 불렀다.

"민호 씨, 꼭 할 말이 있어요."

그는 끓어오르는 분노를 누르며 거절하려 했지만 집에 관한 이야기라고 했다. 민호는 곧바로 흥미가 생겨 이사에게 말해보라고 했다. 이사는 절대로 화내지 않을 것을 약속해달라고 했다. 민호는 폭발하는 화를 참으며 약속했다. 드디어 이사가 입을 열었다.

사실은 며칠 전 그의 집에 갔었는데 누군가 들어가는 것을 봤다고 한다. 심장이 뛰었다. 인상착의를 물어보니 키 작고 곱슬머리에 배가 나온 40대 남자라고 했다.

희연의 남편이다. 그 새끼가 우리 보금자리에 몰래 찾아온 것이다. 어쩌면 희연에게 보낸 메일을 봤을지도 모른다.

개새끼. 제 발로 자신의 무덤을 찾아오다니….

신경 쓰지 않는 척했지만, 확인이 필요했다. 아무것도 손에 잡히지 않았다.

주말은 날씨가 흐렸다. 구름이 잔뜩 끼고 바람이 불어 창문이 흔들렸다. 민호가 집으로 갔을 때, 이상함을 느꼈다. 공기가 달라져 있었다. 전기 스위치를 눌렀지만 어디도 불이 켜지지 않았다.

그의 집에 누군가 들어왔다. 거실과 주방을 살펴봤지만 아무도 없었다.

침대 안 이불이 불룩했다.

민호는 배에서 뜨거운 분노가 솟구쳤다.

이사일까, 아니면 영찬일까, 아니면 희연의 남편? 그 누구도 이곳을 더럽힐 수는 없다. 민호는 본능적으로 침대 옆에 놓인 철제 장식물을 움켜쥐었다.

한 손으로 이불을 걷자, 남자가 누워 있었다. 남자는 그에게 달려들었다. 놀란 민호가 빨랐다. 머릿속에는 침입자라는 세 글자와 함께 빨간불이 켜졌다. 철제 장식물을 들어 본능적으로 눈앞의 침입자를 향해 내리쳤다. 퍽! 남자의 동공이 커지면서 비명을 질렀다. 비틀거리더니, 그대로 달려들었다. 민호는 몸을 피했다. 몸싸움이 일어났다. 전기충격기를 꺼내는 것도 잊고 그의 팔을 비틀고 다리를 찼다.

핸드폰 플래시를 켜고 살폈을 때는 이미 그는 숨을 쉬고 있지 않았다.

머리에서부터 흐른 뜨끈한 피가 바닥에 번졌고, 양말에 닿아 축축하게 젖었다. 미끈거리는 바닥을 조심스레 걸으면서 그의 얼굴을 살폈다.

누구지? 전혀 기억에 없는 사람이다. 50대 정도의 나이로 보였다. 희연의 남편이 아니다. 모르는 사람이었다.

손끝이 부르르 떨렸고 뺨이 뜨거웠다. 더욱 분노가 치밀었다. 그는 바닥에 떨어진 장식물을 다시 집어 들고 내리쳤다. 한 번, 두 번. 거친 숨을 씩씩 내뱉고 나서 그의 몸을 발로 차보았다. 몸만 꿀렁꿀렁 흔들렸을 뿐 미동이 없었다.

그때 벨이 울렸다. 인터폰으로 밖을 보니 경찰이었다. 머릿속이 뒤죽박죽이었다.

쾅쾅쾅! 문을 두드렸다.

"문 열어!"

그는 뒷문으로 뛰어갔지만 그쪽도 경찰이 있었다. 누명이다. 함정이다!

"박수철. 꼼짝 마!"

박수철이 누구야? 그의 이름인가? 저놈은 일면식도 없다. 대체 왜 이런 일이 생긴 거지?

민호는 경찰을 피해 베란다로 나갔다. 비가 내리기 시작했다.

경찰이 민호를 발견했다. 뭐라고 소리를 질렀지만 웡웡거려 들리지 않았다. 총을 꺼내 그를 겨눴다. 민호는 베란다 밖으로 빠져나와 아래를 내려다보았다. 생각보다 높았다. 그의 발목이 꺾이면서 앞으로 쓰러졌다. 곧이어 바닥으로 추락했다. 민호의 몸이 붕 떴고 사람들이 모여들었다. 들것에 실려 이동했다. 그의 시선이 건너편에 주차된 차로 향했다. 그 차창 문 너머로 희미하게 이사가 보였다. 그 뒷좌석에 희연의 모습이 겹쳐 보이는 것은 그의 기분

탓일까?

빗방울이 차 지붕을 두드렸다. 이사의 시선이 구급차에 실려 가는 민호에게 닿았다.

가발을 벗자 이사는 세린이 되었다. 세린은 운전대의 와이퍼를 한 번 더 올렸다 내렸다. 빗물이 쓸려나가 그가 경찰차에 타는 모습이 또렷한 화면처럼 보였다.

"저 사람, 죽지는 않겠죠?"

뒷좌석에는 찬서가 앉아 있었고, 옆에는 희연이 앉아 있었다. 희연의 차가운 손이 찬서의 손목에 닿았다.

"네, 감옥으로 갈 겁니다. 이걸로 이제 밖으로 나오기는 힘들 테고요."

"감사합니다, 탐정님. 정말 고맙습니다."

희연의 목소리는 신음처럼 뱉어내졌다. 그녀의 눈가가 젖어 있었다.

정희연, 그녀는 두 달 전 로라미용실을 찾아온 의뢰인이었다. 사랑의 대가가 이렇게 큰 것인 줄은 몰랐다면서 눈물을 흘렸다.

"저는 결혼해서 잘살고 아이까지 있어요. 근데 전남친이 계속 연락을 해요. 너무 무서워요."

한때는 그를 정말 사랑했다. 수줍은 말투와 매너 있는 몸짓. 그렇게 둘은 열렬히 사랑했고, 여느 커플이 그렇듯 이별을 택해야 하는 상황이 왔다.

그러나 그는 사랑이란 이름으로 이별을 인정하지 않았다. 남편까지 때려서 교도소에 갔다 나온 이후로도 끊임없이 희연에게 연락을 했다.

"폭행으로 교도소에 들어가서 1년을 살고 나왔어요. 거기서도 편지를 보내왔고, 그 사람은 이혼하고 다시 만나자고 해요. 내가 다 지난 일이라고 해도, 무슨 말을 해도 벽보고 하는 것 같아요. 그 사람하고 사귀었던 제가 잘못한 거 같아요."

그녀는 비통한 얼굴로 흐느꼈다. 그녀는 출구 없는 감옥, 평생 벗어날 수 없는 상태인 것이다.

희연은 어깨를 들썩이며 한참 운 후 그가 보낸 메일과 문자, 편지를 보여주었다.

'너와 내가 살 집에서 매주 기다린다. 다음 달까지 정리할 시간을 주겠다.'

그곳에는 사랑으로 포장된 협박과 악이 있었다.

경찰에 신고해도 범죄가 일어나기 전엔 아무 처벌도 받지 않는다는 것을 서로가 잘 안다. 범죄의 '전조'만으로는 범죄가 되지 않는다.

여기까지면 희연도 참으려고 했다. 그게 그녀가 그를 사귀고 헤어졌던 것에 대한 벌이라고 생각했다. 그런데 남편을 죽이려 했다.

때론 아이가 위험에 노출되기도 했다. 희연은 민호의 성격을 잘 안다. 그는 절대 포기하지 않을 것이다.

찬서는 그녀의 의뢰를 받아들이기로 했다.

그는 서울의 한 고시원에서 지내면서 연구원으로 경제적 활동을 하고 있었다. 사람들과의 만남도 없다.

이에는 이, 눈에는 눈.

세린이 이사로 변장해서 그에게도 똑같이 달라붙어 보았다. 조금이나마 희연의 심정을 느껴보라고. 원치 않는 사람이 들러붙었을 때 얼마나 최악의 기분인지, 일거수 일투족을 감시당하는 게 얼마나 고통스러운 일인지….

그게 통한다면 희연에게서 떨어질 테지만, 그는 그렇지 않았다.

"저 새끼는 자기가 한 일을 당했는데도 깨닫는 게 없네요. 또 희연 씨 찾아갔다면서요."

세린이 고개를 끄덕였다.

"계획을 바꿔야겠어."

"어떻게요?"

찬서는 하늘을 바라보았다. 금방이라도 비가 내릴 거 같았다.

"박수철을 활용해보는 게 어떨까? 지금 정보원들이 위치 파악해서 따라붙고 있거든."

정 원장이 말했다.

"박수철을요?"

"윤민아에게 또 접근하려고 하는 거 같아. 근데 만약 경찰이 또 놓치면 이제 기회는 없어."

그들은 포기를 모른다. 찬서는 주먹을 말아쥐었다. 그들을 한방에 처리할 방법을 생각했다.

일단 정보원을 통해 박수철이 숨어 있는 곳을 찾았다. 박수철은 역으로 사람을 써서 윤민아의 행방을 체크하고 있었다. 그는 윤민아를 포기하지 못했다. 도주하면서도 윤민아가 살아 있음을 알자, 흥신소 직원들을 고용해 또 접근할 생각을 했다. 박수철은 초범이고 살인의 고의가 없다고 할 것이다. 많이 받아도 무기징역이고 모범수가 되면 민아가 고작 마흔 살이 되기도 전에 나올 것이다.

세린이 손바닥으로 책상을 내리쳤다.

"박수철은 반성할 줄 모르는 놈이에요."

찬서는 결심했다. 한 번에 두 쓰레기를 치우겠다고.

찬서는 박수철에게 흥신소 직원인 척 문자를 보냈다. 윤민아를 찾았으니 약속 장소에 가 있으라고…. 그는 흥신소 직원이 불러주는 주소로 향했다. 지시대로 비번을 누르고 들어와 침대에 누워 깜빡 잠이 들었을 때도 박수철은 함정이라고는 생각하지 못했다. 냉장고에 든 음료수에 수면제가 들어있던 것도. 윤민아를 쫓는 건 늘 자신이지, 쫓길 거라고는 상상하지 못했기 때문이다. 거기다가 도주로 인해 정신이 피폐해진 것도 한몫했다.

그리고 집주인인 민호가 나타나서 그를 발견한 것이다. 서로를 공격했고, 민호가 한발 빨랐다.

찬서는 다치는 게 누구든 상관없었고, 경찰에게 잡혀가는 것도 누구든 상관없었다. 그저 사회가 해결해야 할 쓰레기가 사라지길 바랄 뿐.

찬서는 박수철이 들것에 실려 나오는 것을 보고 차를 돌렸다. 차갑게 굳은 그의 손이 하얀 천 사이로 삐죽 나왔다. 그에게 어울리는 결말이었다.

이중생활

찬서는 이제 막 불이 꺼진 이자카야를 노려보았다. 무산에 내려온 지 6개월이 지났다.

엄마를 죽인 남자의 아들인 전재호와는 동네 곳곳에서 우연히 부딪쳤다.

동네 동전 세탁소에서 이불 빨래를 하던 전재호와 마주쳐서 그가 내미는 아이스크림을 먹었다. 무산의 개천을 산책하다가 산책로에서 우연히 그를 보기도 했으며, 유일한 읍내 도서관에서 책을 빌리는 전재호와 마주치기도 했다. 그가 빌리는 책은 시집이나 여행 에세이, 문학상 수상집들이었다.

파란 하늘 아래서 같이 걷던 날은 바람도 솔솔 불어왔다. 한 손에 책 한 권씩 들고 집 방향이 비슷해서 가까이 걸을 수밖에 없었다.

“그거 알아요? 무표정 되게 무서운 거.”

그는 어색하게 웃었다.

“그쪽도 만만치 않게 표정이 없어요. 특히 웃는 거 정말 어색해요. 한 번도 웃어본 적 없는 사람 같아요.”

찬서도 맞받아쳤다.

오고가는 험담 속에서 찬서는 피식 웃음이 나왔다.

그의 표정은 다채롭지 않아서 입꼬리가 올라가거나 눈꼬리가 내려갈 때는 마치 다른 사람처럼 느껴졌다. 그리고 뭘 하는 사람이냐, 나이는 몇이냐, 고향은 어디냐, 부모님은 뭐 하시냐, 직업은 뭐냐, 그런 질문을 해오지 않아서 다행스럽게 느껴졌는데, 생각해보면 그런 질문들은 그가 가장 받기 싫은 질문이었을 것이다.

‘만약 내가 당신의 아버지를 죽여도 나를 보고 웃을 수 있을까?’

그간 전재호의 미행을 두 번 실패한 적이 있었고, 전재호의 집에 한 번 들어가본 적이 있다.

전재호에게 아버지 전탁근은 어떤 사람이었을까? 그의 집이나 흔적 어디에서도 전탁근의 흔적은 찾을 수 없었다. 때때로 살인자를 아버지로 둔 전재호의 인생이 불쌍하다가도 살인 피해자를 엄마로 둔 그녀 자신이 더 불쌍하기도 했다. 찬서의 인생은 그의 인생과 원치 않은 교집합이 있었다. 전탁근이란 교집합을 공유한 피해자 가족과 가해자 가족.

전재호에 대한 호기심은 뭘까?

살인자의 아들은 살인자의 피를 가지고 있을까.

아니면 전재호 집에 들어갔을 때 보았던 사진 속 여자가 궁금해서일까.

그가 외과 의사를 포기하고 이 시골 촌구석 무산으로 돌아온 이유는 무엇일까?

어쩌면 선한 입매와 고요한 눈빛 뒤에 숨겨진 진심이 궁금해서?

머릿속이 뿌옇고 갈팡질팡했지만 하나만큼은 알아야 했다. 그 안에 누가 있는지…. 악마인지, 천사인지.

전재호는 그 이후로도 주말이 되면 어디론가 사라져 일요일 밤에 돌아왔다. 찬서는 오늘은 그의 뒤를 쫓으리라 마음먹었다.

전재호의 차가 골목을 빠져나갔고, 찬서의 차도 그 뒤를 따라갔다. 그의 차는 먹거리가 즐비한 등산로를 지나 한적한 산길로 향했다. 외곽 산길에는 지붕 대신 판자가 덮인 집들이 듬성듬성 보였다. 멀리서 컹컹 개 짖는 소리가 들렸다. 시골 동네로 주변은 옅은 안개가 낀 남색 하늘 말고는 아무것도 없었다.

전재호가 탄 차가 철망 앞에 섰다. 철망에는 '사유지, 관계자 외 출입 금지'라고 쓰여 있고 철문에는 자물쇠가 걸려 있었다. 그는 자물쇠를 풀고 안으로 들어가더니 안에서 다시 잠갔다.

찬서는 차를 멀찌감치 세웠다. 철망을 기어올라 넘었다. 몸을 낮추고 전재호의 차량을 쫓아 달렸다. 전재호의 차량은 더욱 깊숙이 들어갔다. 안으로는 플라스틱 지붕으로 덮인 산채가 보였다. 닭 울음소리도 울렸다.

찬서는 철망에 바짝 몸을 붙이고, 핸드폰 화면을 확대해서 전재호를 살폈다. 그는 차에서 내려 산채 안으로 들어갔다. 그리고 산채 앞 허리까지 오는 드럼통에 불을 지폈다. 닭장 안에 모이를 뿌렸다. 산채 안에서 큰 쓰레기들을 가지고 나와 태웠다. 오물이 묻은 신문지, 머리카락…. 그는 뜨거운 물을 대야에 받아 가지고 들어갔고, 연이어 새 옷과 속옷도 날랐다.

'저 안에 누군가 있다.'

찬서는 확신했다.

이런 외딴곳에서 누군가 사는 걸까? 돌봐야 하는 이유라도 있는 걸까?

전재호는 낚시용 의자에 앉아 핸드폰을 보고 있었다. 갑자기 고개를 들어 찬서 쪽을 쳐다보았다. 찬서는 수풀 뒤에 몸을 숨겼다. 머리 위로 오소리 한 마리가 후다닥 올라갔다. 전재호는 다시 핸드폰으로 시선을 돌렸다. 그리고 음악을 틀고 청소를 시작했다.

다음 날 찬서는 펜치, 집게 장갑 같은 것을 챙긴 공구 상자를 차에 실었다. 망원경과 랜턴, 접이식 사다리 2개, 무기가 될 만한 쇠로 된 빠루도 챙겼다. 들면 팔꿈치가 저절로 펴질 만큼 묵직했다.

전재호의 이자카야 불이 켜지고, 그것을 확인한 찬서는 그가 있던 산채로 향했다. 그녀 앞에 펼쳐진 산길은 어둡고 덜컹거렸다.

서늘한 풍경이 차창을 지나쳤다. 바닥의 돌이 공중으로 튀어 올랐다. 타타닥 콩 볶는 소리가 났다. 밤길이라 그런지 낮에는 피해갔던 웅덩이를 모조리 밟고 지나갔다. 그녀의 목이 이리저리 꺾였다.

자물쇠를 끊고 들어가려 했으나 침입한 것을 알면 좋지 않을 거 같았다. 챙겨온 접이식 사다리를 하나를 펴서 세웠다. 나머지 하나는 철망 안으로 던졌다. 털썩 소리가 고요한 산에 울려 퍼졌다. 찬서는 자기도 모르게 심장이 쪼그라들었다.

긴장하지 마.

가슴이 쿵쾅거렸다.

사다리를 타고 철망 위로 올라가서 아래로 뛰어내렸다. 키보다 높은 높이였지만 꾸준히 체력은 관리했고, 바닥이 딱딱한 아스팔트가 아닌 흙길에 낙엽까지 깔려 있어서 폭신했기에 무릎의 무리는 덜했다.

랜턴을 켜고 길을 따라갔다. 길이라기보다 자동차가 지나간 바퀴 자국을 따라갔다.

바닥은 물컹해서 신발 밑창이 푹푹 빠졌다. 오솔길이 끝나고 칠흑 같은 어둠 속에 산채가 나타났다. 주변을 둘러보았다. 외벽까지

자란 키 큰 풀, 나뭇조각들이 쌓인 장작더미. 거미줄이 처져 있고. 창틀에 죽어 있는 파리들이 빼곡했다. 바람에 흔들리는 나뭇잎이 기괴한 그림자를 만들었다.

창문에는 창살이 붙어 있었고, 산채에는 두 개의 문이 있었는데 모두 잠겨 있었다. 창문이 바람에 삐걱거렸다. 달빛만이 산채 주변을 비추고 있었다. 찬서는 창문에 붙어 안을 살폈지만, 안에도 불빛 하나 보이지 않았다. 잠긴 문의 문고리를 잡아 흔들어보자 닭장 안의 닭들이 놀라 날개를 퍼덕였다.

"으아. 으으아."

문 안쪽에서 비명이 들렸다.

사람 소리다. 귀를 가까이 대보았다.

이번엔 살려줘, 라는 소리가 또렷이 들렸다.

찬서는 챙겨온 쇠빠루를 들어 유리 창문을 깼다. 철조망이 있었지만 찬서가 팔을 집어넣자 안쪽 잠금장치에 닿았다. 그녀는 침을 삼키고 잠금장치를 열고 바깥쪽 문고리를 잡아서 돌렸다. 안은 암흑이었다. 악취가 빠르게 그녀를 덮쳤다.

주머니에서 랜턴을 꺼내 비췄다. 내부는 창고처럼 되어 있었고, 안쪽에 철장이 보였다. 그곳으로 한 걸음씩 걸어갔다. 고여 있는 공기가 소용돌이쳤고 거미줄이 얼굴을 간질였다. 공중화장실에서 나는 냄새와 축사 냄새, 나프탈렌과 이끼, 마르지 않은 시멘트 냄새가 섞여 코 안으로 들어왔다.

으아, 소리가 다시 한번 들렸다. 철장 안에서였다. 그 안에 누군가 있었다.

랜턴을 비추자 그가 눈을 가렸다. 잠시 후 빛에 적응한 그의 탁한 눈빛이 찬서 쪽을 응시한다.

나이를 알 수 없는 남자는 다리에 수갑을 찼다. 발목에 연결되어 기둥에 묶인 쇠줄은 철장 안을 돌아다닐 만한 길이였다. 내부에는 간이 변기와 물뿐이었다. 한쪽에는 매트리스와 낡은 솜이불이 보였다.

"누구세요?"

찬서가 묻자 남자는 갑자기 달려들었다. 두 손이 밧줄로 묶여 자유롭지 못했고, 철장 사이로 빳빳한 손가락이 튀어나왔다.

"살려줘요. 제발 풀어줘. 도와줘요."

그는 발음이 정확하지 않았고, 흥분해서 비명을 질러댔다. 침이 튀겼고 이빨은 누렇고 마모가 되어 있었다.

'대체 누구지?'

"나는 영문도 모르고 끌려왔어요. 제발 풀어줘. 집에 가고 싶어요. 죽기 싫어."

"괜찮아요? 어디 다친 곳은요?"

"얼마 전에 한 명 더 있었는데 죽었어요. 이런 곳에서 얼마나 버티겠어요."

목에서 가래 끓는 소리가 났다.

"얼마나 있었던 겁니까?"

"아가씨 혼자 온 거요?"

그는 불안한 표정으로 찬서와 주변을 두리번거렸다.

찬서는 랜턴으로 내부를 한 번 더 살폈다. 입구 쪽에 스위치가 보였다. 눌러서 불을 켰다. 조명 아래서 본 내부는, 철장 안은 더러웠지만 다른 부분은 정리가 되어 있었다. 철장 안에 갇힌 남자는 50대로 보였고, 수염이 덥수룩하고 어깨까지 오는 머리칼을 하고 있었다. 그가 입고 있는 티셔츠가 눈에 들어왔다. 전재호의 이자카야 유니폼 티셔츠였다.

"제발 나를 풀어주세요. 저는 죄가 없어요. 그놈이 완전 돌아이에요."

순간 남자의 눈빛이 날카롭게 번뜩였다. 찬서는 한 발짝 뒤로 물러섰다.

"경찰에 신고부터 할게요."

"신고하지 마세요, 제발. 그럼 우리 다 죽어요."

"그게 무슨 말이에요, 아저씨. 여긴 왜 갇혀 있게 된 거예요?"

찬서는 이 남자가 어떤 이유로 여기 있는지 궁금했다.

"조일남. 나는 무산의 장의삽니다. 시골에서 운영하는 장의사라 집으로 찾아가서 염도 해주죠. 그날도 전화 한 통을 받고 출동했어요. 별다른 의심 없이. 근데 출동했는데 바로 여기였어요. 그때 여기서 한 남자가 죽었는데, 몰골이 말이 아니었지요. 장례 의식이 끝나고 공격당해서 정신을 차려보니 여기 갇혔어요. 얼른 풀어줘요. 못 믿겠으면 '사거리 장의'라고 검색해봐요."

찬서가 핸드폰 검색창에 '무산 사거리 장의'라고 검색하자 홈페이지가 나왔다. "삶의 마지막 순간을 지켜드립니다. 정성을 다하겠습니다. 장례, 화장, 이장, 납골묘, 벌초, 산소 관리, 장의 전문 업체입니다."라는 문구가 나왔다. 이미지에는 검은 정장을 입은 조일남의 사진도 보였다. 사진 속 남자는 눈앞의 남자가 확실했다.

왜? 전재호는 왜 이 사람을 가뒀을까?

달빛에 장의사의 목에 걸린 목걸이가 보였다. 낯익은 해바라기 목걸이였다.

"그 목걸이 어디서 났어요?"

"무산에서 벌어진 여자 실종 사건 알죠?"

장의사가 목소리를 낮췄다.

"범인이 그 새끼예요. 이자카야 사장이요. 내가 다 봤어요. 내가 목격자예요. 그래서 날 유인해서 여기로 끌고 온 겁니다."

찬서의 눈 밑이 파르르 떨렸다.

생각났다. 로라미용실 벽에 붙어 있던 여자 사진. 그 탐정이 하고 있던 해바라기 목걸이.

"이 목걸이도 로라탐정소의 여자 탐정이 하고 있던 거예요. 지가 죽여놓고 멋대로 나한테 걸어놨다니까! 아주 미친놈이에요."

찬서는 빠루를 집어들고 와서 자물쇠를 내리쳤다. 한 번, 두 번,

세 번. 계속해서 내리치자 자물쇠 연결고리가 끊어졌다. 닫혀 있는 철문을 열자, 장의사의 얼굴에서 희망이 보였다.

찬서가 철장 안으로 들어섰다.

"근데 여기 있던 사람은 왜 죽었어요?"

"이 쇠줄도 좀 풀어줘요."

"염해달라고 해서 왔다면서요. 여기서 죽어서 장례 치러줬다는 그 남자."

"오래 갇혀 있었던 거 같아요. 자살해버렸어요."

찬서의 발걸음이 멈췄다.

"그 남자는 왜 갇혀 있었는지 알아요? 대답해요. 대답해야 풀어줄 거니까."

"전재호 애인을 죽였대요. 아니 그게 십수 년 가둘 일이야? 차라리 죽여버리고 말지. 완전 사이코잖아요. 안 그래요? 크크."

찬서는 전재호의 집 안에 있던 여자의 사진이 떠올랐다. 미소가 예뻤던 파리한 안색의 여자.

"움직이지 마요."

찬서는 깨달았다.

사랑했던 여자를 죽게 한 남자를 가뒀다면, 이유 없이 이 사람을 가두어두진 않을 것이다. 확인이 필요하다.

저자가 하는 말은 어디까지 진짜일까?

저자는 어떤 죄를 지었을까?

해바라기 목걸이에 시선이 갔다. 여자들을 사라지게 한 것은 어쩌면 전재호가 아니라 눈앞의 장의사였을 것이다. 그런 찬서의 흔들림을 눈치챈 장의사의 미간이 구겨졌다. 동시에 찬서의 눈앞에 별이 보였다. 발목에 묶인 쇠줄이 팽팽해지면서 장의사가 머리를 뒤로 젖히더니 찬서의 이마를 들이받은 것이다.

찬서는 퍽 하는 소리와 함께 뒤로 쓰러졌다. 코에서 뜨거운 액체가 흘렀다. 갑작스런 공격에 눈앞이 하얘졌다. 장의사는 찬서가 비틀거리자 연달아 주먹으로 그녀의 복부와 얼굴을 내리쳤다. 두 손으로 목을 눌렀다. 숨이 막혀오고 정신이 혼미했다.

죽는 건가.

"죽지 마. 그놈이 오면 널 인질로 써야 하니까."

협박과 함께 고약한 냄새가 났다.

찬서는 이를 악물고 정신을 차렸다. 머리가 빙빙 돌고 손끝이 뻣뻣했다.

죽는 것은 무섭지 않다. 다만 저런 놈에게 죽는 것은 싫다.

찬서는 몸에 힘을 주고 뒤집기를 시도했다. 반격해서 발로 장의사의 얼굴을 걷어찼다.

"으악!"

장의사는 저만치 날아갔다. 코에서 흘러나온 시뻘건 피가 뚝뚝 흘렀다. 피비린내가 났다.

"아 이 씨발. 의심은 더럽게 많네."

장의사는 구석에 놓인 빠루를 집어들고 돌진해와서 마구 휘둘렀다. 그가 찬서의 무기를 들고 쇠사슬을 끊어냈다. 찬서는 몸을 굴려 가면서 피했다. 헉헉거렸다. 빈틈이 많은 움직임이었다. 패턴을 살피면서 한 방을 노렸다. 공중에 휘두를 때 찬서는 몸을 회전시켜 주먹을 휘둘렀다. 장의사의 안면을 제대로 강타했다. 그가 풀썩 쓰러졌다. 찬서의 몸에 힘이 빠지면서 숨이 막혀왔다. 쓰러진 장의사가 비틀거리면서 일어섰다. 찬서는 손끝 하나 힘이 들어가지 않았다.

문이 열리고 차가운 바람이 들어왔다. 돌아보니 그곳에 전재호가 서 있었다.

전재호는 처음 보는 얼굴을 하고 있었다. 별로 놀라는 기색도, 당황하는 표정도 없이 무표정이었다. 찬서는 그대로 의식을 잃었다.

꿈을 꾸었다. 주방에선 엄마가 요리를 한다. 긴 머리를 하나로 묶고 보송한 앞치마를 둘렀다. 맛있는 냄새가 공기 중에 퍼지고 엄마의 웃음이 섞인 따뜻한 온기를 느꼈다. 엄마, 엄마!

찬서는 행복해지는 주문처럼 엄마를 불렀다. 엄마는 뒤돌아보았지만 얼굴이 햇살에 가려 보이지 않았다.

따뜻한 기운이 느껴졌다. 눈을 떴다. 팔에 깨끗한 거즈를 감은 자국이 보였다. 깔끔한 솜씨였다. 주변을 둘러보았다. 철장 너머로 장의사가 보였다. 장의사는 손톱으로 바닥을 긁었다. 소름 끼치는 마찰음이 일었다. 그의 손톱이 뒤집혔다. 욕을 하고 저주를 퍼부으며 고함을 질렀다.

장의사의 악다구니와 비명을 뒤로 하고 전재호는 아무런 말없이 뜨거운 수프를 끓였다. 가스레인지 위에서 보글보글 끓는 수프를 전재호는 정성스럽게 그릇에 담았다.

찬서는 핸드폰을 움켜쥐고, 경계 가득한 얼굴로 전재호를 노려보았다.

"상처는 치료했어요. 심하진 않고. 대신 술은 2~3일 마시지 말아요. 수프 뜨거우니까 조심해요."

그가 찬서 앞에 내려놓은 수프 위에서 따뜻한 김이 솟았다.

"설명부터 하죠?"

"설명을 들어야 할 사람은 난데, 여긴 내 소유지예요."

찬서의 얼굴이 붉으락푸르락했다.

"나도 그쪽을 해치려고 했다면 얼마든지 그랬을 거예요. 우리 집에 나 몰래 들어왔을 때, 미행했을 때, 술 마시고 정신이 없었을 때, 울었을 때…."

맙소사, 찬서는 하나도 몰랐다. 그가 알고 있는 것들에 대해.

그녀가 갈아온 칼과 감각처럼 그도 한평생 그만의 무기를 다져왔다.

"그러니까 힘 풀어요."

어쩔 수 없이 그가 내민 수프를 받아들었다. 수프 그릇에 닿은 손이 따뜻했다. 찬서는 그제야 자기 몸이 얼음처럼 차가움을 느꼈다.

"먹어요. 이야기가 길어질 테니까."

"저 사람은 대체 왜 여깄어요?"

"이 동네 장의사예요. 화장장에서 자기 아내를 불태웠어요. 죄는 있는데 증거가 없었죠."

"아내를 불태웠다고요? 일단 그렇다 쳐요. 근데 저 사람이 어떤 잘못을 했든, 이거 불법이에요."

찬서는 전재호의 눈동자를 보았다. 미동이 없었다.

"무산 일대에서 벌어진 실종사건 알죠? 그저 떠났다고만 돼 있던 여자들 말이에요. 단골 손님이 술 먹고 저한테 털어놓더라고요. 아는 지인이 사람을 죽여서 태웠다. 괴롭고 무섭다. 자신은 이 일을 계속할 수 없다. 그 단골 손님은 장의사의 어린 조수였어요. 그는 떠났지만 나는 장의사를 조사했고, 그가 사라진 여자들을 죽인 살인마라는 걸 알게 됐죠."

찬서는 전재호와 장의사를 번갈아보았다. 찬서조차 여자들이 큰 도시로 떠났을지도 모른다고 생각했다.

"거짓말이야!"

장의사는 침을 튀겨 가며 고래고래 소리를 질렀다.

"저 목걸이 본 적 있어요. 로라미용실 벽에 있던 여자 사진, 그

탐정이 하고 있던 목걸이예요. 사람들이 어느 날 사라졌다고 하던데요."

"저놈 짓이에요."

전재호는 장의사 쪽으로 눈길을 돌렸다. 장의사의 목에 해바라기 목걸이가 번쩍였다. 그 목걸이의 주인이던 여자 탐정의 이름은 정연희. 전직 보험조사관이었고, 마흔이 되던 해, 이혼과 퇴사를 동시에 하고 무산에 내려왔다. 보험조사관은 탐정에 가까운 역할을 국내에서 합법적으로 하는 직업이었다. 고객들은 그녀를 한 번도 따뜻한 눈으로 본 적이 없었다. 그들은 매번 차가웠고, 차가움에 질린 그녀는 따뜻함을 찾아 남쪽으로 왔다. 그녀는 사람들에게 너그러워지고 싶었다. 이혼과 퇴사를 경험하면서 그녀의 인생까지 너그럽지 못한 사람이 된 것 같았다. 의심 대신 호의를 베풀고, 예민함 대신 무엇에도 웃어넘기는 사랑스러운 사람이 되고 싶었다.

무산은 우연히 버스를 타고 내렸던 곳이다. 한가했고 텅 비었으면서 이방인들이 모여 있는 곳이라, 그 안에서 그녀도 너그러워질 수 있을 거 같았다. 유리창에 비친 긴 생머리가 거추장스러웠다. 낯선 곳에서 머리를 하는 것도 기분 전환으로 좋을 거 같았다. 평소 같으면 절대 들어가지 않을 로라미용실에 들어갔다. 너그러운 마음으로….

그렇게 우연히 들어간 미용실에서 정 원장을 만나게 되었고 로라미용실 2층에 머물게 되었다. 그리고 그곳에서 사람들에게 너그럽게 굴면서 사건들을 해결했다.

부모님이 남겨준 것이라고는 해바라기 목걸이뿐이었고, 퇴직금은 벌써 3분의 2를 써버렸지만 남은 돈으로 몇 달 정도는 따뜻하게 지낼 수 있을 거 같았다.

그녀의 삶은 대체로 추웠기 때문에 무산 다음으로는 필리핀이 어떨까 싶었다. 실제로 그녀의 가방은 늘 왔던 그대로여서 언제든지 들고 걸어나가면 되었다. 떠나려고 마음먹고 마닐라행 비행기표까지 예약했던 다음 날, 그녀는 의뢰를 하나 받았다. 집 나간 강아지, 똘이를 찾아달라는 할머니의 의뢰였다. 그 집 며느리는 태국인인데 이 동네에서 사라진 지 3일 되었고, 아마 그 며느리를 따르던 강아지가 며느리를 찾아 집을 나간 것 같다고 했다.

할머니는 태국인 며느리와 강아지가 함께 찍은 사진을 보여 주었다. 며느리는 하얀 미소가 예쁜 20대였고, 강아지 목줄과 똑같은 색깔의 붉은 팔찌를 하고 있었다. 붉은 팔찌는 싸이씬이라고 하는 태국 전통 팔찌로 귀신을 쫓아주고, 행운을 가져다준다는 의미가 있었다. 붉은 실에 상아색 염주가 몇 개 달려 있었다.

그녀는 거절하고 싶었지만 할머니가 건네준 삶은 계란이 따뜻해서 또 너그러워지고 싶었다.

어차피 비행기 타기까지 며칠의 시간이 있었으므로 의뢰를 받아들였다. 그녀는 산책하거나 장을 보면서 강아지가 숨을 만한 구석구석을 뒤졌다. 그러다 길거리에서 붉은 목줄을 한 강아지를 발견했다.

"똘이야! 똘이야!"

그녀는 강아지 이름을 불렀으나 오지 않았다. 강아지가 킁킁거리더니 열린 나무문으로 들어갔다. 그렇게 따라 들어간 곳이 사거리 장의사였다. 소리 없이 들어왔으므로 소리 없이 나가려 했다. 그러다가 장의사가 들어오는 바람에 타이밍을 놓쳤다. 인사할 타이밍도 나갈 타이밍도. 그저 숨어서 장의사가 나가길 바랐다.

갑자기 강아지가 이유 없이 안쪽 공간을 보고 맹렬하게 짖었다. 장의사는 강아지를 발로 찼다. 강아지는 깨갱 소리를 내면서 장의사의 다리 사이로 도망쳤다.

그녀는 그 와중에도 강아지를 놓쳐서 어떡하나 생각했다. 마침 들어온 어린 조수와 그녀가 눈이 마주쳤다. 온몸이 얼어붙어 버렸다. 어린 조수는 무슨 이유에서인지 그대로 고개를 돌렸다. 장의사는 그녀가 있는 것을 알아채지 못하는 듯했다. 등에 땀이 흘렀고 눈물이 찔끔 솟았다. 그녀는 어린 조수가 아는 척을 해주지 않아서 고마웠다.

어린 조수와 장의사는 곧바로 도구를 챙겨 밖으로 나갔다. 그녀는 해바라기 목걸이를 만지작거렸다. 창문 밖으로 바라보니 사거리 장의사 스티커가 붙은 마티즈가 골목을 빠져나갔다. 그녀는 천천히 강아지가 짖던 곳으로 걸어갔다.

'똘이가 왜 이쪽으로 들어왔을까?'

그곳에는 화장장이 있었다. 화장장에서 나온 유골은 아직 따뜻했고 보드라웠다. 유골 사이에서 뭔가 번쩍 했다. 상아색 염주 알이었다. 온몸이 얼어붙었다. 태국 여자의 팔찌에 달린 염주가 분명했다.

'태국 여자는 살해당했어.'

떨리는 몸을 진정시키고 먼저 내부 사진을 몇 장 찍었다. 그러나 사진을 다 찍고 난 후 그녀의 눈에 들어온 것은 어느 새 돌아온 장의사였다. 아니, 어쩌면 처음부터 출발하지 않았을지도 모른다. 그녀는 한 발짝도 움직일 수 없었다. 그간 해결했던 크고 작은 사건들이 떠올랐다. 시골에서 탐정 노릇을 한다고 영웅이 되거나 용기가 샘솟는 게 아니었다. 단지 보험조사관이었을 뿐, 경찰이나 형사가 아니다.

그녀가 마지막으로 본 것은 화장장 안의 벽이었다. 내부는 몸부림의 흔적들로 가득했다. 그녀도 마지막으로 몸부림쳤다. 곧 그녀의 몸은 뜨거워졌다. 그녀는 그렇게 흔적도 없이 사라졌다.

이 모든 일을 어린 조수가 전재호에게 술 먹고 털어놓았고, 그 이후 전재호는 손님으로 온 장의사에게 수면제가 든 술을 먹였다. 어린 조수의 말이 사실인지 반신반의하면서 그의 가게 내부를 뒤졌다. 그리고 장의사 사무실 마루 밑에서 나무 상자를 찾아냈다. 그 안에서 사라진 여자들이 하고 있던 물건들이 발견되었다. 누군가의 반지, 목걸이, 염주, 금이빨까지 있었다.

저 해바라기 목걸이도 그 안에 있었다.

"그게 사실이라면 왜 경찰에 신고하지 않았어요?"

이야기를 들은 찬서는 신음처럼 내뱉었다.

"왜 신고해야 하죠?"

전재호의 대답에 찬서는 말이 막혔다.

"불법이잖아요."

그는 이번에는 대답이 아니라 정답을 찾는 것처럼 천천히 눈꺼풀을 감았다 떴다.

"복수는 원래 불법이에요. 그래서 당신도 경찰을 그만둔 거 아닙니까. 복수하려고."

살아내세요, 고통스럽더라도. 그게 참회입니다. 언젠가 그가 했던 말이 떠올랐다.

이 사람은 그녀가 전탁근에게 복수하려는 것을 안다. 그것은 그녀에 대해서도 안다는 뜻이었다.

"언제부터 알고 있었어요? 나에 대해서."

"처음부터 알았어요. 당신이 무산에 온 첫날부터."

찬서는 숨이 턱 막혔다.

전재호는 무산에 내려와 아버지가 죽인 여자가 죽었던 곳에 갔다. 매년 그날이 되면 그곳에 꽃을 놓았다. 지나가다가도 문득 서서 그곳을 보았다. 그렇게 몇 해가 지나자, 그 자리에 한 여자가 서성거렸다. 마른 꽃잎 같은 여자였다. 당찬 눈빛이 오히려 슬퍼 보였다. 어릴 적 아버지 관련 기사를 본 적이 있다. 사귀던 남자의 손에 엄마가 죽고, 홀로 남은 여자아이. 언젠가 신문 귀퉁이에 나온 작은 사진, 아버지가 죽인 여자의 딸. 그 여자아이의 이름은 노찬서였다. 그녀는 자라 자신을 낳은 엄마가 죽은 곳에 돌아왔다.

아버지가 출소하면 복수를 하려는 모양이었다. 그녀가 악마의 흔적을 찾아 이자카야에 찾아왔고, 눈길이 자주 뒤통수에 머물다 갔다. 전재호가 이자카야를 한 것도 그런 이유다. 사람들은 술 앞에서 솔직해지니까. 언젠간 노찬서를 만난다면, 그에게 솔직해주면 좋겠다 싶어서.

여자는 어떤 식으로든 자신의 흔적을 남기지 않았다. 신용카드도 쓰지 않았다. SNS도 하지 않았다. 살아가는 흔적이 없었다. 마치 자신처럼. 같은 눈동자, 비슷한 냄새를 풍겼다.

그녀는 로라탐정소에 새로 온 탐정이란 타이틀을 달았다. 그리고 그녀는 자주 슬퍼했고, 술을 많이 시켰으며, 말이 늘었다. 그녀가 울 때 냅킨을 가져다주면서 사실은 어깨에 손을 얹고 싶었다.

"사실은 그쪽 집에 들어간 적이 있었어요. 그것도 알고 있었어요?"

"그럼요. 사진 본 것도 알죠. 위치가 살짝 달라져 있었거든요."

"그 사진 속 여자분은 누구예요? 아까 저 장의사가 말했던 여기서 죽은 남자는 또 누구고요?"

전재호의 눈빛이 허공을 향했다. 그러다 고통을 참아내는 것처럼 한쪽 눈이 찡그려졌다.

"살인자의 아들도 잘하는 게 있더라구요. 살인자를 알아보는 눈."

살인자의 아들.

이 신분이 그에게 주어진 것은 고등학교 때의 일이었다. 원하지도 않았던 타이틀이었다. 그의 아버지가 여자를 불태워 죽였다는 소식이 뉴스에 났고, 그의 아들이 이 학교에 다닌다는 소문이 돌았다. 전재호의 형은 두 살 위였고, 학교에서는 문제아였다. 수군거리는 것을 참지 못하고 싸웠는데 역시 살인자의 자식이라는 확신만 더하게 되었다. 주변의 공기는 빠르게 바뀌었다. 친구들은 하나둘 전재호를 피했다. 마지막 남은 친구였던 수찬이마저 전재호와 눈을 마주치지 않았다. 그의 형은 학교를 그만두고 집을 떠난 후 연락이 되지 않았다. 소문에 의하면 강남 조폭 밑으로 들어갔다느니, 보이스피싱 조직에 들어갔다느니, 사기를 치고 다닌다느니 하는 이야기들뿐이었다.

전재호의 아버지는 평생 가족에게 관심이 없었다. 오로지 자신을 잘 보이는 것에 돈과 시간을 썼다. 없는 자존감을 채우려는 듯 여자를 만났다. 쉽게 흥분하고 열을 올렸다. 아버지는 여자를 죽여서 재판받게 되었고, 남은 가족은 고통의 나날이었다. 엄마는 가사

도우미로 일하다가 교통사고로 사망했다. 전재호는 뺑소니로 죽은 엄마의 시체를 껴안고 아버지를 원망했다. 아버지가 살인자가 아니었다면 엄마도 이렇게 죽을 일이 없었을 것이다. 결국 엄마를 죽인 것은 아버지다.

전재호는 공부했다. 그가 할 수 있는 최선의 선택이었다. 그리고 장학생이 되었다. 또다시 최선을 다해 서울에 있는 의과대학에 합격했다. 스스로 선택하는 인생을 살고 싶었다. 외과 의사가 되었다.

그리고 그가 서른 살이 되어 의사로 일할 때 병원에서 한 여자를 만났다. 병원 환자였다. 혈액암을 앓던 여대생이었지만 누구보다 삶의 의지가 강했다. 힘든 치료도 웃으면서 견뎠다. 헐렁한 환자복을 입고 성큼성큼 걷는 그녀의 걸음걸이와 햇살처럼 밝은 미소를 사랑했다. 그녀는 변호사가 되어 사람들을 돕고 싶어 했다.

전재호는 그녀와 평생 함께하고 싶었다. 그런 그녀가 한 남자에 의해 강간 살해당했다. 병원에 입원했던 환자의 가족이었다. 그 남자는 아무 이유 없이 병원 화장실에 따라 들어와 그녀의 목을 칼로 찔렀고 강간했다. 그녀는 무방비 상태였다.

가해자는 경찰에게 잡혔지만 평소에 성실했던 점, 그리고 오랜 시간 어머니 병간호했던 점을 항변했다. 그는 무기징역을 선고받았다.

그가 감옥 안에서 사는 게 벌일까? 과연 그는 진정으로 죄를 뉘우칠까?

전재호는 그 질문의 답을 아버지에게서 찾았다.

아버지 전탁근에게 편지가 오거나 면회할 때 그가 하는 말은 자기가 불쌍하다는 이야기였다. 왜 자신이 그렇게밖에 하지 못했는지, 그들의 고통보다 자신의 고통이 늘 컸다. 이렇게 자신을 만든 사회가 나쁘고, 사랑을 주지 않았던 부모가 나쁘다는 변명만이 늘어갔다. 그의 아버지는 사람을 죽인 죄로 25년 동안 벌을 받았지만 변한 것은 없었다.

그래서 전재호는 결심했다. 죄를 저지른 자에게 직접 벌을 주기로….

전재호가 사랑하던 여자를 죽인 가해자는 칼을 휘두른 과정에서 손을 다쳤고, 병원에서 치료를 받았다. 전재호의 병원이었다.

전재호는 그 남자가 도망치도록 일부러 그를 자극했다. 계획대로 그는 경찰의 시야에서 도주했고, 전재호는 도와주는 척 그를 차에 태웠다. 그는 전재호가 자신이 죽인 여자의 약혼자란 사실을 몰랐다.

전재호는 약혼녀를 죽인 자를 납치했다. 법은 해결해줄 수 없다. 그래서 그를 가뒀다. 그리고 작년까지 10년이란 긴 시간을 이 산채에 있었다.

전재호는 전탁근의 피를 물려받았고, 그것을 저주했지만 장점이 있었다. 냉철하고 대담하고 빠른 판단력과 두뇌 회전이었다. 그리고 살인자를 알아보는 눈. 애쓰지 않아도 자연스레 보이는 그림자처럼. 그들의 악의가 보였다.

자신이 또 다른 악이 되겠지만, 상관없었다.

전재호는 시간이 날 때는 고통과 마주한다. 잊지 않으려고 한다. 자신이 하는 일의 정당성을, 해야만 하는 이유를.

사랑하던 여자의 사진을 꺼내 보고, 아버지에게 편지를 보낸다. 아버지의 답장이 매번 증명한다. 악은 절대로 변하지 않는다는 사실을. 그렇게 전재호는 이곳에서 혼자만의 감옥을 만들어 악을 가뒀다.

악당들은 제대로 된 벌을 받아야 했다. 오히려 죽음은 그에게 평온이었다. 평생 고통받던 엄마는 죽어가면서 가장 편안한 얼굴을 했다. 악인에게 죽음은 사치다. 죽지 못해 살아내는 것, 그것이 고통이다.

"그래서 계속 이렇게 할 생각이에요?"

"우리 둘 다 말린다고 들을 사람은 아닌 거 같은데…. 나도 그쪽이 아버지에게 복수하는 것을 말리거나 설득할 생각 없으니까요."

지금처럼 지내면 된단 말이다. 찬서는 전재호의 옆모습을 바라보았다. 그의 어두운 눈동자는 흔들림이 없었다. 찬서는 전재호의 이야기를 듣고 나서 명확해지는 게 아니라 오히려 머릿속이 안개가 낀 듯했다.

"내가 만약 신고하면요?"

"이런 일로 신고를 할 거라면 경찰을 그만뒀을 리가 없죠. 법이 어떤 것도 해결해주지 않는다는 것, 그걸 알아서 무산에 온 거잖습니까?"

전재호는 식은 수프 그릇을 치웠다. 찬서는 일어나 산채를 나왔다.

새벽 해가 떠오르고 있었다. 산채는 그녀의 등 위에서 작은 점으로 존재하다가 안개 속으로 사라졌다. 차 유리창에 빗방울이 부딪쳤다. 운전대를 잡은 손이 차가웠다. 심장이 요동쳤다. 그녀의 핏발 선 눈동자에서 이유 없이 눈물이 뚝 떨어졌다.

같은 전쟁터에서 입은 아물지 않은 상처를 들여다본 것처럼 심장이 아렸다.

찬서는 차를 갓길에 세우고 핸들을 움켜쥐었다. 차가운 핸들에 이마를 대고 "엄마, 엄마" 외쳐 보았다. 엄마가 "왜, 찬서야"라고 대답하면 이 모든 것을 끝낼 수 있을 텐데. 돌아오는 건 빗소리뿐이었다.

찬서의 어깨가 오랫동안 흔들렸다.

"엄마, 엄마. 나 어떻게 해야 해."

완전한 작별

하늘은 파란데 바람이 차가웠다. 찬서가 로라미용실에 온 지도 5개월째다. 손님이 없을 땐 로드를 말고 커트를 도왔다. 로드 말기와 수건 세탁에서 시작한 일이 점차 드라이, 염색, 면도, 커트까지 발전했다. 세린은 이제 로드 말기와 수건 세탁을 시작했다.

세린은 귀엽지만 듬직한 동생 같고, 정 원장은 정체는 알 수 없지만 따뜻한 아빠 같은 느낌이 들었다. 미용실에 오는 할머니들은 스스럼없이 찬서의 등짝을 때리고 잔소리를 쏟아낸다. 공중에서 오가는 말소리와 웃음소리를 듣고 있자면 이곳이 사람 사는 곳이라는 생각이 들었다.

2층 사무실은 조용하고 평온했고 언제든지 마실 술과 잘 수 있는 소파가 있다. 옥상에는 해가 잘 들고, 초록초록한 식물들이 자라난다. 찬서에겐 가족도 없고 친구도 동료도 없었지만 이곳에선 모든 게 있다는 착각이 들었다.

그날 이후 전재호와는 날이 좋으면 산책을 했고, 그의 이자카야에서 잔을 하나 더 놓고 술을 마시기도 했다. 찬서는 그의 음식 솜씨와 위트 있는 농담이 좋았다. 그가 가진 슬픔과 그의 고통이 좋았다. 그가 불행하지만, 뚜벅뚜벅 살아 있어서 좋았다. 그와 나누는 시간이 기다려졌고, 가능하면 그 시간이 길게 지속되었으면 좋겠다고 생각했다.

마트는 주말에 붐볐다. 그곳에 행복이라도 있는 것처럼.

"내 과거도 이렇게 지워졌으면 좋겠다고 생각한 적 없어요? 아주 하얗고 말끔하게."

찬서가 세탁 세제의 광고 문구를 보면서 카트에 넣었다.

"나는 섬유유연제요. 내 과거가 향긋했으면 했거든요."

전재호가 대답하면서 섬유유연제를 넣은 카트를 밀었다. 그의 등이 넓어 보였다. 마트 안의 사람들은 웃고 있었다.

만약 다른 곳에서 다르게 만났다면 저렇게 웃을 수 있었을까? 사람들이 볼 때 찬서와 재호도 평범한 일상을 사는 사람처럼 생각할 것이다.

찬서는 전재호와 함께 주말마다 산채에 갔다. 그가 장의사의 배설물을 치우고 밥을 주고 옷을 갈아입힐 동안 찬서는 청소를 했다.

떨어지는 낙엽이 예쁘다고 처음 생각했고, 동그랗게 모여 앉아 먹는 하얀 쌀밥과 맑은 국이 맛있다고 느껴질 무렵, 엄마를 죽인 남자가 무산으로 돌아왔다.

전탁근은 누렇게 뜬 얼굴에 푹 패인 뺨, 힘없는 머리카락이 하얗게 셌다. 몸무게는 10킬로그램 정도 줄었고, 어깨가 굽었다. 안색이 창백했고 입술이 검었다.

찬서의 기억 속 화려하고 키 크고 강한 모습은 사라지고 버려진 폐가 같은 사내가 앉아 있었다. 찬서의 가방 안에는 6개월 전, 그녀가 무산에 처음 왔을 때 산 칼이 들어 있었다. 삐죽하게 튀어나온 칼을 가끔 매만졌다. 그 칼을 만지니 그녀가 이곳에 왔던 이유가 되살아났다.

'저놈은 엄마를 죽였다.'

그는 버스정류장에서 젊은 여자의 가방을 들어주거나 버스에 타는 순서를 양보하거나 하는 친절을 베풀었다. 그러면서 미소를 날렸는데 여자들은 당황하거나 불쾌한 얼굴을 했다. 그는 자신을 25년 전과 다르지 않다고 생각하는 듯했다. 그러나 여자들의 반응이 시들하고 무시하는 눈빛을 보내자 곧 화난 표정으로 바뀌었다. 쇼윈도에 비친 자신의 모습을 보면서 머리를 넘기거나 옷매무새를 만졌다.

찬서는 교도소 앞에서 그가 출소해서 이곳까지 오는 동안 그를 지켜보았다. 물론 무산에서 그를 기다릴 수도 있었지만 그가 사회로 복귀하는 순간 천대받는 모습을 하나부터 놓치지 않고 목도하고 싶었다. 사람들은 하나같이 그를 가까이 두고 싶지 않은 음식 쓰레기처럼 대했고, 예상대로 그는 무산의 버스터미널에 도착했다. 금연이라고 쓰인 곳에서 한참 담배를 피우고선 택시를 잡았다.

그는 전재호의 이자카야로 향했다. 저녁 7시라 손님이 테이블 하나를 잡고 술을 마시고 있었다.

전 사장, 이라고 부르며 자리에 앉는 전탁근을 보며 전재호는 아버지가 아니라 타인처럼 대했다.

찬서도 따라 들어가 대각선에 위치한 테이블에 앉았다. 뒤따라 택시 기사가 들어왔다.

"이봐요, 택시비 받아온다더니 여기서 뭐 하는 거요? 빨리 만 이천 원 내놔요. 얼른!"

전탁근은 택시 기사의 요구에도 눈길 한번 주지 않았다. 대신 택시 기사가 요구하는 금액을 말없이 내어 주었다. 전재호가 찬서와 눈이 마주쳤다. 당장이라도 그녀를 가리키면서 아버지가 죽인 여자의 딸이에요, 라고 말할 수도 있다. 찬서는 입이 말라 물을 마셨다.

전탁근은 주변은 아랑곳하지 않고 쿨럭쿨럭 가래가 가득 섞인 기침을 하다가 가래를 가게 바닥에 뱉었다. 그러고는 손님들이 쳐다보니 미안합니다, 어구 죄송합니다, 라고 능글맞게 대처했다. 손님들은 네, 하고 이해하는 모습을 보였으나 그의 태도에 불편함을 느꼈는지, 몇몇 손님들은 안주가 반이나 남았는데도 가게를 떠났다.

전탁근은 오랜만에 만난 아버지를 반가워하거나 어려워하는 기색도 없는 전재호가 마음에 들지 않는 모양이었다.

연달아 "음악이 별로다" "인테리어에 돈 좀 들여라" "가게를 하려면 좀 크게 해야지" "사람을 안 쓰고 혼자 하냐?" "이걸로 푼돈밖에 더 버냐" "내가 네 나이 땐 말이야" 같은 소리를 늘어놓으면서 술을 연거푸 두어 잔 마셨다.

"돈 좀 줘봐라."

전탁근이 일어섰다. 전재호가 대답 없이 술잔을 치웠다.

"내가 네 집에서 지내는 건 원치 않을 거 아니냐. 오늘 밤 잘 곳이 없어."

전재호는 금고를 열어 안에 있던 현금을 내어주었다.

"네 형은 교도소에 있더라. 젊은 놈이 어쩌다가 참…."

전재호는 고개를 돌렸다.

전탁근은 지폐를 눈으로 셈을 한 다음 주머니에 쑤셔 넣었다.

"사내새끼가 쪼잔하기는."

전탁근은 전재호가 벗어둔 점퍼까지 뺏어 입고선 밖으로 나갔다.

찬서도 의자에서 몸을 일으켰다. 전재호와 찬서의 눈이 공중에서 부딪쳤다. 그녀도 의자에서 일어나 전탁근을 따라 나갔다.

차가운 바람이 땀을 식혔다.

전탁근은 길에서 노상 방뇨를 했다. 몸을 부르르 털고 근처 도박장에 들어가더니 한두 시간 있다가 밖으로 나왔다. 앞서 걷던 전탁근이 오른쪽 골목으로 꺾었다. 찬서도 따라서 몸을 돌렸지만 눈앞에 전탁근이 사라졌다.

'어디 갔지?'

두리번거렸지만 어디에서도 그의 모습은 찾을 수 없었다. 그녀가 고개를 돌릴 때마다 그간 자란 머리카락이 뺨을 쳤다.

"오랜만이야. 말괄량이 아가씨."

바람을 타고 온 싸구려 방향제 냄새와 동시에 은은한 곰팡이 향이 났다. 뒤돌아보니 전탁근이었다. 전탁근은 어린 찬서를 말괄량이 꼬마 아가씨라고 불렀다. 온몸에 소름이 돋았고, 동시에 살 타는 냄새가 떠올랐다.

25년이 지나서 객관적 판단이 가능하다고 믿었다. 그러나 분노는 불꽃처럼 솟아 순식간에 찬서를 지배했다. 그녀의 눈이 벌겋게 되고 손끝이 떨렸다. 온몸이 폭발할 것 같았다.

'침착해야 해.'

이 순간을 매일 연습하고 떠올렸지만 소용없었다.

목젖을 꿀렁거리면서 침을 삼켰다. 들소처럼 숨을 몰아쉬었다.

"많이 컸네. 어릴 때 얼굴이 그대로 있어. 그 표정 보니까 날 오래 기다린 거 같은데."

찬서가 가방 안에 손을 넣었다. 전탁근은 눈 하나 깜빡 하지 않고 이 동네 많이 변했다느니, 옛날이 좋았다느니, 하면서 주변을 둘러보기까지 했다.

"뭐, 복수라도 하러 온 건가?"

그녀의 눈에서 불꽃이 튀어나왔다. 하고픈 말이 폭발 직전처럼 목구멍에 가서 막혔다.

"맘대로 해. 복수를 하든지 말든지."

거짓말이다. 교활한 놈이 거짓말을 하는 거다.

"엄마한테 왜 그랬어?"

"아… 또 그 이야긴가? 재미없게. 25년 전에도 말했잖아. 나도 그렇게까지 하고 싶지 않았어. 네 엄마가 잘못한 거야."

25년이나 지났는데 반성은 없었다. 아무것도 변한 게 없다.

찬서는 칼을 꺼내 천천히 옆으로 다가갔다. 전탁근이 히죽거리면서 웃었다. 찬서가 이를 악물고 다가갔다. 사회로 돌아와선 안 됐다. 저런 인간은.

전재호의 말이 맞다. 법은 아무것도 해주지 않는다.

"칼이라니 고전적이네. 찔러, 손 안 다치게 조심하고. 근데 하늘에서 네 엄마가 보면 참 좋아하시겠다."

"입 닥쳐."

"너무 억울하게 생각하지 마. 나도 많은 걸 잃었어. 가족, 집, 직장 생활 전부 다! 나도 벌 받았다고, 충분히."

그가 갑자기 비틀거렸다. 연기를 하는 건가. 찬서는 그의 얼굴과 눈동자를 살폈다. 얼굴이 누렇게 떠 있었고 입술은 보라색이었다.

그는 명치를 잡고 허리를 숙인 채 쓰러졌다. 고통에 몸부림쳤다.

"죽이라고, 어서. 죽여!"

찬서는 이를 악물었다. 그의 눈동자를 들여다보았다. 눈빛에 광기도 생기도 없었다.

그가 정신을 잃었다.

누구 마음대로, 이렇게 죽을 수는 없다.

찬서는 잡았던 칼을 도로 넣고 핸드폰을 들었다. 119 구급차는 5분이 되지 않아 도착했다.

구급대원들이 전탁근을 들어 옮겼다.

전재호가 멀리서 그녀를 바라보고 있었다. 바람이 싸늘하게 그녀의 땀을 식혀주었다.

병실에는 전탁근이 병원 옷을 입은 채 누워 있다. 눈을 떴다. 그의 몸은 장기가 없는 사람처럼 납작했다. 찬서는 일어서서 그를 살폈다. 회색빛이었지만 안색이 돌아왔다.

"날 죽이라니까. 말 안 듣는 건 네 엄마를 닮았네."

전탁근의 입가에 미소가 떠올랐다.

토악질이 올라왔다. 그녀가 데려가려던 지옥에 그가 이미 있었다.

"살고 싶지 않았는데…"

그는 억울한 표정이었다.

찬서는 대답할 단어를 찾지 못해 서 있었다. 가슴이 답답했다. 경찰을 그만두고 그에게 복수할 날만 기다렸다. 삶이 벼랑으로 걸어가고 있었고, 절벽으로 떨어질 때 함께 지옥으로 가야지, 마음먹었다. 그런데 그는 이미 지옥에 있었다.

전탁근, 췌장암 말기. 남은 생존 기간은 길어야 두세 달.

의사에게 직접 들은 말이다.

"내 인생이 불쌍해. 천벌을 받은 건지 췌장암에 걸렸고, 이미 손 쓸 수 없다고 했어. 길어야 한두 달 살겠지."

"아들도 알아? 당신 죽을 병 걸린 거."

"모두 자식새끼들 때문이야. 아비라고 세상에 나오게 해줬는데 나한테 해주는 거라고는 아무것도 없더라고. 글쎄, 뭐라는지 알아? 첫째 놈은 아버지가 죽었으면 좋겠다고 다신 연락하지 말라고. 자식도 아비를 버리는 판에, 세상이 좆같이 돌아가잖아. 저희들 밑구멍으로 입고 쓰고 싸고 한 돈은 다 하늘에서 쏟아지는 줄 알아? 둘째 새끼는 연락 끊어버렸어. 그리고 가끔 면회하거나 편지할 때는 다 내 탓이라는 거야. 거지 같은 술집 하나 한다고 나를 무시하고 말이야."

찬서는 멍해졌다. 전탁근은 침대에 누워 조잘거렸다.

"난 억울해. 네 엄마 때문에 내 인생이 망가졌다고. 네 엄마가 나를 사랑해줬으면 벌어지지 않았을 일이야. 애새끼들도 다 필요 없어. 인생 헛살았어. 어차피 내 인생은 망했다고."

절망이 그를 찬서보다 먼저 죽여버렸다.

찬서의 몸이 떨려왔다. 그녀는 몸을 일으켜 복도로 걸어 나갔다. 전재호가 와 있었다. 찬서는 벤치에 주저앉았다. 다리에 힘이 풀렸다.

"이미 암이 다 퍼졌대요. 내가 누군지도 알고 죽음도 두려워하지 않아요."

죽음을 두려워하지 않는 사람에겐 복수도 의미가 없다.

찬서는 품에 넣었던 칼을 꺼내 칼날을 만져보았다. 이미 무뎌진 것 같았다.

의뢰받은 일은 계획적으로 잘 해냈으면서, 그녀의 복수는 엉망이었다. 전탁근의 병도 미리 알았어야 했고, 그에 따른 대책도 세워놨어야 했다.

탐정놀이에 빠졌던 걸까, 어쩌면 전재호 때문일까?

그녀는 설마, 행복했던 거 아닐까?

자책이 그녀의 심장을 찔렀다. 유리창에 비치는 자기 모습이 꼴 보기 싫어 눈을 감아버렸다.

전재호는 그날 이후 매일 아버지를 보살폈다. 맛있는 건강 도시락을 싸오고 온몸을 주물러줬으며, 퇴원하면 여행 갈 장소라면서 근사한 곳들의 사진을 보여줬다. 한 달 정도가 지나자 전탁근은 눈에 띄게 밝아졌다. 그의 얼굴에 희망이 보였다.

믿음의 힘이란 건 강했다. 전탁근은 정말 꿈에 부풀었다. 늦었지만 받을 수 있는 치료도 받을 생각이었다. 담배도 끊었고, 불만투성이지만 전재호가 떠먹여 주는 음식을 목구멍으로 다 넘겼다. 그는 더 이상 죽고 싶다는 생각이 들지 않았다. 더 먹고 더 누리고 더 보고 싶었다.

"살고 싶어. 제대로 살고 싶다. 아들아."

전탁근은 아들의 손을 잡았다.

그는 울먹거렸지만 전재호는 말없이 고개를 끄덕였을 뿐이다.

찬서는 그를 내려다보았다. 오랜만에 본 전탁근의 얼굴은 밝았다. 다시 나타난 찬서를 보고 놀랐지만, 온화한 표정으로 말했다.

예전일은 다 잊고 새로 시작하자고.

퇴원한 날, 차 안에서 전탁근은 신난 얼굴로 혼자 지껄였다.

"어디 좋은 데 데려갈 거니."

"이렇게 셋이 움직이니까 진짜 가족 같다. 안 그러니?"

"개똥 밭에 뒹굴어도 이승이 좋다고, 허허. 오래 살고 볼 일이다."

"퇴원 기념으로 딱 한 대만 피자."

전탁근은 품에서 라이터를 꺼내 담배에 불을 붙였다.

전재호의 차가 도착한 곳은 납골당 앞이었다.

"여기가 어디냐."

전재호는 전탁근을 준비해온 휠체어에 태웠다. 찬서는 전탁근의 휠체어를 밀며 언덕을 올라갔다.

"말괄량이 아가씨, 어디 가는 거야?'

전탁근이 불안한 눈빛으로 전재호를 바라봤지만 그는 함께 가지 않았다.

"어디 가는 거냐고."

"좋은 데."

찬서가 힘겹게 가파른 언덕을 휠체어를 밀고 올랐다.

그리고 언덕 꼭대기 납골묘앞에 섰다. 묘비 앞에는 엄마 공미조의 사진이 붙어있었다.

"씨발. 여긴 왜 왔어?"

"우리 엄마한테 정식으로 사과해. 잘못했다고. 죽을 죄를 지었다고 빌어."

"뭔 소리야. 나는 내 죗값을 다 받았어. 교도소에서 25년이나 살다왔잖아."

전탁근의 표정이 험상궂게 변했다.

"진심으로 사과한 적 한 번도 없잖아."

"그만해라. 좋은 말 할 때."

"그러면서 너는 살고 싶어? 사람답게?"

"닥쳐, 확 죽여버리기 전에. 니 엄마처럼!"

전탁근이 품에서 라이터를 꺼냈다.

"그 말은 꺼내지 않길 바랬는데…."

찬서는 휠체어를 밀어 언덕에 세웠다. 그러고는 장금장치를 풀었다.

"잘 가. 지옥으로."

전탁근이 탄 휠체어가 기울어지며 언덕으로 내려갔다. 그의 얼굴은 구겨져 있었다.

"안 돼! 살려줘! 살려줘!"

휠체어는 빠른 속도로 언덕을 구르다 뒤집어졌다. 전탁근이 몸을 일으켰지만, 빠르게 달려오는 차가 그대로 쓰러진 그의 몸을 덮쳤다. 차에는 전재호가 타고 있었다. 차에 치인 전탁근은 전재호를 바라보며 눈을 끔뻑거렸다.

"니… 니가 감히."

"엄마, 이렇게 죽었어. 잘 가요. 아버지."

전탁근의 얼굴이 고통으로 일그러졌다. 눈동자가 멈췄다. 그의 눈동자에는 공포와 후회가 고스란히 새겨져 있었다. 찬서가 뛰어왔다. 전탁근은 몰랐을 것이다. 둘이 함께 어떤 불행을 공유하고 복수를 계획했는지. 전재호는 찬서를 바라보고 고개를 끄덕였다. 찬서의 눈에서 눈물이 쏟아졌다.

찬서는 도무지 그에게 편한 죽음을 줄 수 없었다. 그는 악마였으니까.

찬서는 전재호와 장례를 치렀다. 장례식장 같은 것은 빌리지 않았다. 시체를 화장했다. 그리고 그의 바람인 햇살이 잘 드는 납골당에 따로 안치하지 않았다. 전재호는 누구도 그를 기억하는 것을 원치 않았다. 전탁근이 원하던 흙이 아니라, 다시는 돌아올 수 없는 차가운 바다에 뿌렸다. 누군가를 죽게 했던 사람이 이제 죽어서 사라졌다. 전탁근의 죽음은 사건이 되지 못했다. 휠체어 고장으로 인한 인명사고로 결론이 났다.

전재호와 노찬서, 둘 사이에 비밀이 하나 더 늘었다.

찬서는 볼을 타고 흐르는 게 눈물이란 것을 알아차렸다. 전재호는 예상대로 울지 않았다. 그저 마른 얼굴로, 최소한의 움직임으로, 그가 해야 할 일을 하고 있다. 슬픈 기색 대신 오래 전 갚아야 할 빚을 갚았다는 표정이었다.

억울하게 죽은 두 여자의 원수를 갚았다. 그 가해자의 아들이자, 동시에 생존자였던 사람과 함께…. 찬서는 무산의 잿빛 하늘을 올려다보았다.

엄마, 그놈은 죽었어. 엄마도 이제 편하게 지내. 잘 있어.

완전한 작별 인사다.

"이제 서울로 돌아갈 생각입니까?"

"모르겠어요."

찬서는 정말 몰랐다. 돌아갈 곳이 있을까?

서울을 떠나왔다고 생각했는데, 서울엔 돌아갈 집도 가족도 없었다.

"그쪽은 계속할 거예요?"

악마를 찾아내고 가두는 일이라는 문장은 말하지 않았다. 둘의 대화법이다.

"나는 여기서 계속해야죠."

전재호의 옆얼굴에 그림자가 드리워졌다.

"그러다가요? 언젠간, 어떻게 할 건데요?"

"나도 몰라요, 아직은. 사람들은 죄를 지은 사람이 벌을 받길 원해요. 요즘 들어 로라탐정소 찾는 사람이 많잖아요."

"그래서요?"

"로라탐정소에서 처리하지 못하는 일을 내가 해줄 수 있어요."

납치, 감금. 이번엔 단어를 말하지 않았다.

"우린 협력자가 되는 거네요?"

"친구라고 하죠."

바람이 불었다. 전재호의 머리카락이 날려 두 눈이 드러났다. 깊고 맑은 소년의 눈을 하고 있었다. 찬서는 알았다. 엄마가 죽은 장소에 자주색 수국을 놓았던 사람, 그곳에서 서성거렸던 키가 컸던 남자, 늘 그림자가 얼굴에 드리워진 남자, 전재호.

어쩌면 그의 아버지가 그녀의 엄마를 죽였을 98년 여름.

그의 영혼도 중학교 2학년 소년인 채로 멈췄던 것 아닐까. 그해 여덟 살의 찬서처럼.

햇살이 그의 얼굴을 비쳤을 때 심장이 저릿했다. 찬서는 정체를 알 수 없는 이 두근거림이 통증이 아니라는 것을 알게 되었다.

로라탐정소

내 이름은 노찬서. 국적은 한국. 성별은 여자. 한 달만 있으면 서른다섯이 되고 밥 대신 술을 마신다. 무산 주택가 로라미용실 2층에 자리 잡고 있는 탐정소의 탐정이기도 하다. 요즘은 날씨가 쌀쌀해 싸구려 폴리에스터 코트의 깃을 여미고 동네 산책을 한다. 탐정소 손님이 없을 때는 미용실에서 수건을 널거나 로드를 만다. 이제 커트 실력도 제법 늘어간다.

할머니들은 푹 꺼진 소파에서 머리에 수건을 얹은 채 계란과 믹스커피를 먹으면서 낡은 라디오 카세트테이프에서 나오는 노래를 따라 부른다. 겨울인데, 바다 한 조각 보이지 않는 무산의 미용실에서 또 '해변으로 가요'다. 로라미용실의 회전 간판은 오늘도 멈추지 않고 돌아간다.

그날 오후 미용실로 전재호가 들어왔다. 머리를 자르고 싶다고 했다.

"노 탐정, 솜씨 좀 보자."

정 원장은 가위를 찬서에게 맡겼다. 전재호가 앉으니 낡은 회전 의자가 작아 보였다. 젊은 남자의 등장에 할머니들의 눈이 초롱초롱 빛났다.

찬서가 전재호의 머리를 매만지고 자른다. 여기저기 흩어져 떨어진다. 잘라나간 머리카락이 바닥에 소복하다. 집중한다. 집중한다. 가위가 느린 춤을 춘다.

찬서는 전재호의 콧날이 오뚝하다고 느낀다. 속눈썹이 길다고 생각한다.

난로 위에 올린 주전자에서 김이 피어오른다.

찬서가 재호의 젖은 머리를 말린다. 손끝으로 몇 번 털어 스타일을 잡는다.

"다 됐어요."

"어떻습니까?"

"나한테 그걸 물어보면 어떻게 해요? 당연히 마음에 들죠. 내가 잘랐으니까."

"그럼 됐어요."

전재호의 얼굴에 작은 햇살이 번졌다. 두 사람을 지켜보던 할머니들이 휘파람을 불며 손뼉을 쳤다. 찬서는 어쩐지 이 모든 게 싫지 않았다.

정 원장은 파마를 말고 할머니들은 무산의 눈과 귀가 되어 소문을 실어 날라준다.

세린은 길에서 또 중년의 여성을 데려왔다. 그녀의 눈가에 눈물자국이 가득했다. 어떤 사연인지는 몰라도 로라탐정소의 손님이 될 것이다.

찬서는 2층 사무실로 올라가 난로에 불을 붙였다. 따뜻했다.